◎著 子良将

张辽

北方联合出版传媒(集团)股份有限公司

万卷出版有限责任公司

图书在版编目（CIP）数据

五子良将：张辽 / 叶平生著 . -- 沈阳：万卷出版
有限责任公司 , 2024.5
ISBN 978-7-5470-6415-3

Ⅰ . ①五… Ⅱ . ①叶… Ⅲ . ①长篇历史小说 – 中国 –
当代 Ⅳ . ① I247.5

中国国家版本馆 CIP 数据核字 (2023) 第 251261 号

出版发行：北方联合出版传媒（集团）股份有限公司
　　　　　万卷出版有限责任公司
　　　　　（地址：沈阳市和平区十一纬路 29 号　邮编：110003）
印　刷　者：三河市天润建兴印务有限公司
经　销　者：全国新华书店
幅面尺寸：165mm×235mm
字　　数：267 千字
印　　张：18.5
出版时间：2024 年 5 月第 1 版
印刷时间：2024 年 5 月第 1 次印刷
责任编辑：徐茂彧
责任校对：刘　洋
装帧设计：胡椒书衣
ISBN 978-7-5470-6415-3
定　　价：58.00 元
联系电话：024-23284206
传　　真：024-23284448

目　录

1. 雁门少年

一望无际的北方原野，双人双马居于高地，俯视下方草丛。马匹皆是高大威武的河曲马，枣红色马背上骑着一位威严的中年男人，墨黑色马背上骑着一位秀气的少年。

"四十步开外，东南角，听见响声了吗？"中年男子开了口。

"不曾。"少年摇了摇头。

"再听，集中精神！"

"现在听见了，父亲。"马背上的少年挺直了身子，食指与中指扣紧了弓弦，屏息凝神目视前方。

河曲马隐约感受到主人的杀意，不安地甩着马蹄。大风呼啸，风声萧瑟，少年微微皱眉，箭矢搭上弓弦。

父子二人追踪落单的孤狼至此，沿路少年连发三箭而未能取其性命。孤狼仓皇钻入及膝的草丛中，似是在隐匿蛰伏，以待逃窜。

"不可急躁，文远。"说话的是父亲，身形魁梧，腰间挂着一柄古朴的长剑，"等待合适时机。"

少年似乎没有听见，深吸一口气，猛然拉紧弓弦。箭矢一触即发，两人的目光离弦之箭般刺向远处。

正在紧要关口，少年忽然做出一个出乎父亲预料的举动。

他闭紧了双眼。

父亲眉头一皱，正要低声呵斥，却忽然听见空气中传出一声呼啸，箭矢破空而出！电光火石间，箭矢穿透草丛，一泼黏稠的黑血喷溅而出，一匹伤痕累累的灰狼重重倒地，致命伤在胸腹以上，一发箭矢贯穿了它的脖颈。

大风骤然而止，苍凉的北方平原上只听见一阵垂死的呜咽。

父亲有些讶异地看了少年一眼，流露出几分赞许神色，取下腰间长剑，反手抛给少年。

"去吧，它的首级是你的了。"

少年一愣，低头看着马鞍上的三尺长刀，有些手足无措。

"我已有佩刀，父亲。"少年轻声说。

"那不过是无名之刃，此乃是家传古剑。"父亲淡淡回答，"正所谓宝剑配英雄，今日你奔走数里，独自斩狼，此剑注定属于你。"

少年闻言，低头抚摸着古剑的剑鞘，似乎听见先辈的灵魂在低语。

"昔日先祖便是佩戴此剑，向武皇帝献上击破匈奴大军之计，生平所愿便是一战定边塞乾坤，保边民平安。"父亲低声叹气，"奈何临阵之际，军机泄露，此剑最终未能帮助先祖完成驱逐敌寇的夙愿，如此唯有交予后人完成了。"他看了少年一眼，"可惜我太老了，老到快骑不动马。如果不是你，先祖的遗志又有谁来继承呢？"

少年惊讶地抬头："父亲身子如此硬朗，何故言老？"

说罢，他又打量着手中古剑，再三思量，转手交还给父亲。

"此是何意？"父亲先是一愣，接着面色一沉，语气也重了起来，"你莫非是要违逆宗族意志？"

"文远不敢。只是此家传古剑，不过是因先祖得名罢了，并非本身锋利到足以傲视刀剑之林。"少年抽刀出鞘，手中刀刃于日光下闪闪发亮，"此刀经由孩儿日夜打磨，颇为顺手，眼下籍籍无名，无非是未经战阵。终有一日，它会在孩儿手中名扬天下。先祖遗愿，自有文远亲手实现。"

父亲被少年的气势震撼，微微一怔，旋即严肃地看着少年："要知此家传宝剑，乃当世罕见的利刃，你可想清楚了。"

"先祖之剑锋利，我刀未尝不利！"少年不再迟疑，挺直了胸膛，一扬马鞭。按捺许久的河曲骏马肆意飞奔起来，扬尘几近吞没少年的身形。

远处，灰狼早已奄奄一息。少年利落地翻身下马，长刀高举，手起刀落。大风再起，草丛中再也听不见灰狼的哀嚎。

高处的父亲远远看着少年的背影，略有些失神。他的目光隐然跨越悠悠岁月，看见先祖于万军之中拔剑奋起的一瞬。

"是个为乱世而生的孩子。"他在心里默念，"可是乱世之将，于家国而言，究竟是幸，还是不幸？"

无人回应。大风掠过平地，卷向遥远的群山。巍峨的雁门关在薄雾中若隐若现，沉默威严地注视着脚下的尘世。

中平三年的并州雁门郡，虽已春回大地，但入眼之景却依旧是凋零破败、狼烟四起。外有漠北蛮族休屠各部劫掠边塞，内有黄巾乱贼肆虐一方，并州土地早已残破不堪。举目望去，北地之景皆是积怨满山川，号哭动天地。

父亲不由想，如今的大汉好似那只伤痕累累的灰狼，纵使如何挣扎、抗拒，最终逃不过注定的命运。唯一的问题是，那一刀何时会落下。

春风自北而南，越过茫茫群山，过雁门而入云中，最终消散于天际。原野之上，两人两骑并肩而行，各自目视前方，彼此无言。

"方才射杀孤狼，箭矢待发之际，我见你忽然闭紧双目，却是为何？"父亲忽然问。

少年嘴里叼着一叶芦苇，仰头望天沉默了片刻，伸手抓了抓后脑勺。

"请父亲责罚。孩儿的心，终究不够静。"少年叹气，"每当箭矢待发之时，忧心一箭不中，常在关键一刻改变心意，反而自乱阵脚。今日瞄准目标，唯恐发箭决心不够坚定，才紧闭双目，逼迫自己坚定心意。"

父亲眉头一皱："若真是如此，的确该罚。所谓临阵决心，讲究诚心正意，一击定生死，紧闭双目不过是欺骗内心罢了。说到底依旧是怯懦的表现。若有朝一日于敌阵之前对决，瞬息之差足以决定生死，你若是照旧如此怯懦，必死无葬身之地。"

"父亲教诲的是，文远记下了。"少年神色有些颓丧，悻悻低下头。

父亲气上心头，拨马向前几步，见少年一时未能跟上，旋即又转过头去。

少年垂着头，缓缓驱使马匹，秀气的眉宇间流露出几分失落。

父亲心底微微一动，低声叹气。他自知平日对少年过于严苛，论及对自己的真情实感，少年大约是敬畏多过爱戴。妻室尚在时，少年还能有哭诉的对象。自前年风寒掠走妻室性命，少年越加沉默寡言，对自己的呵斥怒骂向来不出一言。

"文远，其实你已足够令宗族欣慰。"父亲默默想，"如今你年岁不过十九，刀马剑术、临阵冲杀已不输古时名将。张氏宗族已多年未出将才，你也许是最有希望继承先祖遗志的后辈。一旦乱世到来，你将大有可为。"

身后的少年不知是猜到了父亲的心思，还是因看见远处沉沉阴云之下，被连年战火摧残的雁门关有感而发，忽而低声说道："孩儿冒昧一问，雁门老人常说，夜观天象，见星辰运转诡谲，帝星黯淡，此为不祥之兆。"少年微微犹豫片刻，"这话的意思是……乱世将要到来了吗？"

父亲随着少年的目光看去，雁门关高耸的城楼渐渐隐没在大雨将至前的水雾中，有些缥缈无常。浓云低卷，低沉的雷鸣声里，父亲缓慢而艰难地点了点头。

"恐怕确实如此。不出三五年，汉室江山恐生剧变。届时，恐怕天地都将为之倒悬。"父亲低声说，威严的声音随着雷鸣一同落下。

"那一天到来时，无人能置身事外。"父亲默默在心里说完了后半句。

马背上的少年似乎陷入了沉思，剑眉紧皱，驱使黑马，慢悠悠迈向阴云下的关楼。

这是乱世纷争将起之前的晚春。在连绵群山与巍峨雁门之间，并州雁门郡，名叫张辽、字文远的北地少年郎，就这么缓缓走进了群雄并起的时代。

2. 百步穿杨

并州，马邑县以北，雁门校场。

立夏已过，日光渐显灼热。校场之上，两千兵卒列作方阵，身披粗制布甲，伫立于高台之下。将士们皆是淳朴农家子弟，皮肤因常年务农而晒得黝黑，双目炯炯有神，腰背笔挺，目光汇聚于高台之顶那个被众将官簇拥的半百老人身上。

"老夫赴任之前，时常听人说起，并州军乃是当世骁勇之军，与幽州、凉州骑兵并称大汉精锐之师，不知此传闻有几分是真？"高台上，面容和善的老人慢悠悠地问。

随侍旁侧的将军们彼此对视，其中一虎背熊腰的步军都尉阔步站出身来："刺史大人所言，确有其事。想当年武皇帝北击匈奴，攻取河套，占了匈奴人的马场。并州的精锐步骑，正是凭此马场而立。后来又有光武皇帝中兴汉室，以幽、并、凉三州的精锐突骑而击破贼人数万大军，一战定下北疆平安，并州骑军由此青史留名。"

"好，好。"刺史满意地点点头，"如今黄巾余贼方定，漠北蛮族又虎视眈眈，正仰赖一支能战之军，拱卫北地平安。"

"必不负刺史厚望！"诸将齐声回答道。

"开始演武吧！让老夫看看，今时今日的并州步骑，是否如昔日一般勇武。"刺史挥挥手，随侍旁侧的小厮搬来一张小凳，刺史掀开斗篷坦然落座。

众将领了将令，抱拳行礼，回身高举小旗。两千兵卒立时左右分列，阵列之后，远处随即传来整齐的鼓声。待为首将官一声令下，兵卒高举手中长戈，聚力于腰腹，整齐刺出，随之发出一声怒喝。虽不过两千之众，竟也声势惊人。高台之上的旗号不断变幻，前进，列阵，坚守原地……军令如流水般传递，校场内的兵卒一一执行。炎炎日光之下，兵卒们已是大汗淋漓。

"好，好！并州之兵，果真名不虚传。"刺史连连点头，"步卒已阅，可否将并州骑军一并演示给老夫看呢？"

"遵命。"将官随之举起另一面小旗。阵后的鼓点越发密集，校场上的兵卒整齐地散开，空地一侧的围栏大门随之敞开。上百精锐披甲铁骑奔涌而出，先绕校场一周，向高台之上的诸将展示军威，铁甲钢刀于日光下闪闪发亮。

"张弓，三十步，齐射！"骑军都尉纵声高呼，数百骑兵纷纷张弓搭箭，于数十步开外齐发箭矢，射向另一侧的靶标。箭矢铺天盖地而去，即使马背上颠簸剧烈，中靶者竟也有十之八九。余下未中靶标者默默勒马离场，听候将官训斥。

"好啊，将士们真乃神射！"刺史面带笑意赞许道，"请都尉继续。"

"张弓，五十步，齐射！"待骑兵距离靶标又远了几分，都尉再度下令。箭矢再发，密集如雨。但因距离远过前次，中靶者仅有十之六七。

高台上的诸将官脸色微微变了变。

"五十步开外也能有六成命中，已经很不容易了。"刺史捋着胡须，淡然一笑，"老夫也深谙军旅之事，马上箭矢齐发，实在是古今军旅之难事，诸将实在不可强求啊。"

校场之上的都尉也深感懊恼。以往并州突骑几乎能做到五十步开外箭无虚发，但连年苦战下来，各郡县中上过战场的老兵损失惨重，如今并州马步军七成以上为新招募的兵卒，如何能与以往相比较？

这一轮齐射，大约有数十骑兵黯然离场，剩余的骑兵彼此相顾，静静等候都尉指令。

"继续，老夫正想看看将士们中，有没有百步穿杨的神射手。"刺史淡淡说道。

"继续！"高台上的将官一咬牙。

"张弓，八十步……齐射！"都尉迟疑片刻后下令。

八十步的距离上，校场的扬尘和风速都会对箭矢精准度产生影响。不出都尉预料，这一轮箭雨过后，命中靶标者不过十之二三。于是此次离场的骑兵足有百人之众，校场上仅剩不到三十骑兵。

"这……大人啊，还需检验百步距离的准度吗？"将官硬着头皮问。

"不妨试试。"刺史淡然一笑。

高台下的都尉原本猜想，骑兵演武大概可以就此结束，结果等待了片刻，只等来将官一声高喝："继续！"

都尉脸色霎时间沉得吓人。

"这是存心要拿我并州将士好看吗？"都尉心中暗骂。奈何军令在前，他不得不执行。

"别给雁门子弟丢脸！"都尉压低声音道，"高台上看着我们的可是新赴任的刺史，可不能叫他以为北地无精兵！"

众骑兵神色肃然，齐声应是。唯有一人沉默不语，只默默测算着与靶标的距离，目光有些游离。

"张辽！你又神游了吗？"都尉注意到此人的异样，低声呵斥，周遭传来几声讥笑。

"适才所言，你可听见？"都尉压下其他人的笑声，郑重地注视着此人。

"属下听见了。"张辽收回目光，握紧了缰绳。

"很好。"都尉点点头，似乎对张辽有着特殊的信任。

"听我号令！"都尉大喊，"张弓，百步……齐射！"

这么远的距离，靶标上的红心几乎难以辨别。三十余名骑兵箭矢齐发，高台上的诸将屏息凝神，目光追随箭矢一同射向靶标。身后的刺史却并未一同起身观看，目光不知落在何处，诧异地扬起眉毛。

前往查看靶标的兵卒很快传来令人失望的消息："没有一箭中靶！"

"知道了。"将官们脸上多有阴沉之色，"刺史大人，是不是可以让将士们散去了？"

"再等等。"刺史低声说。

"等等！"校场上也传来一声大喝，"还有一人未张弓！"

众将官一愣，一齐扑向高台边。只见空地之上仅剩下孤零零一人一骑，手持长弓，箭矢未发。

"什么人？为什么不听号令？"将官大声喝问。

"张辽张文远，马邑县人士，骑军都尉麾下马弓手。"高台上有将官认出此人，小声回答道，"马邑县里的人都说，此人有大将之才。"

"竟有此事？"刺史来了兴趣，也站起身来，"好一个英姿少年！"

张辽独自立马于靶标百步开外，似乎并未在意周遭的议论，双目直视靶标红心，心中默默测算风力。自幼时起，父亲便以严苛的箭术标准训练他，至今已有十余年。这一次能不能让雁门子弟免于刺史的嘲笑，便只看他这集十数年功力于一射的箭术。

只见张辽深吸一口气，抽出箭矢，挽弓，搭箭！

一旁的都尉不由得攥紧了拳头，周遭的骑军更是大气也不敢出。数百双眼睛直勾勾盯着张辽箭锋所指之处，连空气也为之凝结。

临发射的一刻，张辽下意识闭紧了双目。

"若有朝一日于敌阵之前对决，瞬息之差足以决定生死。"父亲的教诲忽然回荡在耳边。

发箭的刹那，张辽猛然睁开眼，双目直视靶标。

箭矢破空！

校场凝结的空气在瞬息之间被打破。众人的目光随着箭矢飞驰而去，升入半空。远处空荡荡的靶标，一发箭矢猛然从天而降，正中靶心！

四周寂静无声，众人似乎大受震惊，以致忘却了欢呼。

"好！"最先发出赞许的竟是刺史大人。

"好！"霎时间，校场爆发潮水般的欢呼，众骑兵一同拥向张辽，恭贺之声不绝于耳。

刺史站起身，悠然转身而去："雁门古地，果真是英雄辈出啊！"

"小子，我就知道你能行！"都尉颇为得意地大力拍着张辽的肩膀，"此后叫旁人再不敢小瞧我雁门子弟！"

高台上的众将彼此对视，各自松了口气。朝廷向来将并州骑军视作防御漠北蛮族的倚仗，若是今日演武出丑，免不了要多受责罚。

"小事而已，何足挂齿？"张辽眼里分明有几分骄傲。

"张文远何在？"人群中忽然传来一声呼喊，传令兵急匆匆挤开人群，朝马背上的张辽一拱拳，"刺史大人在校场外的大帐之中，约你当面一叙。"

此话一出，四周的喧闹之声渐渐淡去了，众人看向张辽的目光中满是羡慕。

"遵命。"张辽神色肃然，翻身下马。

校场外的大帐，刺史已然换下戎装，静坐在案台边撰写文书。张辽默默伫立在大帐外，等待刺史传唤。

"我是新任并州刺史丁原，此次前来，是接替已故的前任刺史张懿掌管并州。"丁原吹干了墨迹，站起身来，面向悬挂于大帐一侧的地图，"你就是马邑县的张文远？"

"正是。"张辽恭敬地抱拳行礼。

"世代居于北地边塞？"丁原紧接着发问。

"正是。"

"祖上可曾改姓？"

"这……"张辽微微皱眉，家中古训重现心头，"张氏世代居住雁门边塞，未曾有改姓之举。"

"是个聪明人。"丁原头也不回，指尖点在地图上，沿着山川州郡一路游走，自并州往东，最后停留在东方司州之地，一座被关寨楼阁重重包围的城池之上。张辽一眼认出，那是大汉的都城洛阳。

背对着张辽，丁原脸上浮现出些许沉思之色。

"哪一年从军？"丁原忽然问。

"中平三年，为抵御漠北蛮族进犯而从军，至今已有两年。"

"刀马剑术如何？"丁原正色道。

"自幼苦习。"

"可曾想过离开并州？"

"离开并州？"这话叫张辽一愣，"为何？"

丁原转过身来，脸上神色似笑非笑："报效朝廷！"

在张辽疑惑的目光中，丁原将此番来意简略一叙。

连年以来，黄巾乱军四起，官军疲于应战，军备大为削弱。为充实洛阳防备，十常侍之一、上军校尉蹇硕上书灵帝，建议令各州郡选调精锐之师集结京都，听候朝廷调遣。此番赴任并州，丁原也担负着为朝廷募集精兵良将的使命。

"我看你也有名扬天下的野心，何不领一支精兵入京朝拜？他日军功在身，也好衣锦还乡。"丁原悠悠道，回身打量着张辽，见他似有犹豫推托之意，忽地冷笑一声。

"今日校场之上，你迟迟未发箭，可是有意想让众人看见？"

"这……绝无此意！"张辽脸色一变。

"区区小技，岂能瞒过老夫？老夫半生纵横疆场，也曾满腔少年心性，岂能不知你的心思？"丁原笑了笑，"你说你自幼苦练武艺，难道只是为了在这偏远的边塞之地，做一个小小的马弓手？"

张辽骤然被看穿了心思，脸颊微微涨红。校场之上，他并非不能立即发箭，却鬼使神差地拖延了片刻。至于是无心之举还是刻意为之，他自己也分不清。

"就这么定了！"丁原唤来副将，命他记录军令，"张辽张文远，今日我擢升你为骑军都尉，领雁门马步军三百，三日后启程，奔赴京都听候大将军调令！"

张辽一时反应不及，但从军两年来早已对军令形成下意识反应。没等他想清楚其中利害，便已单膝下跪，双手抱拳，高声应道："遵命，谢过丁大人！"

3. 先辈锋芒

夜幕降临，月朗星稀。张辽独自端坐在堂内，凝视着横放于案台之上的古剑，静静沉思。

屋外堂上，传来隐约争吵声，惊起月下一阵犬吠。

张辽微微叹气，目光越过古剑，注视着案台之上历代先祖的龛位，挺直了胸膛。

"文远冒昧，请求诸位先辈赐教。"张辽低吟道，"当今人人皆说乱世将至，兵灾之祸无可避免。文远自幼习得一身武艺，正有报效家国之志。可族中长者却说此为大逆不道，说张氏一族于雁门避祸多年，万不可因一时冲动而忤逆先祖遗训。"

张辽眼中流露出一丝迷茫："可什么是先祖遗训？父亲曾说，张氏先祖曾有平定边塞动乱的壮志，为何到文远一辈，却以谨慎避祸为遗训了？"

"正因先祖一时冲动，才有如今你我一族的避祸之举。"身后忽然传来一声呵斥。张辽一愣，转过身去，却见门外立着消瘦的人影，看神色似乎面带隐怒，大步跨进门来。

"叔伯。"张辽连忙起身行礼，来人却看也不看张辽，径直走到龛位前，恭敬地施礼，一面低声道，"聂氏先祖在上，文远不过是后辈小生，年少愚钝。如果言辞忤逆，还望宽恕。"

张辽注意到叔伯的用词，并非言"张氏先祖"而是"聂氏"。

这是三百多年以前，张氏一族真正的姓氏。此事在同族之中是人尽皆知的秘密，但从不轻易说与外人。因此今日在丁原帐内，张辽的确说了谎，却也是迫于无奈。

"你年幼时，你父亲曾与你说过，张氏一族为何要改姓避世，文远你可还记得？"叔伯怒气略微散去几分，目光落在案台前的古剑上，淡淡问道。

"父亲教诲，文远断然不敢轻忘。"

"那便说给我听。"叔伯低声道。

"遵命。"张辽神色肃然，"那还是在武皇帝初年，漠北蛮人往来不绝，雁门边地屡受兵祸。先祖聂壹本是马邑地方豪商，眼见漠北蛮族嚣张跋扈，不忍看北地子民深受其害，因此托人向武皇帝献上平寇之计。"

"何计？"叔伯眉毛一横。

"以假意诈降来诱骗匈奴单于，以大军合围之。先祖谎称将与匈奴里应外合，献上边塞城池，实则诱敌深入，以朝廷大军在雁门设下伏击。待匈奴单于领兵深入雁门，则朝廷大军四面杀出，将那单于连带匈奴兵马斩杀殆尽，边塞之患则可以平定。"

"你既然知晓先祖的计策，可知最后结果如何？"叔伯长叹一口气。

张辽垂下眼帘，眼底掠过几分憾色："朝廷本在马邑县一带埋下伏兵三十万，约定各部等匈奴单于率部进入马邑城池后纵兵出击。奈何人算不及天算，那单于率领前锋直奔马邑而来，却见沿途仅有牛羊牲畜而不见人影，顿时心生疑虑，于是半道改换方向，攻下边塞一座哨堡。堡垒中有汉军十数名，单于严刑拷问统兵尉吏，终究是知晓了朝廷三十万大军伏兵一事。单于闻之大惊失色，旋即收兵飞速向北而去，三十万伏兵由此失去用武之地。

"事情败露之后，武皇帝大怒，主将王恢获罪斩首，汉匈之间彻底爆发战端。而先祖聂壹，既惹怒了武帝，又遭匈奴忌恨。为保全家小，故而隐姓埋名，由此心灰意冷，郁郁而终。弥留之际传下家训，谨慎避世，以求后代安享和平安宁。"

"不错，既然你已知晓先祖遗训，为什么要明知故犯？"叔伯眉头一皱，"我可听说，今日是你在那校场之上大出风头，这才有丁刺史命你奔赴京都朝拜一事，此事属实否？"

张辽微微张嘴，想要反驳，却不知该从何处说起。

"文远，你还年幼，不知晓世事险恶。如今的京都乃是诸恶云集之地，十常侍牢牢把持朝政，朋比为奸，朝中如今身居高位者无不是阿谀谄媚之人。文远你不过一介武夫，贸然踏入京都朝堂，便如羊入狼群，稍有不慎，便有粉身碎骨之祸啊！"

张辽垂下头，默然不语。叔伯见他似乎是被说动，微微松了口气："我知道你并非执迷不悟的人。适才你父亲正与家中诸老争论，言下之意便是要劝说宗族支持你奔赴京都，我认为此事万万不可，却因你父亲过分执着而难以说服。你既然已经萌生退意，不妨劝说你父亲，不要行此冒险之事。明日我随你一同去拜会丁刺史，将此事推脱了便是。"

叔伯说罢，正要转身离去，却忽见张辽站起身来，眉眼之间却是再无半分迷茫之色。

"文远有话要说？"叔伯一愣。

"我只是忽然想起，三百年前，先祖聂壹身佩利剑，将平定边塞之计策献于武帝之时，是否也曾意气风发，想过建立不世之功？"张辽回身看着案台上的古剑，低声说道。

"此话何意？"叔伯皱眉。

"倘若马邑之谋大事能成，先祖未必不会流传青史，为后人敬仰。大丈夫生天地之间，所求志向正是如此。"张辽坚定说道，"昔日高祖皇帝起于草莽，出身卑微，见那秦始皇的仪仗华丽，车马络绎不绝，不由心生感慨：大丈夫当如是！高祖之言，正是文远心中所想！"

"你知道你在说什么疯话吗？"叔伯气得脸色发青，"先祖之训……"

"先祖之训，可曾料到三百年后的世事变幻？"张辽鼓起勇气打断叔伯的话，脸颊涨得通红，"叔伯可曾记得，那王莽把持朝政之时，九州遍地烽烟。战火四起之际，张氏一族又有多少人死于非命？"

"你！"叔伯双目圆睁，"你怎敢说出如此大逆不道的话！"

"文远在族中长者处听闻，张氏一族死伤枕藉，几近灭族。"张辽不顾叔伯的怒火，犹自说道，"可见谨慎避世并不能为家族带来和平安宁。叔伯我问你，倘若乱世再度到来，贼兵杀至眼前，秉持所谓先祖古训能否拯救族人？"

"大胆！"叔伯大喝一声，盛怒之下，疾步冲至案台前，高举先祖之剑。只听一声清脆的蜂鸣，古剑出鞘，寒光凌厉。此时恰有大风穿堂而过，龛位之前的烛光在风中颤动不止，犹如神明显灵。

"叔伯！"张辽也大喝一声，一手按住腰间刀柄，并未拔刀，而是以双手将之高举头顶，"文远主意已定！自幼父亲便以刀马骑射对文远严加训练，我如今终于明白父亲苦心。和平安宁绝非靠谨慎避世，更非依仗他人施舍。正如同边塞安宁未靠聂壹先祖的计谋，而是依仗官军与匈奴血战数十载，这才换来匈奴王庭远遁，再不敢轻易犯边。"张辽转身面向龛位，双膝跪地，"如今文远斗胆一言，远虽年少，却也有建功立业的雄心！丈夫岂可久居荫庇之下，空耗此生！"

大风呼啸，堂外大门被风力卷动，撞向墙壁，发出一声巨响。烛火颤抖更甚，先祖龛位在摇晃的阴影中忽明忽暗。烛光与狂风中，那柄家传古剑发出隐约的蜂鸣声，似乎是先祖之魂在随之呐喊。

"当啷"一声，古剑落地，叔伯脸色苍白，摇摇晃晃地后退两步，像是浑身的力气都被抽空了。

"好啊，好啊。"静了片刻，叔伯忽然低声道，声音略显疲惫，"看看你教的好儿子。"

张辽一愣。屋外忽然传来脚步声，回身一看，竟是父亲。

"不错，果真是大丈夫之论，为父没有看错你。"父亲欣慰地笑笑，"也不枉为父在诸老面前遭的一通臭骂。"

"父亲方才……都听见了？"张辽站起身，忽然有些茫然无措，"孩儿说了很多胡话，还望父亲见谅……"

"志在四方是好事，这也正是为父所期盼的。"父亲昂首挺胸，阔步走进门来，在先祖龛位之下郑重行礼拜谒，"聂氏、张氏历代先祖在上，吾儿之言正是我心中所想。当今天下，乱世群雄纷起，我辈男儿怎可苟且于偏远之地无动于衷。想往昔聂壹先祖有平定边患之志，我辈也有意继承先祖遗愿，还望先祖赐福于吾儿文远，愿他武运昌隆，建立不世之功！"

张辽闻言，再度下跪，朗声喝道："必不叫父亲与先祖失望！"

"起来吧。"父亲含笑将张辽扶起，"明日为父便为你置办行装。此去道路漫长遥远，要准备的东西还有很多。"

"可叔伯……"张辽犹豫着看向一旁的叔伯。

"看我做什么？你既然决心已定，我还能硬拦着你不成？"叔伯站起身，重重"哼"一声，"你非要去那虎狼之地，那便去就是了！"

说罢，叔伯忿忿转身，大步走出屋门。张辽面有愧色，正要喊住叔伯，父亲却将他拦下了。

"不必担心他，你叔伯也是嘴硬心软之人。见你志向已定，他还是支持的，只是不擅表达罢了。"

父亲话音未落，只听院子里传来叔伯担心的话语："族中诸老，我自会与你父亲一同劝解。可文远你听好了，此去京都可不能儿戏，万事多加留心！"

"文远记下了。"张辽高声回道。

"你说此去要建功立业，还天下太平昌盛。"叔伯头也不回道，"我可等着你实现承诺的那一天！"

张辽用力地点头，没有再说话，对着叔伯离去的方向郑重地鞠躬。

丁刺史临走前，曾与张辽定下三日准备之期。第三日清晨，天刚微亮，精心挑选的三百精锐兵卒已在马邑城门外等候。丁原视察过雁门边防后便要返回太原坐镇，留下两名马步军尉吏协助指挥人马，此刻，其中一人正在等待张辽下达命令。

"张都尉。"尉吏朝张辽一拱拳，"本部人马已清点完毕，随时可以向洛阳进发。"

"知道了。"张辽一掀斗篷，翻身上马，于马背之上回望身后的城楼，神色之中多有不舍。

他想起临别一夜，父亲最后的话。

"明日启程，我就不去送你了。你有自己的路要走，不该为家中事困扰。"父亲淡淡说道，"只是，雁门之外的天地宽广辽阔，如何建立功业，就全靠你自己了。"

"孩儿谨记父亲教诲。"张辽正色道，一面打量着父亲的神色，似乎在期待他多说些什么。

"为父没有更多的教诲。往后的路，都靠你自己闯荡。"父亲笑了笑，笑容略显几分沧桑，"以往，为父对你过于严厉，叫你受了许多委屈，但我并非要向你道歉。为父至今认为，过去这些年的严厉教诲都是值得的。"

"孩儿从未怨过父亲！"张辽连忙说道。

"怨恨也好，不恨也罢，出去闯荡之后，你就会知道，比起外边的腥风血雨，你在家里的这些委屈，实在算不上什么。"父亲平静地说，"还记得你叔伯的话吗？他说京都之人皆是虎狼，说你不过是绵羊。为父倒认为并非如此，吾儿应当做那个……斩狼之人！"

张辽一愣，想起那日在雁门关下独自斩杀孤狼的情景，不由坐直了身子，向着父亲再行大礼。

"文远记下了。"张辽郑重回道。

日光逐渐明亮，苍茫大地于日光之下渐次苏醒。张辽不再留恋身后的马邑县城，猛然掉转马头。城门前的三百兵卒仰头看着他，张辽意识到，此处正是他闯荡天下的起点。

他深吸了一口气，对着远方的朝阳猛然挥手，不安、惶恐、期待与豪迈之情同时在他心底荡开，最终化作嘴边的一声呐喊："听我号令，全军即刻开拔，奔赴洛阳！"

4. 京都阴云

都城洛阳，一场剧烈的朝堂动荡正在悄然酝酿。

经过多年苦心经营，十常侍终于彻底把持朝政，自此气焰越发猖獗，朋比为奸，党同伐异。朝中凡是有阿谀谄媚者，皆被委以重任；而正直敢言者，皆予以构陷。大破黄巾军的有功之臣班师回朝，十常侍便向其索要金帛贿赂。凡有拒不缴纳者，皆上表将其罢黜。久而久之，有功之臣皆愤而请辞，朝中局面一时乌烟瘴气。

朝政败坏至此，民间怨声沸腾。渔阳郡地方豪强张举、张纯二人举兵造反，于蓟门一带大肆劫掠，又接连斩杀辽东太守阳终、北平太守刘政，大破官军，号称义军十万，肆虐冀州、幽州，势力大盛。张举自称天子，想与朝廷分庭抗礼。

军情紧急，奏请朝廷出兵平叛的奏章如雪片般飞入洛阳，但皆被十常侍藏匿不发，沸腾的民愤止步十常侍，皇帝浑然不知。

中平五年的晚秋，京都洛阳，黑云低垂。

皇帝如往日一般，闲散游览于后园之内。今日于他而言不过是寻常日子，朝中奏议没有什么争论，也未听闻海内四方出现天灾人祸，十常侍连同朝中文武百官无不向自己献上祝贺，祝贺天下太平，繁荣昌盛。臣子皆言，这一切都是皇帝陛下治国有方，称赞皇帝实乃当世贤明之君。

皇帝虽然隐约知晓，臣子们多半是在阿谀奉承，却也很吃这一套。好话听久了，渐渐真的相信，偌大一个大汉江山正是一片蒸蒸日上、承平无忧的景象。

因此皇帝的心情分外愉悦，闲来无事便逛逛御花园，安享太平盛世。

想来甚至想要赋诗一首。

皇帝正诗兴大发，忽然传来一阵骚动，其间隐约夹杂着呵斥怒骂之音，似乎有什么人铁了心要擅闯此地，旁边的侍卫都拦不住。

皇帝被惊扰了兴致，微微皱眉，目光朝一旁探去。

"原来是刘谏议。"皇帝认出了来者，"何事如此慌乱？"

来者是朝中谏议大夫刘陶，一向老成持重的他，此番不知受了什么刺激，冒冒失失擅闯后园，连衣冠也来不及整理，愤慨之意几乎从眼里喷薄而出。

"放他过来。"皇帝隐隐觉察出刘陶的异样，朝侍卫挥了挥手。

刘陶阔步行至皇帝身前，郑重地打理衣冠，神色肃然。

"刘谏议有何要事，但说无妨。"皇帝上下打量着刘陶，眼角余光注意到十常侍一众人马也急匆匆地赶到了。

"陛下！"刘陶猛然扑倒在地，扯着皇帝的衣袖号哭不止，"天下如今危在旦夕，陛下怎么能终日亲近小人而不思国事！"

"谏议此话从何说起？"皇帝有些惊讶，不明白刘陶哪里来这么大火气，"国家安定日久，怎会危在旦夕？"

刘陶闻言，号声更为激烈，几近不能自已："陛下被小人蒙蔽了！如今四方州郡盗贼并起，贼兵所到之处生灵涂炭，黎民百姓正于水火之中苦苦挣扎！而这一切的诱因，就是十常侍欺上瞒下，祸乱朝政！"

皇帝微微一愣，脸色渐渐沉下来。不远处，匆匆赶来的十常侍也隐隐听见了刘陶的哭号，脸色顿时吓得惨白，一个个垂着头并肩而立，大气也不敢出。

刘陶愤而起身，回身指向十常侍，大声呵斥道："十常侍欺君罔上，卖官求荣，将朝中正直之人尽数逼走，如今陛下身边哪里还有敢于直言的忠臣？放眼望去不过是阿谀奉承的鼠辈！陛下，长此以往，国将不国啊！"

皇帝的脸色越发阴沉。

十常侍像是为刘陶的气势所震慑，纷纷匍匐于地，齐声哭喊起来。为首的张让、蹇硕连忙高呼道："朝中大臣彼此不能相容，此乃大忌！

请求陛下放我等回归乡里，臣等家产愿充作军资，以助朝廷平叛！"

"无耻鼠辈！"刘陶的胡须都气得颤抖起来，"人前作威作福，又在陛下面前惺惺作态，竟如此厚颜无耻！"

"够了！"皇帝猛然大喝，面色惨白，"他们跟随朕年岁已久，朕自然信得过他们。你刘谏议难道就没有依仗的亲近之人？你既然可以如此，为何容不得朕亲近他们？"

"陛下！小人误国！"刘陶激动地大喊，下意识攥紧了皇帝的袖袍。

"放肆！"皇帝勃然大怒，挥手甩开了刘陶，"你既为朝廷重臣，本该替朕分忧，如今却在大庭广众之下口出狂言，大放厥词，意欲何为？"

"陛下！"刘陶还要说些什么，皇帝却忿忿转过身，挥手招来了侍卫。

"将此有辱皇家体统之人拿下，投入死牢，听候发落！"皇帝冷声下令。

披坚执锐的武士大步上前，不由分说架住刘陶，粗暴地将他拖离了后园。空气中犹自回荡着刘陶愤慨的怒喝："臣死不足惜，奈何汉室天下，四百年江山，到此休矣！"

直到刘陶被拖出了很远，怒喝声依然隐隐回荡在天际。

盛怒之下的皇帝站在水池边沉默许久，也不在意一旁长跪不起的十常侍一众人，愤然挥袖，反身回宫，再也没了半分游山玩水的心思。

不远处，长出一口气的十常侍彼此对视，心中默默有了主意。

当夜，刘陶便在牢中死于非命。朝中的敢言之臣，又少了一位。

此刻，洛阳城外大军营帐之内，张辽猛然自梦中惊醒。

自夏初率部奔赴洛阳，至今已有数月。此间，陆续有各州郡汇聚而来的兵马进驻军营，名义上是接受大将军何进的统领，实则各自效忠于背后的势力。张辽记得父亲曾说过，令出多门乃兵家大忌，而此刻洛阳城外数万大军岂止令出多门，各州郡太守、州牧、将军，只怕令出十数门也不止。究其原因，还是在于朝廷无力供养如此多的兵马，于是各部的粮草军饷皆由所在州郡供应，因此当今兵马渐渐只知有将官，而不知有朝廷。

"这便是乱世吗？"张辽默默在心里问，"可我该如何建立我的功绩？"

"都尉为什么独自发呆？"背后忽然有人发声询问。张辽回身，原是自马邑县跟随而来的尉吏，姓陈名竺字子直，原是丁原帐下侍卫，后又派至张辽麾下，一路东行至此。

"无事，只是心中莫名不安，无心入眠。"张辽叹叹气，礼节性地朝陈竺点点头，便要回身进帐篷。

"都尉可是在感叹，天下已呈大乱将至之势，凡有为男儿，皆志在建功立业？"陈竺悠悠叹道，"都尉想是在思虑名扬天下之策吧？"

"住口！"张辽脸色一变，慌忙四下环顾，压低声音道，"你是什么人？竟敢在军营重地口出狂言！"

"都尉无须紧张，我和都尉其实是同一类人。"陈竺神秘地笑笑，"我观都尉夜夜难以入眠，对着来来往往的州郡之兵长吁短叹，料想都尉必有心事。"

"这……听你话中之意，想必也有建立功业之心了？"张辽意识到自己方才的失态，故作镇定地反问道。

"都尉既已知晓，何必说破？"陈竺笑笑，"不过都尉到底还是太年少，洛阳是险恶之地，像你我这种空有志向而无依仗的小人物，纵使武艺过人，也应当小心谨慎，喜怒不形于色，如此方能避人耳目，静待时机到来。"

张辽有些诧异地打量着陈竺："你既然有如此见识，为什么仅仅是刺史帐下一侍卫？"

陈竺闻言，略有些失神："奈何人微言轻，武艺平平，不为刺史所看重。"

张辽听来莫名感到愤慨："刺史怎能以武艺高低识人？未免太过草率！"

"都尉说的是。"陈竺古怪地笑了笑，目光默默投向了别处。

张辽这才想到，自己能有幸领兵入京都朝拜，靠的正是刺史"以武艺高低识人"，心下不免略感羞愧。

"都尉可知，刺史在并州曾寻得一员勇猛无双的虎将？"陈竺话锋一转。

"虎将？"张辽一愣。

"没错，此人姓吕名布字奉先，原本是五原郡人士，眼下在丁刺史帐下任骑都尉。刺史对此人信任有加，命其侍卫左右。凡此人所到之处，贼人不敢轻举妄动，皆是畏惧奉先的威势。"陈竺轻声赞叹，眼里流露出几分向往，"属下早先曾有幸与此人有过一面之缘，果真威风凛凛，一旦阵前相遇，只怕不出两合，我就要被斩于马下了。"

"陈兄何故说这种丧气话？"张辽不由来了兴趣，"那吕布勇武过人，我张文远也绝非泛泛之徒。他日若是有机会，定要与此人过上两招。"

张辽对自己的武艺有相当自信，但一旁的陈竺心中却是淡淡一笑：到底还是缺了些磨砺。

"都尉，时辰不早了，还是早些歇息吧。"陈竺抬头看了看天色，"今日一番对谈，属下保证守口如瓶。"

"不，你现在去把将士们喊醒。"张辽停在原地没动，皱了皱眉，隐隐预感到了什么，"今晚大约有军令要到了。"

"军令？"陈竺疑惑地皱紧了眉头。

张辽自幼擅长马术，能够在很远的距离感受到马蹄独特的震动声。今夜军营之内并无跑马，但张辽却听见黑夜中隐隐有马蹄声飞速接近，这让他本能地警觉起来。

驻守洛阳城郊这一二月内，城中的消息陆陆续续传来。朝廷即将调集大军前往北方各州郡，平定张举之乱。奈何朝中后备兵力捉襟见肘，大将军正有意调遣部分军马进入中原一带招募兵卒，充实军备。军令在这几日便会下达，今夜忽闻马蹄声至，张辽料想，大约是军令要到了。

果不其然，不久后，一队骠骑飞速奔入军营，各寨门前皆有一名骑兵驻留，大声喝令寨中将官出门听候军令。各寨的灯火依次亮起，整座军营在夜幕下逐次醒来。

"雁门骑军都尉张文远！"一名骑兵飞马停在张辽与陈竺面前。

"张文远在此，谨听大将军令！"张辽与陈竺同时上前，单膝下跪。

"命骑军都尉张文远，即刻点起本部兵马，往冀州北部诸郡县招募兵马，严加训练，听候大将军差遣！"

"遵命！"张辽与陈竺对视一眼，齐声答道。

骑兵点点头，策马飞奔而去了。

"冀州北部可是张举、张纯叛军与朝廷官军对峙之地，大将军叫我们去此地招兵买马，岂不是白白送死？"待骑兵远去之后，陈竺忧心忡忡道。

"不见得。"张辽站起身，若有所思道。他的目光注视着面前灯火通明的军营，点点火焰在他眼底燃烧，"这也许会是你我名扬天下、建功立业的绝佳时机！"

5.　中原之行

秋意渐浓，北方大地气候逐渐转凉。张辽策马奔驰在一望无际的原野，恍惚间像是回到了雁门故乡。

这是进入冀州北部的第一个月，众人渐渐靠近前线。城中越来越死气沉沉，偶尔几缕狼烟飘荡，一派肃杀。

越过一片平地，张辽渐渐放缓了马速，攀上一处山坡，于高处伫立。陈竺紧随其后，神色略显几分紧张。

"都尉，前方战场形势不妙，不可再往前了。"陈竺低声道。

张辽点点头，静静注视着远方，左手不由握紧了刀柄。

在二人面前数百步之遥，正是两军对垒的战场。其中一军装备精良，足有数千人，打鲜艳的红色大旗，是大汉官军；另一军旗号杂乱，约有万人之众，铠甲器具参差不齐，正是张举所率兵马。但此刻战场的形势并不容乐观，那些看似由乌合之众组成的叛军，作战异常勇猛，一旦发起冲锋便如同潮水奔涌，不将敌兵防线击穿绝不后退。几番鏖战下来，汉军兵马折损严重，眼看即将无力支撑了。

"战况不妙，我等应当立即支援。"张辽皱眉，正要回身调集兵马，一旁的陈竺忽然挥手拦住了他。

"都尉，属下认为不妥。"陈竺面色凝重，"此地贼兵盘踞已久，兵马雄壮，绝非官军可以匹敌。以都尉麾下数百兵马，贸然加入战场，非但不能救援，反倒要引火上身。"

"你这话什么意思？"张辽一愣，面有不快之色，"难道你我要坐视我军大败不成？"

"为将者，当知进退之道，而非鲁莽送命。"陈竺叹息道，"望都尉三思。"

张辽回身看向战场，此时汉军的防线已然难以维系，左翼和右翼正在被叛军席卷，唯有厚实的中部阵线尚能维持。但随着两翼的威胁逐渐加深，中部的崩溃只是时间问题。陈竺说得没错，此时率部上前救援无济于事，无非是多搭上几百条人命罢了。

"如此，便退兵吧。"张辽犹豫再三，艰难地说道。

"都尉若是不忍心，可率部巡弋于附近，待贼人分兵追击官军残兵时再率众杀出，收拢我军残部，阻断敌兵追击。"陈竺注意到张辽的情绪，立刻提出了备选之策。

张辽不由多看了陈竺一眼：此人智谋过人，仅做一小小尉吏实属屈才。

"好。"张辽掉转马头。正要离开山坡时，忽然听见远处杀声震天，对面山丘之巅迎风打起一面大旗，紧接着是第二面、第三面……无数面火红的大旗出现在山丘上，如同一片燃烧的火焰。

关键时刻，己方的援军居然赶到了。

张辽眼睛一亮，远处的山丘之上，飞扬的大旗上分明写着硕大的"刘"字，当先三名大将，左将手持玄铁长矛，右将手持七尺长刀，中间一将气宇轩昂，手持双剑，正是早先平定黄巾之乱立下赫赫战功的刘备刘玄德。

"都尉，还请速速投入本部兵马！"陈竺忽然兴奋地大喊起来。

张辽半句也没有多问，立刻策马奔向远处集结待命的本部人马。陈竺深感庆幸，张辽虽年少，却并非愚钝迟缓之人。方才陈竺不让本部加入战斗，是因敌我实力对比悬殊；如今两军鏖战正酣，刘玄德忽然引来一支生力军，无疑令战场形势一变，此时正是投入本部人马协助反击贼寇的绝佳时机。

战场战机瞬息万变，若是还要花费口舌在劝解主将如何用兵上，此仗大概也不用打了。

"骑队列阵，随我向贼兵侧翼进攻！"张辽高声下令，待命许久的本部骑兵纷纷跨上马鞍，握紧缰绳。

"贼人骑兵数量有限，无力拱卫侧翼。"张辽对陈竺下令道，"你我率部尽量贴近贼寇阵线，以箭矢齐射袭扰之！"

"都尉尽管放心，这些都是并州精锐的骑军，我会将他们带到三十步距离齐射！"陈竺在马背上拱拳，声音略微有几分紧张。

"慌什么，又不是叫你百步穿杨。"张辽大笑起来，"那日在校场之上，我才是真正的心慌意乱。"

"都尉隐藏得真好，属下完全看不出来。"陈竺撇撇嘴说。

"等你回来，我再教你箭术！"张辽与陈竺大力击掌，各领百余精骑，直奔战场而去。

张辽率部加入战场时，刘玄德的本部兵马已经将张举叛军一分为二，己方各部联军得以会合，起先摇摇欲坠的阵线也得以加固。张举所部眼见战场形势有变，随即开始收拢各部向北退去。正在此时，张辽与陈竺两队人马自左右杀出。皆是身骑快马的骁勇精骑，三十步之内所发射的箭矢几近箭无虚发。骑军所到之处，叛军成片倒下。战场突发如此变数，原本称得上进退有序的叛军阵形顿时起了骚动。叛军将官接连斩了好几个擅自离队的逃兵，也无法遏制不断蔓延的溃逃趋势。

正在此时，汉军大队人马整顿完毕，一齐杀将过来，叛军阵线再也无法维持，最终由撤退转为溃退。张辽所部于乱军之中纵马厮杀，张举所部一时间损失惨重，张辽亦在追击之中亲手斩杀了数名溃兵。

"经此一役，你便有了名字。"张辽甩去手中长刀的鲜血，寒光凛冽的刀面反射着一张满是鲜血的面孔。

惨烈的厮杀一直持续到夜幕降临，张举的后援终于赶到战场。双方各自无法再动摇彼此的阵线分毫，这才收兵退去，隔着十数里，各自安营扎寨，形成对峙之势。张辽所部并不受刘玄德节制，因而在两军收兵之后，默默率领本部撤出了战场。

此后数日，刘备主力兵马与张举所部接连交战，虽各有胜负，但张举、张纯大军的锐气已为玄德所挫动，加之张纯生性凶恶残暴，战局为顺境时尚无关紧要，可一旦落于下风，叛军中的愤恨情绪便肆意蔓延。冀州汉军各部皆意识到，张举二人叛乱的平定不过是时间问题罢了。

　　旷日持久的拉锯战一直打到冬天，冀州降下大雪，北风卷着萧索之气扑面而来，寒意几乎钻进人的骨髓深处。严寒之中，战事稍停，两军得以在新年之际获得宝贵的休整时间。

　　战事间隙，张辽率部在一处村镇旁近安营扎寨，又于寨中燃起熊熊篝火，以供将士们暖身。

　　历经数月奔波，张辽所部共征募兵卒一千有余，加上本部兵马三百，共计一千三百余人，战马两百匹，精锐骑军一百五十余人，称得上粗具规模。

　　"都尉，除去本部兵马，其余在冀州本地招募的兵卒，大多瘦弱不堪，实在算不上精锐之师啊，拉上战场怕是撑不过半天。"陈竺掀开帘帐走进来，随手将弓箭放在一旁。张辽曾在行军间隙指导陈竺箭术，如今一得空闲陈竺便会提上弓箭出去训练一番。

　　"军心如何？"张辽低声问，一面默默往火盆中添了几块木炭，好让大火烧得更旺些。

　　"多亏都尉治军有方，军心尚能维持。"陈竺蹲在火盆边，搓着冻得僵硬的双手，龇牙一笑。

　　大风卷起帘帐一角，张辽看了看在风雪中瑟瑟发抖的兵卒，神色有些黯然。

　　"冀州本为四战之地，刚走了黄巾贼，又来了张举。去年旱灾，今年又闹瘟疫。此间百姓实在苦不堪言。"张辽轻轻抚摸着腰间刀柄，"朝廷连年在此地征募兵卒，此行数月间，我见冀州四处都是荒芜的农田，料想此地青壮大概不是死难于天灾，便是流亡于人祸。能征募到这千余之众，已实属不易，怎么敢奢求皆为骁勇之军？"

　　"都尉失望了？"陈竺一愣，听出了张辽话里的弦外之音。

　　"我本以为，远离家乡奔赴京都，是为守护天下安宁和平，可现在看来，我们到底守护了什么？"张辽神色有些复杂，"张举来了，百姓流离失所，官军来了，百姓依旧流离失所。我们于此间往来奔波，意义何在呢？"

　　"都尉多想了，此事非你我能够改变。"陈竺面无表情道，"古往今来，凡成大事者，哪个不是踏着累累尸骨成就霸业？既生于乱世之中，便应当舍弃妇人之仁，思虑太多，不过是徒增烦恼罢了。"

"是吗？"张辽微微失神，一手按紧了刀柄。

他看着风雪中那些茫然无措的兵卒。他们一面忧心着未来，一面对命运无能为力。这并非那些兵卒的错，奈何他们偏偏身在这战火连绵的世间，很多事便由不得他们做主，甚至包括他们的身家性命。

乱世人命贱如狗，若不想这样不明不白地死去，首先便要收起那毫无意义的妇人之仁，靠手中长刀，杀出一条通往太平天下的血路。

张辽收回目光，心底思绪万千。

正月刚过，前线再度传来捷报。叛军贼首张纯因治军残暴无常，遭麾下军士忌恨。营中兵卒哗变，斩了张纯人头前来归降。官军趁势反击，一举收复渔阳等郡县，随即又如雷霆般扫荡冀州各地贼寇的残余势力。此间，张辽所部兵马多配合作战，渐渐在地方打响了名气。平日驻守地方时，张辽开始对本部兵马加强训练，马、步二军的箭术与战阵之法渐渐成了气候。在一线作战时，张辽、陈竺共同商议进攻方略，张辽亲率精锐一部执行，二人配合日渐默契，所部兵马也日渐成为冀州地方一支可战之军。

张举、张纯贼寇大势已去，朝廷对参与平叛有功之将士进行封赏，张辽亦在赏赐名单之中。不过此战中最为耀眼的领兵之将，莫过于引兵与贼寇主力血战数日的刘玄德。战后，中郎将公孙瓒对玄德大为赞赏，上表奏章，举荐其为别部司马，任平原县令，可谓是一战成名天下知。

"真乃人中英杰！"张辽听闻此事，不由深感敬佩。

又是一年早春，这一年张辽二十岁，急切渴望着建立一份让天下为之钦佩的功绩。

而更为残酷与激烈的汉末权力之争，此刻才刚刚拉开帷幕。

6.　四世三公

三月，春意渐浓。冀州大地上，肃杀之气渐渐褪去，冰雪渐次消融。

正如张辽与陈竺早先预料的，大将军的军令在年初之际到来了。

"即刻率部奔赴洛阳，一日不得耽误。"张辽默默读完了信使带来的手书，一面沉思着，一面递给了身边的陈竺。

"手书措辞很严厉。"陈竺捋着下巴，接连数月的行军生活让他与张辽二人皆蓄起了不短的胡须，"看这意思，洛阳宫廷之内，只怕要起变故。"

"有变故实为意料之中的事。只是，变从何处来？"张辽沉吟道，"大将军急召我们回去，是要做什么呢？"

"属下料想，多半是与那十常侍有关。"陈竺对朝中政局的关注度比张辽想得要密切，"大将军对十常侍多有怨恨，此次召集兵马，大概是要对朝中宦官动手了。"

"可陛下对十常侍信任有加，怎会允许大将军对十常侍不利？"张辽微微皱眉，陈竺默默看着他，脸上依旧挂着古怪的微笑。

"你的意思是，陛下龙体可能……"张辽隐隐反应过来，浑身不由打了个冷战。

"都尉是聪明人，有些事不必说破。"陈竺点点头，在张辽眼中看见了些许兴奋之色。他知道，自己脸上大约也是同样的神色。天下苦十常侍乱政久矣，十常侍不倒，陈竺与张辽这种只有军功在身却无世家背景的小人物则永无出头之日。

"事不宜迟，即刻点齐兵马，星夜奔赴洛阳！"张辽立即下达了拔营的命令。

但一阵低沉雄壮的鼓声骤然吞没了张辽的命令。脚下的大地微微颤动起来，似乎有千万军马气势汹汹而来，叫人心底莫名战栗。

陈竺与张辽对视一眼，脸色一变，匆忙奔出大帐。

"都尉！北边忽然来了一支人马，看架势怕是有千人之众！"远远有探马来报。

"可曾看清来者旗号？是敌是友？"陈竺大声问。

"属下本想靠近询问，但走到五十步开外，大军中便有人朝属下发射箭矢，当中有大将纵声高喝，'大军行经之地，旁人速速避让'。"探马心有余悸地喘着气，"属下打着大汉的旗帜，对方未下死手，如此看来不是张举残部的兵马。"

"必然不会是残军，残破之军怎会有如此气势？"张辽侧耳细听远处的马蹄声和脚步声，心中隐隐有了判断，"不妨先去看看情况。"

过了一会儿，张辽与陈竺率领骑军十余人北出营地而去。攀上一片缓坡之后，视野骤然开朗。开阔的平地之上，黑漆漆的铁甲方阵缓缓移动，旌旗飞舞，如林长枪直指天际，在日光下反射出刺眼寒光。细细看去，阵中大旗上书硕大一"袁"字，迎风招展，好似翻滚的波浪。

张辽与陈竺对视一眼，心底油然而生一股敬畏之情。

除非这天下还有第二个手握重兵的袁氏大族，不然眼前这支披坚执锐的精锐之师，必然是汝南望族袁绍的兵马。

"看大军的行军方向，他们似乎也是在朝洛阳开进。"陈竺沉吟道，"如此看来，大将军真要对朝中宦官动手了。"

但张辽似乎并未听清陈竺的话，他只是呆呆地望着袁本初的大旗，内心一点儿少年愁绪重现心头，最后化作嘴边的一句感叹："这就是世家望族的风采啊！"

"都尉是在感慨那袁本初的出身吗？"一旁的陈竺叹了叹气，"想来也是，大将军也正因为袁本初汝南望族的显赫出身，才对其信任有加，亲密之情非同一般。而你我并无世家势力在背后支持，所能依仗的，不过是拼此性命而已。"

"不过拼此性命而已。"张辽回过神来，回头看着身后的营地和兵马，内心五味杂陈。

"都尉，下令开拔吧，此去洛阳道路漫长，万万不可久拖。"陈竺微微皱眉，"正如你我无力改变冀州子民颠沛流离之苦，家世出身这一条，也是早已注定、无可更改的。与其为此黯然神伤，何不考虑他日建功立业，而后取而代之？"

张辽一愣，看着陈竺，似乎不解其意。

陈竺一如许久之前的那个夜晚一般，沉默着。

"子直兄你说得对。"张辽终于平复了心绪，深吸一口气，"无论是无名兵卒还是世家公卿，于乱刀之下也不过是手起刀落的事，都是同等的公平。当今世道，靠着刀口舔血便能牢牢握紧权柄，这正是我等草民取代世家大族的绝佳时机！"

说罢，张辽再也不看山坡下那支缓缓远去的大军，自引本部人马返回大营，下令即刻开拔。

历经一月的奔波，在新一年的立夏到来之际，张辽所部风尘仆仆回到了洛阳。同一时间，当朝皇帝，谥号为"灵帝"的东汉第十一代帝王刘宏身染重疾，急召大将军何进入宫，以商议后事。

灵帝膝下可继承大统的皇子有两位：长子刘辩，为大将军何进的妹妹何贵人所生，而何贵人在生下刘辩后，自然被立为何皇后。紧接着，灵帝又宠幸宫中王美人，生下次子刘协。何皇后妒忌王美人深受宠幸，便以鸩酒毒杀了王美人。失去了母亲的皇子刘协由董太后庇护。董太后正是灵帝的母亲，因此纵使何皇后在后宫如何权势滔天，有董太后在，任谁来也伤不到刘协分毫。

起先，董太后对刘协宠爱有加，曾劝说灵帝立刘协为太子，灵帝也有此意向。灵帝染病卧榻之际，此事再度被提起。随侍灵帝左右的十常侍之一、上军校尉蹇硕早已注意到洛阳城中的杀机，眼见皇帝提及立储之事，连忙建议道："若是立刘协为太子，则何进、何皇后一派必定心怀不满，势必要扶刘辩继承大统。为了杜绝后患，不如宣何进入宫，将其斩杀。"

病榻上的灵帝听闻蹇硕的计策，竟深以为然，下旨宣何进入宫。幸而何进于入宫半途中，得到知晓内情的大臣及时提醒，这才临时改变了行程，盛怒之下径直召集诸大臣，意欲领铁甲精兵入朝，诛杀十常侍与朝中诸宦官。

张辽重返洛阳接到的第一项军令，正是领百十精锐甲士，拱卫大将军府旁近，守护大将军及各位大臣的安全。

这并非张辽所渴望的差事，带兵拱卫大将军府并不能使人名扬天下，世人最终会记住的必然是亲自领兵诛杀朝中小人的将军，而不是勤勤恳恳率部保护大将军的小小都尉。

可惜的是，身为小人物的张辽并没有选择的权力。

张辽身后的厅堂之内，大将军与诸大臣的商议似乎并不顺利，其间不时有呵斥怒骂之声。大将军何进原是屠户出身，即使身居高位多年，依旧未改暴躁直爽的性格。

隐约之间，张辽似乎听见什么人低声劝解道："大将军，此事不可莽撞，应慎之又慎。宦官势力于朝中盘根错节，时日已久，如何能一朝尽数除之？若是此事今日不慎泄露出去，诸位皆有灭族之祸！"

张辽对这个声音有些印象。刚刚众人互通姓名来历时，张辽似乎听见袁本初介绍此人道："此人乃是曹操曹孟德，沛国谯县人，现任典军校尉。"

张辽眉头一皱：区区典军校尉，竟值得袁本初亲自介绍，这人什么来头？

果不其然，看不上曹孟德出身的绝非张辽一人。待到孟德所谓"灭族之祸"言论一出，席间皆是嘲讽之声，大将军更是快人快语，一声呵斥盖住了所有人的嘲笑："去！你不过一个无名小辈，怎么可能懂得朝廷大事！"

这一声呵斥之后，张辽很久没再听见孟德说一句话。

"出身卑微之人，在哪里都不受重视。"张辽在心底叹气。

屋内正是商议之时，张辽忽然警惕地竖起了耳朵。府门之外正有马匹飞驰而来，速度极快，似乎有极为要紧之事，想必是有信使来找大将军。

　　果不其然，没过一会儿，府门被重重撞开，一名大臣急匆匆步入堂内，对堂上诸大臣道："陛下已驾崩！蹇硕与十常侍众人秘密商议，秘不发丧，再矫诏宣大将军入宫，在宫中将大将军诛杀，而后册立皇子刘协为帝！"

　　此话一出，座上诸臣无不哗然，窃窃私语之声不绝于耳。

　　"蹇硕好计策，可谓环环相扣，步步杀机。"张辽心想。

　　这边，大臣们议论的话音未落，宫中的使者转眼到了门前。张辽有意在厅堂前多盘问了使者一番，为身后的诸位大臣留出应对时间。

　　待使者得以进入厅堂，堂上诸大臣及大将军面色平静地等宫中使者念完了诏书。诏书所言无非是宣大将军即刻入宫，商讨国之大事。此先久久不发一言的曹孟德，待到宫中使者告辞之后，才显露出焦急之色，严肃道："大将军万万不可孤身前往！眼下当务之急，在于扶正君主之位，需立即让刘辩皇子继承大统，万不可叫十常侍得逞！"

　　大将军大约也深知其中利害，猛然拍桌而起，环顾四周喝问道："谁敢与我入宫，正君位，讨逆贼！"

　　张辽不由止住了呼吸。领精兵入朝，扶持皇子即位，这注定是要写进史书的一刻。

　　"我愿前往！"大将军话音未落，座下便有一人猛然起身。张辽再也忍不住好奇，探头朝屋内望去。只见说话之人气度不凡，眉宇之间自有一股英气。张辽认识他，此人便是赫赫有名的四世三公之后——司隶校尉袁绍。

　　"真乃当世豪杰！"张辽暗自感慨。

7. 沙场点兵

经过一番惊心动魄的幕后博弈，萦绕在洛阳城头的阴云最终以一种平静的方式悄然散开。大将军何进、司隶校尉袁绍整顿兵马，率领御林军精锐兵马五千进逼内廷，护卫朝廷肱股之臣三十余位相伴入宫。如此阵势，十常侍不敢阻拦，大将军及诸臣得以顺利来到灵堂，于先皇灵柩之前拥立太子刘辩继承帝位。

至此，朝中以何进兄妹为首的外戚集团，终于完成了对以十常侍为首的宦官集团的碾压。

洛阳城内的百姓不会知晓，繁华的京都街头险些沦为刀兵相向的战场。对他们而言，过去的几日就如同往常一样平平无奇，老皇帝驾崩了，新皇帝即位了，自高祖皇帝以来这样的事已轮回了无数次，实在是稀松平常。

消息传到洛阳城外的军营之内时，张辽正率部进行马术训练。陈竺穿过扬尘滚滚的校场找到他时，堂堂骑军都尉正混迹在成群灰头土脸的兵卒当中，手把手指导他们该如何挥舞马刀，寻找发力的最佳时机。若不是张辽腰间挂着古朴的三尺长刀被陈竺认了出来，陈竺真要以为自己来错地方了。

"都尉治军有方，属下叹服。"回到大帐，陈竺顺手递给张辽一盆清水，"别家将官都在想方设法克扣军士军饷以中饱私囊，唯有都尉将兵士们视为手足，严加训练，这才是成大事者该有的气象。"

"恭维的话就不必说了，你我之间还需客套？"张辽笑了笑，深吸一口气，一头扎进清水中，冰凉的触感令他周身一颤，疲倦之感尽数散去。

"朝中一事，我已有所耳闻。"清洗过后，张辽卸下盔甲，与陈竺相对而坐，"眼下大将军与十常侍达成了短暂的和平，十常侍并未对年少的陛下发难，大将军也未立即纵兵杀入内廷，诛杀诸宦官。子直兄以为，此现状会长久吗？往后的形势会是如何？"

"属下以为，此和平终归是脆弱的。大将军与十常侍早已势同水火，谁也不容谁。内廷眼下所谓的平静，不过是暴风雨前短暂的平静罢了。"陈竺低吟道。

张辽点点头，言罢又微微叹息："只是，朝中两派斗得你死我活，于你我又有何关联呢？我连日来率部为大将军府做护卫，见天下豪杰往来不绝，意气风发，要成就一番大业。他们又有谁会注意一个小小的护卫呢？"

"都尉且先耐心静观其变。"陈竺淡然道，"大将军与十常侍必有一争，而这一争，天下必乱。天下一乱，就是你我寻求明主、建功立业的时机。"

"我明白。"张辽抚摸着长刀，若有所思。

虽然早有准备，但朝廷中的变数来得比张辽与陈竺预想的还要快。新帝即位数日之后，手握内廷兵马的上军校尉蹇硕仍旧心有不甘，于暗中活动，勾结其他宦官势力，想废刘辩而立刘协为帝。只不过此时朝中宦官多数已然倒向大将军一派，蹇硕的图谋很快败露。大将军知晓此事后，火速命人将其抓捕并诛杀。

蹇硕一死，朝中本就畏惧何进权势的宦官更是噤若寒蝉。大约是诛杀蹇硕尝到了甜头，大将军对朝中宦官进行清洗的心思越发活络起来。大将军府内日夜皆有宾客来访，络绎不绝，京都内外的兵马调度也越发频繁。洛阳上空刚刚才散去不久的战争阴云，眼看着又逐渐聚集起来。

转眼进入五月，风中隐然有了几分夏日酷热。并州刺史丁原自并州马场挑选上好河曲马一千余匹，由五百军士护送，携带大量粮草军械赶到洛阳，分配给并州驻守洛阳各部兵马。张辽所部分得马匹二百余匹，铁甲一百余副。装备到手后，张辽立即着手对骑军进行扩充，最终将寨中马军数量扩编至三百人。

"子直兄，久未经历战阵，不如操练一番？"张辽立身于马背之上，大笑着朝陈竺招手。

"正有此意。"陈竺笑笑。长久相处下来，陈竺并未发觉张辽在用兵之道上有何过人之处，不过是刀马箭术颇为熟练，两军对阵之下，大将个人武勇又有何用处呢？

张辽并不知道陈竺心中所想，很快将帐下军士尽数集结于校场之上，又调拨骑军二百、兵卒一千交予陈竺指挥，自己亲率精骑一百、兵卒三百与陈竺对阵。

"都尉这是何意？"陈竺一愣，立刻猜想张辽大约是在让着自己。

"属下也是带兵之人，未见得比都尉差多少。"陈竺脸上略有几分不快，"都尉如此布置兵力，是瞧不起属下吗？"

"只不过是验证心中所想的一个战法而已，子直兄想多了。"张辽苦笑道，"若是此战法不成，败了也就败了。若是他日上了战场才发觉不妥，岂不白白葬送将士性命？"

陈竺的脸色这才微微缓和几分。

"如此，都尉便放马过来吧！"

演武开始了。

陈竺先以优势兵力结成方阵，稳固阵线，二百骑兵护卫两翼，稳扎稳打，向着张辽一方阵线缓缓推进。而张辽所部兵马似乎毫不在意大军压境，仍旧按兵不动，仅有的一百骑兵甚至尽数集结于三百步兵方阵侧后方，似乎全不在意陈竺骑兵对两翼的威胁。

"如此推进，不过是以人数取胜，实在不足称道。"陈竺暗想，随即下达军令，让前锋一部突出，率先接敌，试探对方动向；本部居后压阵，随时预备投入战场。两侧骑兵以箭矢袭扰对方步兵，逼迫对方仅有的骑兵投入战场。

"真是不遗余力啊，子直兄。"张辽于高处观察战况，不由苦笑，"若是阵前相遇，稍有不慎，今日我便要做你的俘虏了。"

面前，陈竺的军令正如流水般传达，千余人的阵形开始缓缓变化。

"但是，子直兄，你有一个致命的漏洞。"张辽收起笑意，神色骤然严肃。

"骑队，随我出战！"张辽猛然下令。百余骑兵如同奔流之洪水，朝陈竺阵线左翼直扑而去。

当张辽的骑兵冲锋转瞬即至时，陈竺迷茫地瞪大了眼睛：以劣势骑兵冲击排列严密的步兵方阵，岂不是自寻死路？

"张都尉，你也不过如此。"陈竺颇为自信地笑了笑。

但接下来的战况完全出乎陈竺的预料。预想中足以抵挡骑兵冲锋的左翼防线竟迅速崩溃。陈竺这才想起，方才他下令让中军精锐一部前进与对方接战，此时正是阵形变化的关口，各部在运动时的防御能力远不及静止状态。更致命的是，左翼原本应该有骑兵护卫，但陈竺偏偏将他们派去袭扰敌阵了！

陈竺这才反应过来，张辽摆在正面的步兵方阵只是诱饵，从头到尾张辽的取胜杀器都在骑兵！

可怜左翼兵马，在毫无防备的状态下被张辽亲率的一百骑兵冲得七零八落，此时再下令变化阵形已经来不及。陈竺迅速做出决断：当下唯有一鼓作气，先将面前的步兵方阵歼灭，而后待到己方骑兵归位，那时张辽麾下区区一百骑军，还是要陷入己方优势兵力的团团包围中！

但军令还未及下达，中军本阵再次骚动起来。原来张辽在击溃左翼防线后没有做片刻停留，却径直朝中部本阵杀来。陈竺猛然惊觉，自己能想到的对策，张辽一定也想到了。因此张辽只能选择以雷霆一击摧毁主将本阵所在，方能一击定乾坤。

真是搏命的战法！陈竺在心里感叹。

陈竺的中军本阵因为左翼的崩溃，整个暴露在张辽的骑兵冲击之下，加上溃逃的左翼兵马影响了陈竺的调度，张辽没有花费太大的工夫，便击溃了中军本阵。片刻之后，灰头土脸的陈竺被一众军士簇拥着来到了张辽面前。

张辽打量着陈竺，伸手拍了拍满盔甲的灰尘，淡淡一笑："如何？"

陈竺脸上的神色变了又变，既有不甘也有叹服，最后化作一声轻叹："都尉用兵如神，属下望尘莫及。"

　　"过奖了！"张辽大笑起来，牵着陈竺回到大帐，"子直兄不必灰心，此战之败，不在你的指挥，而在战场时机的把握。"

　　陈竺一愣，低头沉思了片刻。张辽知晓陈竺个性，凡事皆不必说透，只需轻轻提点一二，他自会参悟。

　　"属下明白了。"陈竺神色肃然，"属下所率之军，多数为新募之兵，尚不通战阵之法，不能自如指使。都尉正是等待属下下令阵形变化之际，以精锐骑军突袭，方能一招破敌，以少胜多。"

　　"所言不错。"张辽淡淡一笑，随即又叹口气，"可惜终归是兵行险着，稍有不慎便是满盘皆输。今日你的反应并无不妥，若是你的骑兵回援再快几分，或是我的步兵方阵迅速被击垮，后续的所有计策就都失效了。"

　　"都尉此言差矣。"陈竺心服口服地叹气，"属下以为，两军交战，重点不在布阵之法如何精妙，而在于两处：一是军令有效传达与执行，二是比敌人犯更少的错误。"

　　"子直兄言之有理，不过容我多补充一条。"张辽正色道，"比敌人犯更少的错误不过是其次，取胜之关键在于，在发现敌人犯错之后，迅速抓住战机，以雷霆一击破敌，不给敌人片刻弥补错误的机会。"

　　"属下受教。"陈竺点点头，"以都尉之见，若有朝一日于沙场使用此战法，给都尉一千兵马，能攻破多少敌军？"

　　"难以计数，也许，可破十万之众吧？"张辽故作严肃地沉思，旋即放声大笑起来。

8.　洛阳惊变

在张辽紧锣密鼓地操练部队时，洛阳宫廷内的斗法仍未停止。朝中外戚集团与宦官集团的明争暗斗还未尘埃落定，大将军反手又对董太后一番料理。

先帝之母董太后自刘辩即位之后，心中颇有不快。为了与朝中何进一派势力相抗衡，董后先封皇子刘协为陈留王，又任命国舅董重为骠骑将军，意在与何进兄妹分庭抗礼。无奈的是董后实力远不及何进。很快，朝中廷臣便在何进的安排下向皇帝上奏称：董太后本为藩妃，先帝驾崩之后便不宜久居宫中，应迁往河间安置。

皇帝本为何进兄妹手中傀儡，自然准奏。于是何进迅速点齐兵马，不等董太后有所反应，便将她强制送出洛阳；随即又调集精兵，将国舅董重府邸团团包围。董重自知大势已去，乃挥剑自刎。董太后与何皇太后的斗法，最终以何进兄妹的大获全胜而告终。

至此，何进在朝中权势已达顶峰，再无人可与之比肩。得益于此，张辽也得以结束护卫使命，不必终日率部往返于大将军府邸。本部兵马仍驻守洛阳城外，听候朝廷调遣。

如此一来，张辽在洛阳军营的日子竟难得地清闲下来。

入夏后的一日，快马载着自并州来的信使来到张辽帐前。

信使踏入大帐之前，张辽与陈竺正在小声密谈。

"已经有确切消息传来，董太后在迁往河间的途中死于非命，灵柩不日将送回京都。"陈竺低声道，"坊间已有传言，说此事乃是大将军指使，话里话外皆在暗示大将军有所图谋，此种流言，实在对大将军不利啊。"

　　张辽叹了叹气。他对于大将军谋害董太后一事倒没有特别的反应，自己早已不是一年前初来洛阳时的无知少年，朝堂之内的斗争本就是你死我活，并无稀奇。

　　"关键是，此事本该密不告人，但眼下竟传得满城风雨，只怕幕后是有人在暗中推波助澜。"张辽感叹道。

　　"当今朝中，除了十常侍那帮宦官，还有哪方势力会有如此胆量呢？"陈竺冷笑一声，"依属下看来，他们也不过是垂死挣扎罢了。"

　　张辽正要答话，忽然听见兵卒来报，并州信使正在帐外等候。

　　"并州又有信来？刺史大人近日联系得实在频繁了些。"陈竺起身迎接，从信使手中取过信件，"这次不知又有何指令。"

　　"丁大人大约也察觉到京都异动，有所准备了。"张辽沉吟道，见陈竺举着信件半晌没说话，微微一愣。

　　"子直兄，信上所言何事？"张辽问。

　　"这……"陈竺放下书信，愣了片刻，才想起递给张辽。

　　"信上说，大将军向天下各州郡兵马发出邀约，命他们率领各自本部精锐兵马入京都，助大将军诛杀朝中宦官。"陈竺严肃地说道，"丁刺史已点齐并州精锐马步军五千人，以吕奉先为先锋，星夜奔赴洛阳而来。"

　　"什么？"张辽一惊，手中书信险些飘落在地。

　　自光武中兴以来，洛阳还从未有过如此变局。天下州郡精兵良将汇聚一堂，届时会发生什么，没人可以预料。

　　接下来数日，张辽几番在城中打听，才渐渐摸清了此事的来龙去脉。

　　起先，大将军命人以鸩酒毒杀董太后，此事不知怎么被十常侍知晓。很快，朝中宦官开始于朝臣之间散布此事，大肆渲染大将军的狼子野心，甚至说大将军有昔日王莽之相，意图颠覆汉室江山。大将军闻言勃然大怒，要举兵入朝，将宦官屠戮殆尽。奈何十常侍早已私下讨好何太后，何进几度欲兴兵除贼，都被何后阻拦。

　　据张辽从大将军府上同僚打听到的消息，是袁绍在一旁献上一策，说应当召集四方英雄之士领兵来京都，以重兵威压胁迫何后不得包庇宦官，如此何进便可从容踏入内廷，将诸宦官尽数屠之。据传，何进闻言大喜，毫不犹豫地应允了袁绍的计策。

"这算什么计策？"陈竺听闻此事，大为不解，"如今大将军仰仗皇威，又有兵权在身，若是有心诛杀宦官，则应当速发雷霆，行权立断，则大事可成。可大将军偏偏要召外兵入京都，届时各路精兵汇聚一堂，各怀异心，若各军之间反生干戈，大事难成不说，岂不是叫天下耻笑？"

"大将军的安排的确过于草率，我听说西凉刺史董卓接到书信后大为欣喜，当夜就点齐凉州兵马二十万，眼下已在开赴洛阳的途中。"张辽沉吟道，"此人本也出身寒门，乃依靠献媚于十常侍而有如今高位，此番又受大将军将令率兵来京都诛杀宦官，实在叫人捉摸不透。"

"如今可是天下豪杰共聚一堂，若生变故，都尉该怎么办？"陈竺严肃问道。

张辽沉思良久，猛然起身。

"即日起，令全营做好战备，日夜操练，以防不测！"

同一时刻，辽阔的关中平原，大汉前将军、鳌乡侯、西凉刺史董卓，勒马停在平地之上。在他面前，正是昔日的大汉都城，现已残破凋敝的长安。

在他身后，二十万西凉大军绵延十数里，旌旗纷飞，长枪如林。黑衣铁甲徐徐涌动，好似平原之上的黑色潮水。

董卓的目光中忽然流露出几分沉思。

"主公在思虑何事？"一人在董卓身后问。

董卓回身，见身后正是谋士李儒，又将目光投向长安，沉默不语。李儒微微一愣。他跟随董卓多年，还是第一次从主公眼中看见迟疑不定的神色。

"想当年我年轻时，混迹于凉州蛮人之间，向来被世家公卿看不起。"董卓慢悠悠说道，"可如今世事变幻，当年被公卿所瞧不起的乡下蛮人，今朝也要率领大军入京都朝拜。李儒你说说看，以我军军威之盛，会不会让昔日高高在上的世家公卿高看我一眼？"

李儒闻言，略微思索片刻，朗声答道："主公出身低微，在世家公卿眼中，这是无论如何也无法改变的事实。即使今日带甲二十万入京都朝拜，公卿也许会为军势所威慑，但内心深处终究是看不起主公的。"

"李儒你好生大胆，竟说出如此狂妄之语！"董卓脸色一沉，颇为不快。

"李儒所言不过是实情罢了，主公心中亦如明镜。"李儒正色道，"主公年轻时尚且对高高在上的诸位公卿毫不在意，自在地做一个凉州蛮荒之地的乡下人，如今重兵在握，怎么忽然瞻前顾后了呢？"

"此话怎讲？"董卓一愣，不解其意。

李儒淡淡一笑，坦然答道："过去看不起主公之人，今日依旧不会高看主公一眼。但当年主公对于公卿的讥讽无能为力，今日却领精兵铁甲二十万入京都，任何对主公怀有轻蔑之心者，主公可以轻易取其性命，这便是其中最大的区别。"李儒直视着董卓的双目，"试问主公，叫天下人高看一眼有何意义？这世间比高看一眼更长久的力量，乃是畏惧。主公与其费尽心思做一个叫公卿高看一眼的蛮人，不如做一个叫公卿闻之无不畏惧的蛮人。"

董卓闻言，低头思索片刻，露出几分笑意。

"听起来，无论如何，我都摆不脱蛮人的身份。"董卓大笑三声，于马背之上昂首挺胸，一手握紧刀柄。

"'蛮'字所代表的是一往无前的悍勇。公卿以'蛮'字赠予主公，李儒认为是最好的赞扬。"李儒也随之大笑。

"说得好！我们便提刀入京都，看看我董卓这个蛮人，能在洛阳激起怎样一番风浪！"董卓一夹马腹，马匹肆意飞奔。黑色的铁甲洪流在他身后缓缓流动，一直流向天际日光沉没的地方。

夜色深沉，浓云遮蔽月光，四下起了浓雾。此刻张辽策马漫步于浓雾之中，极目远眺，视线所及之处无不是惨白色的雾气。

"这是哪里？"张辽忽然感到一阵心慌，不安的情绪在心底蔓延。远方忽有大风吹来，浓雾骤然四散，张辽这才发觉自己竟身处洛阳街头。月光苍白，往昔繁华的京都街头此刻空无一人。

一只乌鸦掠过天际，沙哑的嘶鸣叫人心烦意乱。张辽心底的不安越发浓重，不由驱使胯下战马飞奔起来。

"有人吗？"张辽大喊，"陈竺何在？"

无人回应。

眼前的夜色骤然被火光照亮，一瞬间街面上冒出成百上千明亮的火把，整条街道似乎都在火光中燃烧。四下皆是凄厉的哭喊声与呵斥，目之所及无不是影影绰绰的人形。

"都尉，都尉！"陈竺在很近的地方放声大喊。张辽茫然四顾，却哪里也寻不见陈竺的身影。

"都尉，醒醒！大事不好！"

张辽猛然睁眼，在大帐之内翻身而起。陈竺全身披挂盔甲半跪在张辽身边，神色焦急。

"什么事？"张辽擦了擦额间冷汗，这才意识到方才不过是一场噩梦。

"大将军……大将军被那些阉宦杀了！"

"什么？"张辽周身一颤，脑子像是被抽空了，"再说一遍！"

"今日午后，内廷传何后消息，有要事让大将军进宫面谈。袁司隶放心不下，率甲士数千护卫大将军进宫，但在宫门外被黄门拦下！"陈竺面如死灰，"大将军孤身一人进了内廷，许久不见人影，袁司隶正欲领兵强闯时，阉宦竟然……竟然……"

"竟然什么？"

"竟然抛出了大将军的头颅！"

张辽眼前一黑，险些晕倒过去。

"袁司隶盛怒之下，纵兵攻击内廷，诛杀了诸多宦官，可偏偏叫那张让等人挟持陛下逃出宫去！"

"陛下也被阉宦带走了？"

"确切地说，是陈留王和陛下一起被张让等人挟持走了！"

"还愣着做什么？速速点兵，听候……"张辽愣了片刻，何进如今已死，自己该听候谁的命令呢？

"即刻选调精锐兵马，沿着张让出宫的路线急追！务必将陛下和陈留王安全带回洛阳！"张辽急急忙忙起身披挂盔甲，伸手在后背一摸，手中尽是冷汗。

9. 混战之夜

　　洛阳城内燃烧着冲天的大火，举目望去，四周尽是披挂盔甲的将士，手持钢刀沿街巡视。宦官如今已被何进麾下的大军杀得所剩无几，愤怒的武将将满腔怒火尽数倾泻在他们身上。可纵使他们如何卖力拼杀，何进人头落地都已成为无法更改的事实。洛阳城内数万大军再没有足够分量的人物出来约束，失控的怒火已经点燃，眼下即使以袁绍的身份也绝无可能收拾这一乱局。

　　混乱之中，大将军帐下的幕僚联合袁绍一同制定了紧急的应对方策，这便是立刻找到受十常侍裹挟而下落不明的皇帝。如今唯有依靠天子归位，方能安定人心，收拾眼下这一城烂摊子。

　　同一时刻，洛阳城外，各部兵马纷纷蠢蠢欲动。直到城内的局势越发混乱，火光渐渐映红了半边天，各路大将再也约束不住部队。一部分兵马涌入城内，加入了对残余宦官的诛杀；另一部分则不知从哪里打听到了消息，急匆匆领着骑兵打起火把去寻找天子的下落了。

　　张辽所部的营寨之前，三百精锐骑兵早已集结完毕，各自披挂铁甲，手持火把，目光整齐地望向营寨深处的大帐，他们在等待主将下达命令。

　　大帐之内，张辽焦急地来回踱步，浑身的甲片随着碰撞叮当作响。一旁的陈竺更是心事重重，眉毛几乎拧成一团。

　　他们在等待探马的回报。

　　宫廷内的惊变发生之后，张辽连着派出了三批人马出去打探军情，除了第一队人马及时回报，称洛阳城内此时已经是杀声震天，宫中宦官死伤枕藉，后续的两队人马再无半分消息。

"城内到处是兵马在调动，军情一时半刻大概是难以探明了。"陈竺再也按捺不住，"其他各营兵马都倾巢而出了，都尉，不能再等待了，下令出兵吧！"

"出兵？出兵去哪儿？"张辽眉头紧皱，"眼下连张让逃窜的路线都搞不清楚，贸然领着兵马出营追击，万一错过了大将军的命令又该如何处置？"

"眼下哪里还有什么大将军！"陈竺瞪大了眼睛，"城中早已乱作一团，各部都在不受约束地大开杀戒，怎么可能还会有命令送过来！"

"大将军府上谋士如云，又有无数当世名将，怎么可能任由堂堂都城如此被兵祸蹂躏？"张辽斩钉截铁道，"我不妨与子直兄打个赌，我相信大将军府的命令已经在路上了。"

"好，这个赌约我答应了，不过赌注是什么？"

"倘若子直兄你错了，他日可得在洛阳城内上好的酒肆内请我喝酒。"

"都尉你好狠的心，以属下职位之卑微，只怕一年的军饷才够买一坛好酒。"陈竺苦着脸说，"不过若是与都尉共饮，倒也算值了。"

"好，就如此说定了！"张辽大笑。

"若是都尉输了。"陈竺大声道，"下回演兵，我要选都尉你的兵力配置！"

"准了。"张辽回道。

夜空中忽然传来一阵接一阵的高呼。有骑兵纵马而来，沿途路过各营寨，一边飞奔一边留下呼喊声："营中可还有剩余的兵马？"

大帐中，张辽与陈竺对视一眼，匆匆迎了出去。

"此处尚有兵卒一千余名，未曾调动！"张辽迎着扑面而来的大风高声喊道。

黑夜中，原本已经纵马离去的骑兵迅速掉转马头，又朝张辽寨前奔来。

"你是何人？麾下是哪里的兵马？"骑兵气喘吁吁地问，看样子在夜色中赶了很远的路。

"雁门骑军都尉张辽，受并州刺史之命领兵入京都朝拜，听候大将军调遣！"张辽朗声答道。

那骑兵一听"大将军"三个字，原本紧绷的神经骤然舒缓了几分，遥遥朝着洛阳的方向拱手一拜："大将军如今遭到阉宦小人谋害，身首异处。城中兵马为了替大将军复仇，已然开始大开杀戒。眼下天子的下落尚不明确，极有可能仍在十常侍掌中，大将军府手边没有可抽调的人马，这才差遣卑职来城外军营调集援手。奈何一路疾驰，沿途所见军营皆空无一人，各部也不知在受谁的调动。"

"我部有精锐骑兵三百，现已集结待命，可供大将军府调遣，敢问需要属下往何处去？"张辽正色道。

"往东，沿着官道两侧仔细搜寻。有探马回报称在洛阳东边的大道上见到过天子的车驾，司隶校尉袁绍已经率本部精锐出发了，但大将军府上下仍感到忧心，今夜想要抢先找到天子的人马只怕不止大将军府一家。"骑兵感激地朝张辽抱拳行礼，"此事十万火急，还望张都尉立即领兵驰援！"

"遵命，属下这便出发！"张辽抱拳回礼，一掀披风翻身上马。传令骑兵立即掉转马头向下一处营寨奔去，张辽策马来到整装待命的三百骑兵面前，深吸一口气。

"此行事关天子安危，还望诸君尽心勉力！"张辽拔刀高高举向火红的夜空，"出发！"

营寨大门洞开，数百骑兵高举火把，犹如流动的火海，朝着面前广袤的夜色奔涌而去。

"你可欠我一顿酒，回头记得补上。"张辽似笑非笑地看了陈竺一眼，策马而去。

"知道了，都尉真乃妙算。"陈竺垂头丧气地跃上马背，追随张辽的背影而去。

向东疾追了十数里，官道两侧零零散散的兵马渐渐变得稀疏。夏日夜里，明月如钩，黑色的平原之上一片静谧。数百骑兵飞速奔驰，惊扰了附近村镇狗群，只听月下一阵此起彼伏的犬吠。每经过一处村镇或岔口，张辽便会分出十余名精骑搜寻而去，各路骑兵皆高举大将军府的旗帜，沿路驻军及官吏皆不敢抗拒。

"都尉，此处有大批兵马途经的痕迹，莫非是袁司隶的本部兵马？"陈竺低声问。月光之下，众人面前的官道上满是兵马通过留下的痕迹。

"不敢确定。"张辽微微皱眉，"还记得方才传令骑兵的话吗？"

"记得，他说今夜不止有一家人马在寻找天子。"陈竺冷笑一声，"当真是汉室衰弱，各路诸侯都想学大将军控制天子，却也不考量是否有坐镇京都的实力。"

"言多语失，子直兄。"张辽警惕起来，"黑夜之中不知有多少双眼睛盯着你我，小心一些总归不会有错。传我令，各部呈攻击队形展开，随时预备拔刀。若真有兵马想趁夜色袭击我们，我便要让他先领教领教并州骑军冲锋的威力！"

"是！"陈竺略一抱拳，策马前去传达军令。

10. 凉州兵马

孙武高举火把，回身看了看身后神色紧张的陈七，低声笑了笑。他们二人轻装前出，远离大队人马，任务是为身后的大队兵马探明前路。二人皆是自并州成军起就追随张辽的老兵，一年多的征战下来，每回干的都是前哨探马的活儿，此事对他们二人来说早已是驾轻就熟。更何况此处又是京都要地，四面八方并非凶残的漠北蛮族或是神出鬼没的叛军兵马，而是同样侍奉汉室的兄弟部队，因此孙武的神态颇为轻松自得，倒是落后孙武半个身位的陈七精神高度紧张，好像夜色中会忽然窜出一股敌兵胡乱砍杀似的。

还是个没怎么经过生死历练的雏鸟，孙武在心里想。他从军比陈七早得多，漠北蛮族初次进犯并州那会儿便投身军旅，连年来孙武所部与蛮族骑兵恶战了不知多少场，他甚至曾经亲手斩杀了两名蛮族武士，第一次体会到手持钢刀撕开人体是一种怎样的体验，进而有了对生死瞬间的体会，这一点是陈七无法体会的。

"慌什么？"孙武故作严肃地瞪了陈七一眼，"都尉可在后头不远处看着呢，未见敌兵先自乱阵脚，当心都尉罚你军棍！"

"不太对劲，孙大哥。"陈七犹犹豫豫地说，他在孙武这样的老资历面前总归是不太有底气，"今夜心实在跳得厉害，好像有什么大事要发生。"

"屁话，这一整夜发生的哪件事不是大事？"孙武皱眉，"你怎么说也上过冀州战场，也和张举叛军打过照面，虽说未能立下斩首军功，但也不至于如此胆小怕事吧？"

　　"并非胆小怕事。"陈七的目光落在面前黑漆漆的官道上，"你看这地上的脚印，是不是越来越多了？前方只怕有大军驻守，我这心里实在不踏实。"

　　孙武当然注意到了。方才张都尉下令全队改为攻击阵型展开之后，官道上的脚印便越发密集，步兵的脚印难以计数，单是骑兵的马蹄印，细数起来便足有数千之众。问题是今夜洛阳附近的兵马皆是各自为战，哪里来的如此庞大并且建制整齐的兵马？

　　"那又如何？"孙武心里隐约觉得不安，明面上却满不在乎地撇嘴："这里是京都要地，咱们都尉可是奉大将军府的命令，迎接天子回驾京都，什么人马胆敢对天子的兵马动手？那岂不是犯了大逆不道之罪？"

　　陈七一时间却想不出反驳的理由，只得强压下心底的慌乱，硬着头皮沿着官道前进。

　　此时正是黎明前夕，天地正处在太阳升起前最深沉的黑暗之中，月光也悄然消失，二人手中的火把仅仅只能照亮眼前一小片道路。在火光照映下，官道上的马蹄印层层叠叠，不知此前究竟有多少兵马从此处经过。

　　一阵大风迎面袭来，胯下战马不安地嘶鸣，手中的火把在风中剧烈一颤，险些熄灭。

　　"不妙！"陈七脸色一变，"风中有血腥味！"

　　"当心！"孙武猛然大喝一声，向着面前的黑暗投出了火把。几乎就在火把出手的瞬间，跳跃的火光照亮了飞速袭来的三支羽箭，犹如三道闪电，速度之快简直叫人无从闪避。

　　孙武反手夺过了陈七手中的火把，猛地扔向了黑暗中。两支火把坠落在十几步开外，自下而上照亮了无数马蹄。陈七这才注意到，夜色之下竟然满是黑衣黑甲的骑兵。

　　"跑！"孙武反手在陈七后脑勺拍下一掌，声音嘶哑，"快去禀告都尉！"

　　"禀告什么？"陈七一时没反应过来。昔日在冀州也是如此，但凡碰上决定生死的瞬间，孙武的反应永远比陈七快一拍。

　　但这次孙武根本没打算给陈七做出解释。黑暗中的骑兵群猛然发动，如同黑色的浪潮，一旦发起冲锋便绝无可能停止。两支火把转瞬之间被密集的马蹄踩灭，孙武毫不犹豫拔出钢刀，迎着成群的骑兵冲了上去。

"快跑！"这是孙武最后留下的话。

陈七没有半分迟疑，立即掉转了马头，向着身后二里开外的大队人马疾驰而去。身后的骑兵因为孙武不顾一切地冲锋而略微停滞了片刻。孙武竟以一己之力拖延了数百敌军片刻，真不愧是征战多年的老兵！陈七也期望自己能有如此壮烈而豪迈的死法！

"都尉！"陈七不顾一切地放声嘶吼，同时拼命地鞭打战马。陈七并非是贪生怕死，他知道自己死不足惜，但必须要将警告传达给身后的大队人马。

眼前忽然出现了一片明亮的火海。关键时刻，张辽所部的骑兵终于抵达战场。由于提前下令全队以攻击队形展开，面对黑暗中突如其来的袭击，张辽本部兵马并没有陷入绝对的被动之中。

"五十步，箭矢齐发！"陈竺大声下令，黑暗中一阵尖锐蜂鸣声，密集的箭雨射入敌阵，一时间不知多少敌方骑兵中箭落马。但几乎是与此同时，对方的箭雨反击也接踵而至，己方一瞬间也有十数名骑兵死于箭下。

两军转眼即将逼近到短兵相接的距离。千钧一发之际，双方的主将同时竖起大旗，引导各自的骑兵向着不同的方向避让，距离最近的双方骑兵几乎能看清彼此背后所背负的箭囊，但两队人马就如此惊险地擦肩而过，并未正面交战。张辽率领骑兵回旋出了一道弧线，退出数十步之后又再度整顿队形，随时防备对方可能的冲锋。但对面似乎无心恋战，甚至并不打算整顿队形，径直向着他们来时的方向飞速退去，转眼便消失在夜色中，只留下一阵烟尘消散在黎明前夕略带凉意的大风中。

"都尉。"陈七面色苍白地来到张辽面前，背后不知何时也中了两支羽箭。

"属下无能，"陈七低声说，"不过属下看清了对面的旗号，是西凉兵！"

张辽神色严肃地点点头，看了看陈七的后背："你的箭伤并不致命，快下去疗伤吧。"

"谢过都尉。"陈七艰难地掉转马头，回头看了看倒在黑暗中的一具血肉模糊的人形，鼻腔莫名涌起一阵酸楚。

"西凉铁骑。"一旁的陈竺重复着陈七的话，默默倒吸一口凉气。

"凉州的兵马到了。"张辽脸色阴沉。他低头看着满地的尸体，其中绝大多数是落单的洛阳驻军的探马，大概都是在毫无防备的状态下被埋伏在此的西凉铁骑偷袭了。

在这波诡云谲的混战之夜，董卓这头来自西凉的嗜血狮子，到底还是在关键时刻抵达了洛阳。

11．身陷绝境

黑沉沉的大地转眼被日光照亮。张辽率领骑兵沿着西凉铁骑退去的方向急追，最终在二十里外的一处村镇遇上了大批兵马，其中一支人马高高举着"袁"字大旗，想必是袁绍的兵马。

为了稳妥起见，张辽并未下令让本部兵马向前方靠拢，因为西凉铁骑的旗号也在不远处飞扬。

张辽与陈竺不由彼此对视一眼。

局势比想象的还要糟糕。西凉铁骑数千前锋已经展开冲锋阵型，而反观袁绍一方的兵马，原本便是在洛阳城内混战中临时拼凑的部队，经过一夜搜寻已经是人困马乏，加上人数不过千余，敌众我寡之下，一旦西凉铁骑发起冲锋，袁绍必败。

张辽麾下本有三百精骑，一路上分兵近百，方才与西凉铁骑的遭遇战又损失不小，眼下身边不过一百五十骑，即使投入战场也无济于事。

"都尉不可轻动。"陈竺面色阴沉，"西凉铁骑的冲锋向来以蛮勇和不计代价闻名于世，都尉麾下骑兵虽训练尚可，但面对如此残忍嗜杀之军，依旧毫无胜算。"

"我明白。"张辽轻声叹气，"但乱世之中，你我这样的小人物又怎么掌握得了自己的命运呢？"

他的话音未落，远远跑来一人一骑，高举袁绍的旗号，原来是袁绍的信使。早在张辽率部抵达外围的第一时间，袁绍便注意到了这支援军。见这支骑兵迟迟未动，这才令信使前来发号施令。

"你们可是大将军府发来的援兵？"信使高声问。

"正是。"张辽与陈竺一同行礼，"属下张辽援助来迟，还望司隶大人见谅。"

"既然是来救援，为何不前来相见？"信使颇有些不满地质问。

"实不相瞒，大将军府交代给属下的职责有二，一是为驰援司隶大人，二是尽快找到天子下落，将他安全护送回洛阳……"

"你说的都是同一件事。"信使不耐烦地打断道，"陛下此刻正在你我身后的村子里，司隶大人本要护驾回宫，却突然遇上凉州刺史的兵马横插一刀，不由分说要将陛下劫走。司隶大人自然不允，这才领兵与西凉兵马对峙。你们既然也是来救驾的，还不快随我去面见司隶大人。"

一旁的陈竺朝张辽使了个眼色，张辽心领神会地点了点头。

"司隶大人所部兵马已经被西凉铁骑团团围困，我手边这些兵马只怕冲不开包围圈。"张辽无奈说道，"可否令属下的副将随同前往拜见司隶大人？若是有军令，便让属下的副将传达好了。"

信使犹豫了片刻，颇不情愿地点点头："也罢，那你便随我来吧。"

陈竺朝张辽一抱拳，随着信使策马远去了。两人两骑非常轻松地穿过了西凉铁骑的封锁，原本西凉军包围袁绍也只是为了限制他们的行动，实际上在等他们的主将——凉州刺史董卓。眼下他正在飞马赶来的路上，待到他率主力抵达此处，袁绍一方将再无半分机会，因此留给己方的时间其实相当有限。

张辽在高处默默打量着西凉铁骑的军威。这些凉州武士身上仍旧带着些许蛮族人的质朴与悍勇，大概是因为西凉铁骑的武士本就来自凉州大大小小的部落。为了方便冲锋，他们只披着黑色的皮甲，有的甚至祖露着胸膛。他们在马背上背着长弓，腰间挂着弯刀，手中持着七尺长枪，数千长枪高高竖起时如同黑色的锋利荆棘。

张辽很快便有了判断：眼下自己手中的兵马绝不是西凉铁骑的对手。

片刻之后，陈竺孤零零地策马返回阵前，脸色黑得吓人。

"如何？"张辽一见陈竺的脸色便有了预感，"司隶大人是不是命令我们杀入西凉铁骑大营，强行将陛下夺回本阵？"

"都尉所猜不错。"陈竺冷笑一声，"司隶大人命令我们，主动与西凉铁骑主力一战，力争取胜，为全军做出表率，以展示西凉铁骑并非不可战胜。真不愧是世家望族的后人，连命令部下去送死都要说得如此义正词严。"

张辽叹叹气："在这些世家眼中，我们这百余名骑兵的性命不过是数字罢了，即使是送死又何妨？若是能用我们这百来条人命换来陛下震怒，从而认定西凉铁骑不知礼数，司隶大人才是忠心护主，那便是物尽其用了。"

"果不其然，古往今来，凡是成大事者，哪个不是踏着累累尸骨一路向前？"陈竺愤愤道，"那么都尉大人要如何决断？若不遵从司隶大人的命令，便是战前违抗军令，到头来还是免不了一死。"

"我没什么好决断的，虽然刀口舔血、死里求生对行伍中人来说已经是家常便饭，但我绝不会让自己的部下无缘无故地送死。"张辽注视着面前虎视眈眈的数千西凉铁骑，"袁本初想要踏着累累尸骨向前是他的事，我虽然钦佩袁司隶的气概，却也断然不会允许自己成为他脚下累累尸骨的一员！"

张辽回身下令道："本部兵马原地待命，没有我的命令，任何人不得擅自出战！"

一旁的陈竺默默打量着张辽的神色，忽然明白了他的对策。

"怎么样，子直兄，随我走这一遭吧。"张辽淡淡说道。

"有时真不知道都尉究竟是妇人之仁还是一腔悍勇。"陈竺无奈地笑笑，"也许二者兼有。"

二人策马来到西凉铁骑大军近前。片刻之后，密集的黑色荆棘丛向两侧裂开，一员魁梧的大将背着长枪缓缓走出阵列。

"来将通名！"男人眯起眼睛打量着张辽，轻蔑地说道。

第一次阵前对决，可别太丢脸。张辽在心里说，默默提了一口气。

"行不更名坐不改姓，雁门骑军都尉张辽张文远，特来此取你狗命！"张辽放声大喊。

对面的男人像是愣住了，大概是因为从没听说过小小都尉也敢在阵前挑战大将；远处观望战局的袁绍兵马也愣住了，因为这绝不是他们所期望的解围方式；就连身后的陈竺也愣住了，因为他立刻听出张辽从来没有叫阵的经验，一张口便显得底气不足，只怕还未交手便要被人嘲笑。

"你不过区区都尉，竟敢前来叫阵，是嘲笑我西凉无人吗？"男人咆哮起来，"你既然非要前来送死，这颗人头我便笑纳了！"

说罢，男人猛然挥舞长枪，径直朝张辽猛刺过来。真不愧是以长枪冲锋闻名的西凉铁骑！看似普通的一刺，却有无穷的变化，无论朝哪个方向躲闪都会被枪尖迅速锁定。而张辽手中的三尺长刀在攻击范围上便落了下风，一旁围观的西凉武士纷纷流露出轻松的神色，想来是认为此战已经毫无悬念。

"这就是阵前决定生死的瞬间！"张辽心脏飞速跳动，脑海中依旧牢记着父亲的教诲。所谓生死瞬间，没有花哨的招式，没有精确的计算，没有周密的考量，一切出自本能，你所挥舞的每一刀、手臂聚集的每一分力量，都是为了迅速将敌人斩杀！

12.　瞬息万变

张辽拔出长刀，策动战马，迎着男人的枪尖冲了上去。

几乎是瞬息之间，男人的长枪杀至眼前。枪尖即将刺破胸膛的瞬间，张辽猛然侧身，在马背上做出一个漂亮的弓身。两匹战马交错而过，男人的枪尖几乎贴着张辽的鼻尖擦过，再偏几分便能贯穿张辽的头颅。

可惜的是男人没有这个机会了。在两人交错的刹那，张辽手中长刀自男人的腰腹处撕开了一道狰狞的伤口。张辽挥刀劈砍的力度之大，几乎将男人斩为两截。猩红浓稠的血液喷洒满地，一大部分沿着刀刃沾满了张辽持刀的右手。

勇猛的西凉战马载着重伤的主人向前奔驰了一小段，马背上的男人旋即轰然坠地，抽搐着咽下最后一口气。泥泞的土地大口吮吸着猩红的血液。

张辽勒马停在对方的尸体前，以小臂擦去刀刃上的鲜血，心脏仍旧感到狂跳不止。

"所谓西凉铁骑——不过如此！"张辽仰天咆哮一声，忽然感到全身前所未有地畅快，那是赌上性命的一搏后死里逃生的畅快。

"张将军威武！"陈竺率先发出高呼。

"张将军威武！"张辽本部兵马与在远处观望的袁绍兵马这才如梦初醒，纷纷纵情欢呼起来，一时间士气大盛。面前的数千西凉铁骑则面如死灰，他们怎么也料想不到，一个籍籍无名的雁门小将，竟然能在瞬息之间斩杀己方一员大将。

"西凉铁骑不过如此！随我冲杀进去，保护陛下回宫！"远处的袁绍阵营中，不知谁发出一声高呼。

"坏了！"陈竺与张辽脸色同时一变。

没等他们出言阻止，袁绍本部一千兵马立即向面前的阵型严密的西凉铁骑发起冲锋。原本两军静止的对峙态势在瞬间被打破，一千血肉之躯正面撞上了西凉武士们以长枪与长弓构建的钢铁防线。一时间四下杀声震天，目之所及无不是横飞的血肉与凄厉的哀号。张辽与陈竺来不及撤出交战范围，立即被卷入了混战之中。危机之下二人只得互相掩护彼此的后背，很快便被长枪的海洋所吞没。

"当心！"陈竺大吼一声，挥刀劈开了三五支朝张辽后背突刺而来的长枪，张辽这才得以专心对付面前的两名骑兵，一手握住从正面刺来的长枪，一手挥砍长刀，一次斩下两名骑兵的头颅。

"这样下去不是办法，我掩护都尉杀出重围！"陈竺绝望地大喊。他的武艺远不及张辽，虽然暂时还未被长枪捅穿了身子，但也已经被枪尖划得遍体鳞伤了。

"怎么，你想赖了这顿酒不成？"张辽瞪了陈竺一眼，"别说这种丧气话，一起杀出去！若是有命回洛阳，这顿酒我来请！"

"都尉可要说话算话！"陈竺狼狈地应付着四面八方刺来的长枪，"喝都尉一顿酒可不容易！"

张辽已经分不出精力来回答陈竺的话了。袁绍的疲惫之师完全不是西凉铁骑的对手，在长枪齐刺之下迅速溃败，而身陷重围的陈竺与张辽二人眼下便要直面数千怒火滔天的西凉武士。

"真没想到，你我的结局竟是如此。"陈竺脸色苍白地说。他的话还没来得及说完，座下的战马便被无数长枪贯穿，陈竺随着战马一同淹没在密集的黑色长枪之中，转眼没了踪影。

万军之中只剩张辽孤零零地挥刀作战，四周那些愤怒咆哮的面孔令张辽感到陌生。他甚至说不上与这些人有多大的仇恨，但却莫名被拖上了你死我活的战场，不死不休。

"随我冲杀进去，保护都尉！"耳边忽然传来熟悉的呐喊。张辽眼前已经被不知是谁的鲜血所模糊，连手中的长刀也因沾染了太多鲜血而无法紧握。混乱中似乎有一队孤零零的骑兵朝密集的西凉铁骑冲杀过来，张辽猛然想起，那是他留在后方的兵马，这支他手中唯一的精锐，此刻违反了军令，拼死也要来救他了。

"回去，回去！"张辽嘶哑地喊道，"不要无意义地赴死！"

可惜乱军之中没人能听见张辽绝望的呼喊，一百五十名骑兵无畏地奔向必死的战场，如同惊涛骇浪中的一叶孤舟，转眼就被长枪构成的荆棘丛林所吞没。

天边忽然响起嘹亮的号角，沉重的战鼓声也随之响起。远处似乎有数量庞大的兵马正在朝战场开进，连大地也随之颤动起来。交战中的双方同时愣住了，目光纷纷望向远方的山丘。只见山丘之上忽然升起一面大旗，紧接着是第二面、第三面……数百面大旗升起在朝阳四射的东方，无数长枪铁甲在大旗之下徐徐前行，更有密集的铁骑于高处列阵，马刀出鞘，弓弩半张，只要主将一声令下，铁甲洪流便能将交战中的西凉铁骑迅速淹没。

"大胆董卓，尔等不过一州刺史，竟敢在圣驾面前大动干戈，成何体统？"远处有一人高喝道，"还不速速退下！"

"退下，退下！"数千军士铆足了劲儿高声重复，回声在天边徐徐飘荡。

数千西凉武士面面相觑，喊话中的"圣驾面前大动干戈"起到了威慑作用，西凉军中的统兵将官终于从盛怒之中冷静下来，开始约束兵马，缓缓退去。

重重包围中的张辽感到周遭的阴影渐渐消散了，那些令人窒息的长枪忽然消失不见，他一时间感到有些茫然无措。他扯下残破的盔甲，慌忙擦去了面前的血污，这才看清了面前的战场。眼前遍地皆是尸体，一百五十余骑兵幸存者不过数十人，几乎人人带伤。张辽晃晃悠悠地翻身下马，在横七竖八的尸体中来回翻找，最后在一匹战马的尸体下找到了熟悉的面孔。

"子直，子直！"张辽拼命摇晃陈竺的身子，反手又扇了他一耳光，"你给我醒醒！"

"都尉下手真狠，属下就算没死在西凉铁骑枪下，也该被都尉一掌拍死了。"陈竺重重咳嗽两声，悠悠转醒。

属实算他运气好，战马倒下的瞬间，压住了陈竺身体的同时也替他挡下了无数致命的突刺，因此除了被战马压得有些胸闷之外，陈竺的伤势竟然比张辽还要轻一些。

"他们为何退兵了？"陈竺摇摇晃晃站起身，两人相互扶持着穿过尸横遍野的战场，残余的数十名骑兵在战场之外重整队形，再度打起了大将军府的大旗。

"是我们的援兵到了。"张辽回身指了指山坡上新开到的一支人马。陈竺这才看清山坡上的旗号，上书硕大的"丁"字，竟是并州刺史丁原所率的五千兵马。

"你我命不该绝，刺史大人但凡晚来片刻，你我就要命丧于此了。"陈竺悲伤地叹气。

"我看也不全是巧合，洛阳城外空间如此广阔，几千大军怎么可能如此凑巧，在此时此刻恰好赶到？"张辽低声道，"刺史大人的兵马只怕早已在一旁蛰伏，只等到袁绍与那西凉铁骑杀得两败俱伤时，再出来收拾残局，则护卫天子的功劳便归刺史大人所有了。"

陈竺微微一愣，沉默了许久，低声笑了笑。

"都尉说的是。"陈竺叹了口气，"是我想简单了。都尉进步得很快，一年以前，都尉还单纯得像个孩子，现在却慢慢地让人看不透了。"

13.　英雄相遇

"子直兄，不管你信不信，这种变化绝非我所期望的。"张辽注视着远处丁原的大旗，目光迷离。

"世事哪能如己所愿？若是如此，又算什么乱世？"陈竺摇摇头，"不说这个了。你看，刺史那儿有一队骑兵来了，不出意外，也是来传信的吧？"

张辽与陈竺的目光一同望过去，只见一队骠骑脱离大队人马朝张辽本部所在之处奔来，片刻工夫便来到眼前。待到看清了来者，张辽和陈竺不由为之一愣。

丁原竟然率领亲兵亲自前来了。

"别来无恙，文远。"丁原翻身下马，看上去依旧慈眉善目，只是比起上一次相见，脸上多了几分沧桑和疲倦。

"雁门一别，转眼已有一年。这一年里老夫可是时常能在朝廷的捷报里听到你的名字。"丁原含着笑赞许道，"也不枉老夫举荐你来京都，你果真没有替雁门子弟丢脸，也没有替你父亲丢脸。"

张辽心底微微一动。

"蒙刺史大人挂念，属下既然领了军令，自然要尽心完成才是。"张辽恭敬地回答道，"方才刺史大人提到家父，不知近况如何？"

"身子还算硬朗，只是时时挂念在外闯荡的孩子。"丁原淡淡一笑，"说来也怪，临行之前，老夫差人知会令尊，告诉他老夫不日便将启程奔赴洛阳，若是有书信或嘱托，老夫可以代为呈交。令尊却拒绝了，只说，该说的话早在过去的十余年都说过了，这天下还得靠文远自己去闯荡，靠他自己寻找答案。"

"像父亲说的话。"张辽也笑了笑，仿佛看见父亲严肃刻板的面容浮现眼前。这是张辽自一年前踏入京都以来，第一次流露出舒心的微笑。

"令尊的智慧，让老夫深感叹服。"丁原收起笑容，目光望向远处的村镇和蠢蠢欲动的西凉铁骑，脸色转眼变得凝重，"陛下是否正在西凉军的控制之下？"

"正是。"一旁的陈竺低声回答，"那张让等人挟持陛下出京都之后，草木皆兵，听见追兵的声音后，便在惊慌失措之下投河自尽。陛下与陈留王在荒野中迷失了方向，不知怎么到了这处村镇。原本先遇上了袁本初的兵马，袁司隶正要护送陛下回宫，却在半途遭遇西凉军的拦截，这才僵持到此时。"

丁原闻言，不由冷哼一声："董卓小儿不过偏远之地的一介莽夫，如今竟穷兵黩武，领二十万大军入京都，今日又拦住陛下回宫的车驾，这个蛮子是想做什么？挟持陛下坐镇京都吗？"

"并不是没有可能。此人虽说出身低微，但恐怕志不在小。"陈竺补充道。

丁原有些诧异地转过身，仔细打量了陈竺一番，不紧不慢问道："我似乎记得你，你原是老夫帐下一名侍卫，对吗？"

"是，今日属下乃是张都尉帐下一名统兵尉吏。"陈竺恭敬地回答，言辞中带着某种不易被察觉的骄傲。

丁原立即看穿了陈竺的小心思，却并未点破，只是平静地点了点头。

"你部人马继续驻守原地，牵制西凉军，但不必主动攻击，先以整顿为要。"丁原下令道，"我部兵马将以吕布为先锋投入战场，今日必不能叫那西凉蛮子将陛下掳去。"

"吕布……是大人那个勇猛无双的护卫吕奉先吗？"陈竺忽然问。

"正是。老夫如今已将他收为义子，此人武艺卓绝，有奉先在，区区西凉蛮子不足为惧。"丁原大笑几声，率领亲兵策马返回了本阵。

"稍后都尉便能见识到传闻中的当世虎将——吕布吕奉先的风采了。"陈竺笑了笑。

张辽像是没听见，只是默默看着面前密密麻麻的尸体，疑惑又惋惜地叹了叹气。

"都尉何故叹气？"陈竺不解道。

"子直兄你看，今日一事，袁司隶也好，董刺史也罢，甚至是丁大人，所求不过是要护送陛下回宫。大家彼此间杀了这么多人，流了这么多血，最后只是为了做同一件事，那这些战死的将士死得有何意义？"

陈竺一愣，不知该如何回答张辽的质询。好在张辽似乎并不期望得到回答，他只是默默地看着遍地的尸体，默默地思考着许多往日从未深入思索过的疑惑。

大风吹过，天地一片萧索。

有部下为张辽牵来了新的战马，张辽艰难地爬上马背，回身看着幸存的数十名骑兵，轻轻叹了口气。

"本部人马听令。"张辽疲倦地说，"一会儿无论发生什么，我们都按兵不动。这已经不是我们能参与的厮杀了。"

"遵命。"一旁的陈竺回应道。实际上，经过方才片刻的战斗，这些来自并州或冀州的将士早已心惊胆战。西凉铁骑的长枪一旦竖起，便如惊涛拍岸，绝不是普通的骑军可以抵挡。

山坡上忽然响起沉重的战鼓声。丁原麾下的主力部队开始缓缓布阵，步兵纷纷结成密集的长枪阵，骑兵拱卫步兵两翼，弓弩手在阵后时刻待命。此时战场优势在并州军一方，因为丁原麾下的五千兵马是完好无损的生力军，并且占据了冲锋的有利地形。而对面的西凉军则经过了一整夜的厮杀，人员有所损失不说，战马也渐渐疲乏。

但面对已然展开攻击阵形的并州军，西凉军马似乎并不感到慌乱，有条不紊地组成防御阵形，丝毫没有要退却的意思。

"丁大人的优势在于兵马势力更强盛，但西凉军也有后手。"陈竺低声分析着眼前的局面，"他们在等待主力到达，一旦董刺史本部主力兵马抵达战场，则丁大人不会有分毫取胜的机会。换而言之，时间站在西凉军这边，丁大人若想夺回陛下，只有速战速决。"

"但西凉军必然会拼死反击。"张辽摇摇头，"董刺史的兵马眼下必然在赶来的路上，面前的西凉军若是打定主意要拼死一搏，并州军想要速决也不是那么容易的。"

"双方都有拼死一战的理由，无论如何，接下来将会是一场恶战。"陈竺简略地结束了对话。

随着一声悠长的号角，并州军方阵开始徐徐移动。战鼓越发密集，前锋的并州将士随之发出威慑一般的怒吼声。伴着天边升起的朝阳，数千并州将士如同沐浴在烈火之中，脚踏着黑色的大地，一往无前。当先一员大将，手持七尺长戟，身骑墨黑色战马，身披重铠，甲片在日光之下闪闪发亮。当将士们齐声高呼时，他沉默不语，但英气逼人的双目像是能射出利剑；当并州方阵即将进入凉州军的弓箭射程之内时，大将猛然高举右手，如同在空气中竖起一面无形的帷幕，数千将士的前进步伐同时止住，连阵后的战鼓之声也同时停止，千人的方阵迅速安静下来，仿佛整片战场都由那名大将掌控。

14. 董卓入京

"此人正是吕布吕奉先！"陈竺小声惊呼，"你看他手中方天画戟，沉重无比，锐利难当！"

"果真是气度不凡，有名将的姿态。"张辽点点头，忽然感到一阵压力。

那吕布悠然漫步于阵前，方天画戟在半空划出一道半圆，最后直指向对面的西凉军，朗声大喝道："吕奉先在此！尔等鼠辈，谁敢与我一战？"

"威武，威武！"并州将士齐声高呼。

"我来迎战！"西凉军中传来一声疾呼。只见一匹快马自对面一跃而出，一员大将手持马刀猛冲而来，照着吕布的面门猛然砍去。

"来得正好！"吕布大笑一声，双目圆瞪，手中方天画戟凌空挥舞。没有铁器碰撞声，在场众人甚至没来得及看清方天画戟挥舞的弧线，却先看见一道漆黑的影子飞向半空，后边拖着一道飞溅的鲜血。

等到那黑影猛然坠地，双方将士无不倒吸一口冷气。

那竟然是西凉军大将的头颅！此人在西凉军中也算征战多年的沙场宿将，但在吕布手下竟然连出手的机会都没有，只在瞬息之间便被方天画戟削去首级。只见吕布面前，无头的尸体仍乘坐在马背上，摇摇晃晃却没有坠落。吕布冷哼一声，手中长戟在尸体上微微一点，尸体身子一歪，轰然坠地。

"将军威武！"尸体坠落的瞬间，并州将士们齐声欢呼起来，连远处的陈竺也不由暗暗叫好。若说方才张辽斩杀西凉军大将的那一战，在众人心目中留下了他武艺过人的印象，那么吕布轻描淡写却一招毙敌的一战，无疑让众人明确了什么才是真正的世之虎将。

"西凉蛮子，此战已经败了。"山坡之上，丁原发出一声冷笑。

天际尽头，朝阳未能照射之处，忽然响起更为低沉悠远的号角声。随之而来的是直冲天际的扬尘，几乎遮天蔽日。扬尘之下闪烁着不计其数的黑色大旗，远远望去如同一片黑色的浪潮。黑色浪潮沿着地平线徐徐展开，粗略望去竟绵延有数里之长，仿佛整片天地都布满黑色的铁甲长枪。

张辽与陈竺对视一眼，一个神色平淡，一个渐渐流露出失望的神色。

山坡之上，丁原举目远眺，脸色渐渐变得苍白。

陈竺所预料的最坏情况还是出现了。在两军对峙的生死关口，董卓的大军及时赶到战场，胜负的天平彻底倾斜，并州一方再无任何机会。

滚滚扬尘之中，西凉武士们嘹亮的军歌徐徐飘扬，张辽一愣。他们唱的竟然是昔日先秦的军歌，歌中好似蕴含着昔日那支天下强军所向披靡的威势。想来也是，凉州作为古时秦国的一部分，自然继承了秦人尚武和无畏的灵魂，这一点，纵使是如今同样以精锐骑军闻名的并州，也无法与之比肩。

与并州军对阵的西凉军先锋也听见了身后的军歌，方才眼中对吕布的畏惧与胆怯之色转眼一扫而空，纷纷挺起了胸膛，仿佛转眼之间被灌注了无尽的勇气。

"岂曰无衣？与子同袍！"他们齐声高唱，一时间竟也声势惊人。

"前锋迅速撤回！"丁原在阵后高声下令。急促的鼓点迅速响起，吕布心有不甘地看向远处的凉州大军，隐隐察觉到敌军之中似乎有一道目光在注视自己。

"他日阵前再战，必不会轻易放过你们！"吕布低声暗骂，对西凉武士们所高唱的军歌似乎也颇为不屑。

并州军在鼓声中缓缓撤退。董卓主力既然已经到达，战场胜负实际已无悬念。丁原又命令旗手向张辽方向发出信号，命令立即率领本部撤离战场。

"你看，最后还是白忙活。"陈竺看见了旗号，无奈地叹叹气，"现在我忽然能理解都尉的疑惑。各路诸侯今日在此拼死搏杀，所求不过是护卫陛下回宫。可谁来护卫结果不都是一样吗？拼杀的意义何在呢？"

"不。"张辽忽然摇了摇头，"董刺史如今强势入主京都，朝中只怕要生出新的变数。"

"诸位，看来我们还是来慢了一步。"说话间，丁原领着亲卫队来到张辽阵前，"陛下我们今日是接不走了，但身为臣子，还是要尽到臣子本分。"

"大人有何吩咐？"张辽问。

"跟随董卓车驾左右，一同护送陛下返回京都。"丁原说着看着远处，董卓本阵的旗号逐渐变得清晰，想必董卓本人正在那面大旗之下，"想我各路公卿望族皆全力举兵救驾，最后竟然被这么一个出身低微的蛮人抢去了功劳，老夫心里实在不甘。"

张辽也随着众人的目光一同望向董卓大旗。如此遥远的距离，董卓的面目显得模糊不清，那些忠心耿耿的西凉武士将董卓包围得如同铁桶一般。

这样一支英勇无畏的兵马，愿意为一个出身低微的所谓蛮人慷慨赴死，想必他也是个顶天立地的大丈夫。张辽在心中默念，却不敢当着丁原的面直说。

"陛下出现了！"身后忽然有兵卒高声喊道。

果不其然，西凉大军彻底控制局面之后，起先一直藏匿于村寨之中的天子与陈留王一同在铁甲钢刀的簇拥之下出现在众人眼前。护送天子回宫的车驾转眼已经备齐，董卓亲自下马搀扶天子及陈留王登上车驾。天子看上去似乎惊魂未定，登上车驾时竟脚底发软，险些摔倒。倒是年少的陈留王坦然地扶住兄长，扶着他登上车驾，随后回身对身边的董卓及护卫们说了些什么，董卓恭敬地予以回答了。陈留王满意地点点头，车驾这才开动，西凉大军也随着天子的车驾一同调动起来。

整个过程中，董卓的目光一直停留在陈留王身上，似乎若有所思。

"我们也走吧。"丁原不再看董卓的方向，只是沉重地叹叹气，"十常侍如今虽然已经除去，但大将军偏又引来这么一只凉州狮子。二十万凉州大军入主京都，又有天下各路强军汇聚一堂，这洛阳城内，往后还不知道要生出多少乱子。"

张辽与陈竺对视一眼，跟在丁原身后，踏上了返回京都的归程。

一路上，陆续有之前分出去的兵马加入队列，张辽本部骑军的数量渐渐恢复到接近两百人。今夜两场交锋下来，张辽费尽心思拉扯的三百骑军转眼损失了三成多，每想到此，张辽都不免一阵心疼。

"开城门，恭迎天子车驾！"西凉前锋兵马接近洛阳城上东门，领兵将官随即放声高喊起来。

"这些蛮人，到底还是不懂礼数，竟然任由武将擅自叫门。护送陛下回宫岂可如此草率敷衍？"丁原不满地暗骂道。

驻守上东门的是羽林军，半数以上是没有经过战阵的世家子弟，哪里见过这样一支杀气腾腾的兵马？加上过去的一整夜，城外到处是来路不明的大军打着寻找天子的名义烧杀劫掠，眼下，这一支一眼望不到边的庞大队列，大声嚷嚷着恭迎天子车驾，御林军哪里还敢擅自开城门？

果不其然，武将叫门之后，城门非但毫无敞开的迹象，城头之上又骤然多出许多手持弓弩滚石的羽林军，张弓搭箭做出一副严阵以待的姿态，似乎准备要与西凉军血战一场。

15. 京都暗流

　　大军之中，董卓端坐于马背之上，遥望着紧闭的城门，忽然冷声一笑。

　　"李儒，你看，咱们来京都的第一天，他们可是给咱们准备了好大一场欢迎典礼。"董卓笑道，"我听闻把守城门的羽林军，不过是一群从未上过战场见过血的世家子弟，我军若是强攻上东门，你觉得他们能抵挡多久？"

　　"大人威武之师，久经战阵，这些御林军绝不是大人的对手。"李儒淡淡笑道，"只是，若大人强攻洛阳城门，只怕城内的公卿望族都要说您是反贼奸佞，说不准要拿您比作又一个王莽，还望明公三思。"

　　"好你个李儒，说话转弯比凉州的兔子蹬腿还快。"董卓面有不快，"当日在长安城下，你劝告我要让公卿世家无不对我感到畏惧，如今却又劝我三思，是为何故？"

　　"畏惧也要分时机。洛阳乃是公卿和望族们的脸面所在，大人今日领精兵入朝，半途又立下救驾之功，此时想必已经被不少人忌恨。眼下明公又率军入洛阳，无疑是当着天下州郡强军的面扇了公卿望族的耳光，这时他们哪里还会想什么畏惧？"李儒将着胡须淡淡说道，"不过明公方才的例子举得很妙，天下的谋士幕僚哪个不像蹬腿的兔子？此不过是人之本性罢了，公卿望族也是人，明公只要把握住他们所在意的和畏惧的，大事便成了一半。"

　　"如此说来，我该如何把握才好？"董卓反问，目光却望向了远处的车驾。

　　"明公心里其实已经有答案了，不是吗？"李儒神秘一笑，没再多言。

二人的目光同时落在惊慌失措的少年天子身上，随后，又默默转向了一旁镇定自若的陈留王。

片刻之后，西凉铁甲护送着天子车驾来到大门前，守城的御林军见眼前车驾之上竟然真的端坐着天子，连忙下跪山呼万岁，迅速打开了城门。

洛阳城门敞开的那一刻，随着天子车驾一同踏上洛阳土地的，还有西凉的数千精锐兵马，以及一头来自凉州蛮荒之地的狮子。

这一刻，属于十常侍以及大将军何进的时代徐徐落幕，汉末的历史，自此又翻开了全新的一页。

洛阳惊变之后，随着天子归位，自先帝离世以来日渐混乱的朝局，终于在某种无形的阴影之下稳定下来。而为了铲除十常侍而陆续云集京都的天下州郡强军，也在某种无形的影响之下，并未生出任何动乱。

洛阳城内人人心里皆有数，那阴影的来处，正是以救护圣驾功臣自居的凉州刺史董卓，以及他麾下的二十万精锐兵马。朝中公卿大夫们无不感到绝望，好不容易熬走了十常侍，如今的董卓看起来竟比那十常侍还有过之无不及。自入主京都之后，周边防务皆由凉州兵马掌控，乃至连拱卫京都的门户的虎牢关也在凉州军的控制之下。二十万凉州兵马，除了少量亲兵驻守城内，其余主力皆在城外驻扎下寨。董卓每日披甲持刀往来城中，毫无顾忌；甚至踏入宫门也随身佩戴钢刀，宫中侍卫与公卿们谁也不敢当着董卓的面多说闲话。

入住京都后的一日，董卓与李儒漫步于宫城之内。

"这便是你所言的畏惧吗？在我看来也不过如此。"董卓看着身后目光躲闪的侍从，只感到滑稽可笑，"这京都我也算见识过了，美女如云，佳肴无数，酒色声乐的确动人。可日子久了，难免会想念家乡的草原。起先我以为公卿的畏惧会令我满足，可如今看来，他们也不过是见风使舵的墙头草罢了，我实在没兴趣看他们畏惧的神色。"

身后的李儒默默听着，苦笑着摇了摇头："明公若是觉得公卿皆是墙头草，那便是上了他们的当。畏惧和崇敬一样，都是可以轻易伪装的情绪，而只有伪装的情绪才会使明公感到厌烦，因为明公内心清楚，那些不过只是一时的敷衍罢了。”

“你的意思是，那些口中高呼着‘凉州大军威武’的人只不过是在敷衍我？”董卓一愣，脸上闪过几分怒气，“他们竟敢如此？”

“明公不妨想想，他们世代为公卿，不知见过多少一时的豪强，但他们对于百年世家而言，终究不过是过眼云烟。眼下明公的大军固然令人惧怕，但世间没有什么力量是永恒不变的，因为它们都敌不过时间。在他们眼里，明公不过一介武夫，如今又已过半百，年岁一长自然雄心消退。几年之后，明公垂垂老矣，这京都依然是他们的京都，不会有分毫改变。”

“如此说来，我此番出兵的意义又是什么？”董卓听来不免有几分丧气。

“自然是要改变这个以出身论英雄的天下！”李儒斩钉截铁回答道，“如若成功，则明公将为新时代的开创者；如若失败，明公在史书上必然将以乱臣贼子的形象流传后世，为历代公卿所辱骂。”

“我既然起兵前来，自然是希望亲手开创一个属于寒门的时代！”董卓正色道。

“既然明公有此志向，便不要说什么想念故乡草原这样的话了。”李儒淡淡道，“接下来要做的事，还有很多。”

“我一直在想，洛阳城内诸多公卿及大夫虽对我表示敬畏，却并不会遵从我的意愿或命令。”董卓沉思道，“此局面该如何打破？”

“此僵局非明公可以打破。既然要在朝堂上与公卿斗法，那便要以他们的手段来控制他们。”

“此话何意？”

“明公不妨回想一下，昔日大将军是如何以一介屠户出身，控制京都朝政的？”

“大将军……他是在天子身上下了功夫！”董卓眼睛忽地一亮，“灵帝驾崩之际，那何进是有拥立新帝即位之功的！”

“正是如此。我以为明公可以效仿此举，再立一位新帝，一个在明公掌中、受明公控制的新帝。”李儒压低声音道，“如此一来，大事可成！”

　　与此同时，洛阳城外，并州军营，张辽急匆匆走进大帐。

　　"今日的粮草和药品补给送到了吗？"张辽大声问。

　　"我在这大帐中守了整整一日，未曾见到一车粮草补给。"陈竺面色低沉，"已经接连第五日了，补给再不到，军士们饿肚子事小，那几十名伤兵的伤口只怕要开始溃烂了。"

　　"伤兵眼下恢复得如何？"张辽不由焦急起来。

　　"我正要随郎中去伤兵营中看一看，都尉如若没有公务在身，不如一道去？"

　　"有公务在身也要去！"

16. 彻骨寒意

伤兵营内，数十名在交战中负伤而归的骑军眼下正静静睡着。郎中挨个检查了他们的伤口情况，替部分伤兵换了药，换到一半时忽然又停下了。

"怎么？"张辽低声问。

"药品储备不够了，今日只能先给部分伤口溃烂严重的伤兵换药。"郎中摇摇头，"军中实在缺药，还望都尉速速补齐药品，不然时日一长，这些伤兵的性命可能一个也保不住。"

"知道了。"张辽面无表情道。郎中看了陈竺与张辽一眼，微微叹了口气，向二人告别。待郎中走远之后，张辽的面色也阴沉到了极点。

"张都尉？是张都尉来看大伙儿了吗？"营帐深处，忽然有人低声喊道。

张辽闻言，连忙朝声音源头走去，只见一个面色惨白的年轻兵卒，后背与胸前被纱布裹得严严实实，但纱布之下依然隐隐有黄褐色的血迹渗透出来。

"我记得你，是我军前哨探马陈七，对吗？"张辽问。

"难得都尉还记得属下。"陈七神色有些黯然，"属下无能，未能及时发觉敌军，反倒连累了孙大哥，给大伙儿拖了后腿……"

"安心养伤，别的不必多想。"张辽摆摆手，"前哨探马正是缺人的时候，我们可都等着你伤好归队。"

"谢都尉信任。"陈七艰难地抱拳，犹豫了片刻，又小声道，"方才隐隐听郎中说，军中已经开始缺药了？"

"说什么胡话？此乃大汉都城，天子脚下，怎么可能会缺药？"张辽面不改色道，"你大概是听错了。好生歇息吧，以后别再让我听见这些蠢问题。"

"属下遵命。"陈七战战兢兢地躺下了。

张辽站起身，与陈竺对视一眼，默默离开了营帐。

"我再去丁大人那里借些粮草药品。"刚踏出营帐，张辽便急着要奔马厩去，但被陈竺挥手拦下了。

"你昨日去大将军府一夜未归，大概不曾知晓，丁大人昨日已连夜拔寨离开了。眼下他与董刺史已势同水火，怎么好继续在西凉大军的重重包围之下驻扎？"陈竺叹气，"我们眼下已经是孤立无援了。"

"岂有此理！那袁绍是有意断绝我军补给，要看我们笑话吗？"张辽咬牙道。

自前些时日归返京都之后，原本负责为张辽本部兵马提供粮饷供应的大将军府忽然没了动静，本该按时开入军营的粮车也已经有多日不见踪影。张辽亲自上大将军府一探究竟，最后却连大门也进不去。此时把守大门的卫兵皆已换成司隶校尉袁绍的兵马，大将军遇刺身亡之后，大将军府的上下事务皆由袁绍及府上一众幕僚打理。如今张辽所部兵马粮草莫名断绝，极有可能出自袁绍的授意。

"袁司隶是在责备我等那一日支援不利吗？"陈竺分析道，"可袁司隶的兵马那一日不也被西凉军杀得丢盔弃甲？"

"无论是因何缘故，大将军府都不应该在此时断绝我军粮饷供应！此时不应该正是用人之际吗？"

"想必是袁司隶对那董卓无可奈何，偏又憋了一肚子闷火，只好往你我身上撒。"陈竺委屈地拨弄着账本，"丁大人不是领兵来京都了吗？我们本应该追随丁大人一起走才是。"

"刺史大人认为此事终究不妥。"张辽重重叹气，"当初刺史大人在并州招募兵卒，名义上是在为朝廷招兵。而你我领兵来京都，名义上是听从大将军的调遣。因此若要回到刺史大人帐下，还是需要通过大将军府的允许。"

"丁大人也畏惧袁氏一族的势力，不敢轻易得罪啊。"陈竺神色复杂，"这就是世家望族，在京都之内，他们几乎能够掌控一切。"

"操控一切吗？如今倒不见得了。"张辽淡淡说道，目光看着远处旗帜翻飞的西凉军营，陷入沉思。

就在张辽决定横下一条心，准备率部冲击大将军府之际，来自并州大营的支援赶到了。丁原大概也了解到张辽营寨中的困难，因而从军粮草药储备中拨出了一部分作为接济。令张辽深感意外的是，负责押送粮草的武将，竟是那一日在西凉军前大出风头的吕布。

"此乃义父特别嘱托我送来的粮草，还请都尉过目。"吕奉先淡淡说道，一手握着方天画戟，虽是在与张辽说话，目光却不知看着何处，颇为自傲的模样。

"谢过刺史大人，谢过将军。"张辽诚挚地道谢，"将军若不嫌弃，不如到帐中一叙。"

"不必了，军务繁忙，他日再叙也不迟。"吕布简略地表示了回绝。

"敢问刺史大人现在何处屯兵？"张辽好像对吕布的态度毫不介意，自顾自问道。

吕布终于低头看了张辽一眼："城外三十里，明日主公要亲自点兵前往西凉军寨挑战。"

"我部兵马也可前往助阵！"张辽连忙道。

吕布流露出些许诧异的神色，转眼又恢复如初："你部兵马疲乏不堪，不妨多加修整，明日自有我来护得义父周全。"

"将军莫要小瞧了文远，那日在西凉军前，我也亲手斩杀了敌将一员！"张辽说道。

吕布惊讶地叹道："哦？原来你就是张文远？那日以两百精骑对阵数千西凉军的豪杰？"

"豪杰不敢当，只不过是空有一腔奋勇罢了。"张辽摆摆手，"与将军相比还差很远。"

"贤弟说的哪里话！"吕布忽然笑了起来，"我吕奉先一生最敬佩的便是有英雄气概的豪杰，方才不知贤弟身份，多有冒犯，还望见谅。"

"言重了，将军为当世虎将，能与将军结交是文远的荣幸。"张辽抱拳行礼，犹豫着吐露出了真实的想法，"只是……这年头一文钱难倒英雄汉，不怕将军笑话，近来小弟军中几近断粮。士兵们吃不饱肚子发不了军饷，纵使再有英雄气概，总归是难以维持的。将军回去面见刺史大人，还望替小弟多美言几句，请求刺史大人下回再多调拨些粮草来，如此小弟感激不尽……"

"贤弟这么说就见外了。"吕布大笑起来，牵过黑马，翻身跃上马背，"待我回去面见义父，再为贤弟多要些粮草物资便是。"

"如此，小弟便代营中将士谢过将军了。"张辽神色一喜，郑重抱拳道谢。

吕布微微点头，正要策马离去，片刻之后，忽地又转过头来，神色似乎有些迟疑。

张辽猜想他大约有话要说，便默默凑上前去。只见吕布犹豫片刻，这才压低声音问道："以贤弟之能，困守此地一年有余，立战功无数，却未能得见升迁，心中是否多有不平？"

"这……将军此话何意？"张辽微微皱眉，心中有了些预感。

"只是随便问问，今日谈话只有你我二人知晓。"吕布将声音压得极低，"为前程考虑，若他日寻求到真正的明主，想来贤弟应该会毫不犹豫地投奔吧？"

"想必将军在问这个问题之前，心里已经有答案了。"张辽也轻声回答。这是从陈竺那儿学来的路数，凡事点到为止，剩下的聪明人自会参透。

不过这次张辽大概失算了，因为吕布大概并不能算聪明人物。

"都尉说话好生遮掩，我诚心相问，你却顾左右而言他，如此，你就当我从没问过好了！"吕布眉头一皱，对张辽的称呼也悄然发生变化，"告辞了！"

张辽一时有些发愣，站在原地看着吕布策马远去的身影渐渐消失。半晌，他回味着方才吕布话中的深意，忽然感到一阵彻骨的寒意。

17.　幕后角力

"都尉今日可真算是聪明反被聪明误。"陈竺大笑。从方才听过张辽的转述之后，他的笑声一刻没有停止过。

"我本猜想那吕奉先也是名扬天下的虎将，怎么会连如此暗示也听不明白？"张辽黑着脸抱怨，"这下好了，丁大人那边的援助只怕指望不上了。"

"不过，言归正传，那吕布今日忽然问出这样冒犯的问题，都尉以为他是在试探你的忠心，还是自己有另投他主的意向？"陈竺收起笑意，淡淡问道。

"也许二者兼有。"张辽沉吟道，"我看那吕布也是恃才自傲之人，虽说他的确勇猛无双，想来大概也是不愿一直屈居于丁刺史帐下。"

"但刺史大人对吕布可有知遇之恩，吕布若是抛弃刺史大人而去，岂不是要被天下人所耻笑？"

"我料想那吕布大概不太会在意天下人的眼光。过去这一年来的种种经历告诉我，在绝对的武力和权力面前，世人非议只是虚无缥缈的东西罢了。"

"都尉你果然变了。"陈竺小声嘀咕，"变得像个能成大事的奸雄了。听起来都尉与那吕布意气相投，莫非都尉也有意向另寻明主？"

"有些话，说起来是一回事，做起来就是另一回事了。"张辽平静地说，面带思索之色，"刺史大人对我也有知遇之恩，若非迫不得已，我不会轻易抛弃刺史大人而去的。"

陈竺听过之后却有些沉默。

"怎么，你看起来似乎对这个回答很意外？"

"其实我更期望都尉会像吕布一般，为了权力无所顾忌。"陈竺有些钦佩又有些无奈，"都尉说不会轻易抛弃刺史大人这些话的时候，好像是又变回了一年前那个不谙世事的孩子。不过在见过了诸多险恶与阴暗之后依然能如此纯粹，也实属难得。"

"子直兄，你我皆生长在饱经战乱的边塞之地，应该比寻常人更懂得和平安宁的可贵。若天下武将都一心只渴望权力，不择手段往上爬，则世间永无安宁。"

"是吗？我倒没有都尉这样的远见和格局，我向来只看得见眼前。"陈竺起身掀开帘帐，阴云密布的天空下，无数黑色大旗迎风飞舞，"都尉你也来看看吧。"

"看什么？"张辽皱眉，不解其意。

"看眼前。"陈竺冷冷道，"老话说良禽择木而栖，贤臣择主而仕。眼前的局势分明就是，你我这等出身低微的武人，若继续如此苟且下去，几乎没有出头之日。都尉你自己想想，自去岁领兵入京都以来，打了多少仗，死了多少人？可大将军府那帮世家望族可曾给你升过一官半职？那袁本初可曾高看你一眼？对阵西凉铁骑时让都尉你去送死，如今侥幸活着归来，大将军府还要断我们的补给。好好想想这其中的门道吧！伤兵营中那些随时有可能因伤而死的将士，可不会在意都尉有什么许诺世间安宁的志向，他们只会在意都尉爬得是不是足够高，能不能保住他们的性命。你以为自己还是孑然一身吗？你的身后已经不知道背负了多少将士的性命！"

"你今日话未免说得太多了。"张辽脸色越发阴沉，"敢问子直兄究竟想说些什么？"

"属下什么也没说，只是闲来无事发发牢骚罢了。"陈竺也板着脸，转头看着帘帐外阴沉沉的天空，"属下只是认为，大将军府也好，丁刺史也好，任用武人的态度都是，任你武艺高强、精通兵法又如何？只要出身低微，便绝无可能身居高位。你看此先大破黄巾贼的刘玄德，人人皆传他为中山靖王之后，但奈何家境贫寒，朝中也无倚仗，东征西讨打了这么些年仗，竟然还和你我一样官职低微，都尉你还没想明白其中利害吗？"

"话都说到这个份儿上，倒不如一口气全部说完。"张辽瞪着陈竺，"你想让我怎么做？"

"很简单，看眼前。"陈竺朝乌云下的远方投去目光。张辽站起身，随着陈竺的视线看出去，只见西凉大军的黑色旗帜在风中翻飞，犹如一片黑色的海洋。

朝中很快有消息传来，原来就在昨日，董卓在内廷大宴群臣。洛阳城内各家公卿云集一堂，众人强作笑颜推杯换盏，不过是勉强维系朝中公卿与西凉武人表面上的和谐。但董卓竟然于宴席之间忽然宣称，当今天子暗弱无能，不足以为万民之主，更无力执掌天下。而陈留王虽比当今天子还要年少，却处事冷静老成，有雄主之相。董卓建议：废掉当今天子，改立陈留王继承大统。

此话一出，座下无不大为震惊，各家公卿几乎是在转眼间便猜到了董卓此举的用意，因此自然极力反对。双方于宴席之上爆发了激烈的争执，其间董卓盛怒之下一度要将反对最为激烈的尚书卢植当堂斩杀，幸而旁人极力劝阻，这才没有在宴席之上闹出人命。

这是京都公卿与西凉武人的第一次正面冲突，自此双方连表面上的和谐也无法维持，短暂的和平再度被撕碎，公卿望族对阵西凉武人的战争一触即发。

隔日，丁原果真领数千并州军于西凉军寨前挑战，吕布为并州军先锋，领精锐骑兵主动进攻董卓本阵。董卓一方兵力来不及集结列阵，在吕布骑军的冲击之下迅速溃散。随后，董卓将各部兵马后撤三十里，与丁原大军形成对峙之势。董卓麾下虽有精兵无数，却没有一位足以与吕布抗衡的大将，因而接连数日被吕布压着打，兵力优势全无机会发挥，狼狈至极。待到张辽所部兵马整顿完毕，一同加入对董卓的围攻时，董卓所部兵马似乎已经对吕布的战旗产生了下意识的畏惧，凡吕布大旗飘扬之处，西凉军无不飞速撤退，在惹得朝中诸位公卿耻笑的同时，也在无形中助长着吕布的名声。

但不知出于何种缘故，吕布迟迟未能受到朝廷的嘉奖，公卿们一面为吕布的战功拍手称快，一面却对这些空有武力没有背景的武夫嗤之以鼻。

两军对战持续了半月之后，姗姗来迟的张辽及陈竺隐约在战场中嗅到了些许不寻常的味道。西凉军对阵吕布时败退得实在太过默契，双方皆不约而同地遵循了点到为止的守则，西凉军既不会对吕布本部兵马全力攻击，吕布也并不会对西凉败军穷追不舍，本应该是敌对关系的双方在战场上表现得像提前预演过。结合此先吕布在军营中那一番古怪的发问，张辽心中的疑虑悄然累积。

而一旁的陈竺则像是看透了一切，不时古怪一笑，悠然自得的姿态好似在欣赏一出精彩的表演。

"你在笑什么？"张辽不由疑惑。

"我在笑，奉先这一出戏究竟会以什么方式收尾。也许是我思虑太多，不过，都尉若是真的深感丁刺史的知遇之恩，近日最好找机会当面提醒刺史大人，谨防家贼。"

"你的意思是……"张辽心头一紧。

陈竺挥手拦住了张辽的后半句话："希望只是我多心了。"

18.　作壁上观

随着秋日渐渐来临，风中略微多了几分刺骨的寒意。清晨的营寨之内起了浓雾，值守营寨大门的军士不由得打起了精神。大雾天若是敌军趁机前来偷营可就大事不妙。

浓雾之中忽然传来隐约的马蹄声，军士们彼此对视，犹豫是否要通知都尉前来查看军情。但不过片刻迟疑的工夫，浓雾后的来者便渐渐显露出面容来。

"啊，是吕将军。"军士们如释重负地出了口气。是丁原营寨那边的粮草补给到了，这次依旧是由吕布亲自押送过来，军士们连忙通知张辽出寨迎接。

"吕将军这是换了坐骑吗？真是匹难得的好马！"有眼尖的军士忽然发现吕布胯下的战马换了颜色。原本那匹平平无奇的纯黑色乌孙马不知去向，取而代之的是一匹高大威武的火红色骏马，四肢矫健有力，鬃毛梳理得井井有条，一眼便知此马绝非凡品。

"此马乃是一位久未相见的故人所赠。所谓宝马配英雄，我吕布既身为武将，驰骋疆场总归需要一匹好马。"吕布的神色看上去颇为得意，大概是对战马极为满意，"此马名唤'赤兔'，疾跑如风，性如烈火，岂止是难得，实在是世间罕见的良驹！"

"恭喜将军收获如此良驹，他日上阵杀敌，岂不如虎添翼！"军士啧啧称赞。

晨雾之中，匆匆赶来接收粮草物资的张辽忽地一愣。他听见了军士与吕布的对话，更看清了那匹如同火焰般燃烧的战马，心中不由感到疑虑：

并州并不产此类品种的马匹，吕布这匹战马是从何处得来的？对武将而言，一匹良驹犹如第二条性命，什么人会如此豪迈，将世间罕见的良驹转手赠予吕布？

没等张辽想清楚其中的隐情，吕布忽然策马向张辽奔来，在张辽跟前翻身下马，一手揽住张辽的肩膀，似乎有隐秘之事相告。

"文远贤弟，许久不见，可把我想坏了！来来来！"吕布夸张地大笑着，不由分说拖着张辽朝僻静处走去。待到四下无人时，这才收起一副嬉笑的神色，郑重问道："文远贤弟，前些时日你我在寨门前的一番对谈，军中可曾有第二人知晓？"

"寨门前的对谈？你我谈过什么了？"张辽面不改色地反问，迷茫地眨着眼睛。

时隔半月，吕布似乎也多有长进，一见张辽这副反应，心领神会地笑了笑："有贤弟这句话，我心里便踏实多了。"

"将军可是有何谋划？"张辽继续装傻充愣。

"这……无事，无事。"吕布咧嘴一笑，上下打量着张辽，忽然又压低了声音，"我观贤弟也有远大志向，难道不曾发觉，以你我的才干，实际可以开创一番更大的功绩吗？"

"将军是当世豪杰，若想要建立功绩，自然易如反掌。"张辽也在暗中观察着吕布的反应，"只是，你我如今受限于京都豪门望族之下，要如何才能有出头之日呢？"

"这……贤弟不必多问，今夜之后，自然见分晓。"吕布神秘一笑，没再回话，而是意味深长地拍了拍张辽的双肩，回身走向他的赤兔马。果真是一匹罕见的好马，骨肉匀称，线条刚硬。只是，张辽内心很没有道理地浮起一个念头：这样一匹宝马，所应相配的，似乎不该是吕布这样的主人。

这一夜，张辽睡得并不安稳。今日吕布已经将话说得十分清楚，他已经下定决心要对丁原动手了。倘若张辽内心真的感激丁原的知遇之恩，今夜他便应该立即向丁原禀告此事。

但鬼使神差的，张辽选择了作壁上观，无动于衷。某种程度上说，这等同于与吕布共同参与谋害丁原。

扪心自问，自己内心所求的究竟是什么？这个问题，自张辽踏出雁门土地那一天起便在苦苦思索，至今仍未有答案。细细想来，这一年多漂泊京都，大部分时间，张辽都无法掌控自己的命运，而是被命运推着奔向战场。

"伪善之人。"脑海中一个低沉的声音悠悠说道，"你对士兵们善良，不过是希望他们为你卖命罢了。倘若你本质真是善良之人，为何对你的恩人见死不救？"

"不必听他胡言乱语。"另一个高亢的声音忽然插嘴，"身逢乱世之中，哪里还有什么本性良善？若想要有尊严地生存下去，必须要放弃一些东西！丁原今夜纵使遇刺又如何？他身为一州刺史竟识人不明，此事还要怪到你的头上？又不是你亲自动的手！"

"军中缺粮之时，是谁雪中送炭，你都忘了吗？"低沉的声音失望地叹气，"你这是过河拆桥，忘恩负义。"

"那为何不想想，军中为何会缺粮？那袁本初命令我等去打一场必败的仗，这与命令我们去送死有何区别？再说那丁原，我军与那西凉铁骑鏖战之际，丁原大军是否就在一旁冷眼旁观？这些高高在上的公卿，有谁会真正在意我等的生死？"

"你若一直怀着这样一颗狭隘之心，此生所能达到的高度也不过如此了。"

"笑话，倘若连明天都活不过，谁还会在意以后？"

"文远，我等今日能走到今天这一步，全仰赖丁原大人昔日举荐，让我等领兵奔赴京都。就这一点，足够我等感激一辈子。"

"什么？再说一遍？你且想想我等前往京都是何缘故？朝廷本就是用人之际，丁原不过顺水推舟罢了。我等能走到今天，靠的是自幼苦练武艺，是兵法战阵的指挥，是尸山血海中艰难求生的意志。说到底，最应该感激的应当是自己！"

"够了！都别吵了！"张辽心烦意乱地坐起身。营帐内空空荡荡，仅有张辽一人。凄冷的月光照射进来，洒在身上竟莫名感到一阵寒意。

"父亲，我该怎么做？"张辽在心里问，感到自己在这一刻又变回了孩子。

"若京都之人皆为虎狼，吾儿当做那个斩狼之人！"一声洪雷巨响回荡在耳边，叫张辽浑身一颤，猛地站起身来。

"斩狼之人……斩狼之人……"张辽在心里默念，"倘若我注定要向着武人的权力之巅攀爬，那么这一路上我究竟该抛下多少东西？"

这个问题，无人能回答他。

营帐外传来一阵急促的马蹄声，先是孤零零的一人一骑，紧接着是数以百计的战马从远处飞奔而来。张辽心下一颤，反手从案台上取过长刀，直冲帐外而去。

"雁门骑军都尉张文远何在？"帐外有人大喊。把守大门的军士连忙跑来通报，却在半路上便与张辽相遇了。

"何人在营帐外叫喊？"旁侧冲出来陈竺的身影，浑身上下披挂整齐，背后披风甚至都还未取下，看来今晚彻夜难眠的不止张辽一人。

"好像是袁司隶的信使。"有人高声回答。

"他还敢派人来此？"陈竺一听袁本初的名号便直冒火气，"若不是他不给发放粮草补给，我军何至于如此狼狈？"

"先去看看情况。深夜来访必定有要事。"

张辽与陈竺来到营寨前，没等他们停住脚步，马背上的信使便一跃而下，三两步来到二人面前，二话不说便在他们面前跪下了。

"这是何意？"张辽一愣，下意识要去搀扶，一旁的陈竺却冷冷地将他拦住了。

"先听听他要说什么。"陈竺淡淡道。

19.　改换门庭

　　"丁大人……丁大人被斩首了！"信使慌慌张张喊道，"二位大人，就在方才，司隶大人安插在丁建阳军中的探子来报，那丁刺史所收养的义子吕布为董卓所收买，今夜提刀斩了丁刺史的人头，这就要往董卓军中投奔了！"

　　出乎信使预料的是，面前的张辽与陈竺二人听闻此事竟反应平静，仿佛早已知晓一般。

　　"二位大人……竟不感到惊慌吗？"信使茫然地抬起头。

　　"沙场之上，生死无常，我早已看淡了。"陈竺故作深沉地叹气。一旁的张辽流露出几分悲伤的神色，但很快又克制住了。

　　"此事我们已经知晓。敢问袁司隶需要我等做些什么呢？"

　　"丁刺史曾言，那吕布武艺过人，勇猛无双，袁司隶有言，此人若不能为我所用，则必须除之，不然他日必为祸患。"

　　"知道了。不过，恕我冒昧，袁司隶麾下还有精兵数千，大将军府帐下更有精兵上万，为什么不由袁司隶亲自领军前去诛杀吕布？"

　　信使一愣，像是没有预料到会遭如此反问，一时间不知该如何作答。

　　"想来是因为那吕布私下与都尉有过私交，由都尉出马击杀，可出其不意，攻其不备！"信使拼命转动脑筋，想出了这么一套说辞。

　　只是，信使的话还没说完，张辽与陈竺倒先大笑起来，笑声中的嘲讽之意几乎毫不掩饰。

　　"两位大人……是在拿大将军府开玩笑吗？"信使听出了两人的异样，神色也变得不善起来。

"我来回答你吧。"陈竺艰难地止住笑，"袁司隶是因为并州军集体叛变到董卓麾下，一时间不知该如何处理我们这些并州兵残余，干脆下令让我们两边狗咬狗，自我消耗。"

"这……"信使正要反驳，陈竺却不打算给他分毫机会。

"罢了，你也不必替你家主公多做辩解，你不过一名信使，又能知道多少内情呢？"

陈竺话音未落，只见夜色中忽然钻出来一队兵马，有数百人之众，方才张辽听见的密集的马蹄声，想必正是来自于此。

"对面可是张文远张都尉？"对面有人喊话道，"我们是董刺史麾下兵马，受主公之命，特来献上一份厚礼！"

"献礼？"张辽迷茫地与陈竺对视。

"让他们过来。"张辽挥挥手，营寨大门前持剑警戒的军士闪开了一条路。

远处的人马渐渐走近了，张辽这才看清，他们竟带来了十数辆马车，满载着粮草及草药，甚至还附带随军的郎中。

"前些时日误伤了都尉麾下兵马，主公特命我等带来专治箭伤的草药，配上郎中数名，以助都尉尽快治愈营中伤兵。"来将站在车队前，客气地抱拳行礼。

"董刺史竟如此了解我军中所缺？"张辽一愣，"今日忽然送上如此大礼，所求为何？"

"主公对京都周边各军的战备皆了如指掌，不然哪来底气与各方诸侯争雄呢？"来将不卑不亢地回道，"何况区区几车粮草，实在是不足挂齿的小事，算不得什么大礼，主公不过是想结交都尉这样一位豪杰罢了。"

"我不过是雁门边郡籍籍无名的小都尉，哪里算得上什么豪杰？"张辽半信半疑道，"莫非是那吕奉先今日投了董刺史，在刺史面前替我美言了几句？"

"不，主公早在来京都的路上，就已经听说都尉的名号。以两百骑军冲击我数千精锐，在阵前斩杀我一员大将，如此神武，不该只是丁原帐下一个小小都尉。"

"这……原来董刺史都看在眼里了。"张辽低声说，心底微微一动。

"主公出身与诸位相同，皆是边郡之地籍籍无名的寒门子弟，凭着一腔悍勇积累军功而身居高位。实不相瞒，我与都尉经历相仿，只是幸运遇上明主，这才得以一展抱负。"

"大人不可轻易相信蛊惑！"一旁的袁绍信使忽然一跃而起，指着来将破口大骂，"董卓老贼向来是吃人不吐骨头的妖魔，今日如此讨好于都尉，必定另有所图！如今朝中诸位大臣，天下诸侯，乃至陛下，皆对董卓恨之入骨，大人一旦追随董卓而去，日后必为天下人所耻笑！"

张辽将目光转向信使，似乎在思考他的话。

"都尉，这是你我这等寒门出身子弟的绝佳机会！"一旁的陈竺低声提醒道。

此刻张辽面前站着两个人，一个是董卓的信使，一个是袁绍的信使。一旦选择了其中一方，便是推开了一扇命运之门，选择了接下来的人生，而与之对应的，另一扇大门也会随之关闭。

命运的分岔路口就在眼前。人一生总会有走到命运分岔路口的时候，遗憾的是大部分人对此并不自知，只浑浑噩噩度过此生。

"这是一条艰难的路。"张辽深吸一口气，心中默默做了决定。

这一夜，凉州军与并州军对峙，最终以凉州铁骑的全面胜利落下帷幕。

自丁原身死之后，其麾下并州兵马皆被吕布收编，自此洛阳城外再没有足以与西凉铁骑抗衡的军事力量。失去了强力的外援，袁绍本部势力更显势单力薄，在朝中强敌环绕之下难以支撑，很快也率部离开了洛阳。袁绍离开之前，董卓麾下诸将几番犹豫，讨论是否应该将其诛杀于京都之内，但又忌惮袁氏一族的庞大势力，最终只得作罢。

经过一番紧锣密鼓的筹备，到了九月初一，董卓腰佩利剑，在嘉德殿大会群臣，又命李儒当众宣读早已写就的策文。文中之意，自然是细数当今天子即位以来的种种不端之举，搬出了已故的灵帝与董太后为佐证，从法理上论证了陈留王即位的合理性。策文宣读完毕的刹那，年少的天子失声痛哭起来，殿上群臣则鸦雀无声，死一般寂静。

侍卫当场将面如死灰的天子搀扶下殿，而在旧皇退位下一刻，新皇的即位仪式也在这里进行。

时年不过九岁的陈留王刘协，就如此被命运裹挟着，在董卓的阴影之下登上了帝王的宝座，也从此开启了身为傀儡而无能为力的一生。在后世的历史上，他被称作汉献帝，同时也是汉王朝四百年历史上的最后一位帝王。

在董卓逐步掌控京都大权之时，九州大地之上，一场剧烈的风暴也在迅速酝酿。

风暴的导火索，起于一场未遂的暗杀行动。

袁绍撤兵离开京都时，他的旧相识曹操并未随同离开。自董卓强占洛阳之后，城中诸位公卿终日愁云满面，扼腕长叹，却对眼前局势束手无策。曹操于是自告奋勇，讨来七星宝刀一把，要趁董卓小憩之时将其斩杀。奈何关键时刻出了差错，曹操未来得及拔刀刺杀，就被吕布撞个正着，只得假意献刀，找了个托词仓皇离开。

如此一来，京都是不能留了。曹操出了董卓府邸，片刻没有停留，纵马直奔城外而去。途经上东门时，率部驻守此门的将官正是张辽。往来的人群之中，这对未来的君臣彼此对视了一眼，也许互相感到熟悉，但却一时回想不起。天下英雄与君王的相遇，竟来得如此悄无声息。

曹操有惊无险地离开了京都，几经辗转回到陈留老家，在此处广聚英杰，又向天下州郡发出矫诏，号召讨贼义兵共赴京都，斩杀董贼，匡正汉室。

袁绍是第一个响应矫诏的诸侯，当即召集渤海各郡兵马三万，前去与曹操会盟。自此往后，天下州郡精兵强将陆续动员起来，最终齐聚十八路诸侯，总计四十万大军，浩浩荡荡开向洛阳。

驻守京都的董卓听闻大军来犯，也点齐西凉军主力兵马十五万进驻虎牢关。

风暴已经聚集成型，而这场席卷天下的疾风骤雨的中心，正是中原通往洛阳的第一雄关——虎牢关。

20. 兵聚虎牢

　　深秋，天地一片萧索。一日的战斗刚刚结束，天边的残云挂着一抹刺眼的鲜红，如同战死将士的鲜血。虎牢关城楼之下，尸体铺了满地，犹如死尸构成的地毯，绵延向无边无际的远方。

　　张辽提着刀，沿着城墙一路巡视，检视沿途的城防与伤亡情况。连日以来，对面的诸侯联军接连发起几次大规模攻城，皆败于虎牢关牢固的城防之下，攻击势头受挫，想必此刻也正在寻求破关之法。

　　"说起来，我们为何要苦苦固守此地？按我说，应该像前几日一样，领兵冲杀出去，主动杀退这帮乌合之众。"炭火边，几名军士挂着长枪取暖闲谈。

　　"打出去？你来做大将啊？也不看看对面，公孙瓒、袁绍、袁术、孙坚，哪个是好招惹的？"

　　"可别说什么大将不大将的了，前几天被斩首的华雄将军，那可是董太师帐下大将，和吕布将军平起平坐的，还不是让对面联军给宰了？"

　　"华雄被斩的那一战，你们有谁在场？给我们说说呗！"

　　"疯了你们，这种事被上头听见，非得治咱一个惑乱军心之罪！"

　　"哎呀，说说嘛！这里都是自己人，上头不会知道的。"

　　"啧，那我可说了，真出了事你们可别把我卖了啊。"说话的老兵微微压低了嗓子，"那一日，华雄将军接连斩杀了联军几位武将，原本风头正盛，孰料对面大营中竟来了个仪表堂堂的将军，好家伙，手中那柄长刀，足有九尺长！寻常人只怕根本挥不动，那将军却能在马背上将长刀运转如风。可惜，我离战场太远，只能瞧个大概，就瞧见那将军大喝一声，策马杀将过来，咱们华雄将军也不是吃素的，两人在马上恶斗了十几回合，但华雄将军先前苦战良久，略有懈怠。我瞧着他不过是一招不慎，闪避慢了几分，结果只是一眨眼的工夫，咻，啪！可怜那华雄将军，一下被那九尺长刀削去了脑袋，一命呜呼了。"

"唉，属实可惜了。"有人叹气，"依我看，若是华雄将军再连胜几回，联军就要不攻自破啦。"

"哦？此话怎说？"

"你们想，十八路诸侯，听起来倒是声势浩大，但哪家不是在打着各自的小算盘？都不肯出死力，不然四十万大军会被一个小小虎牢关挡住？对面若是令出一处，上下合心，咱早就败了。"

"你这人怎么尽说丧气话！"

"嘿？这怎么能叫丧气话？对面人心不齐，对咱们来说不是好事吗？史书读过没？想当年六国百万大军合力攻打函谷关，声势够大吧，最后还不是让始皇帝坐了江山？"

"要我说，廖老二说的也有道理。"忽然有人插嘴道，"对面联军不过是看起来强大，实际外强中干。但凡攻击势头受挫，自然会退去。"

唤作廖老二的老兵颇有些得意地笑了笑，略微靠近了火堆，下意识回身一看，忽然愣住了。

"张校尉。"廖老二立即站直了身子。火堆边的一圈老兵也随之正襟危坐起来。

人群之外，张辽默默走进火光照亮的范围，朝众人挥了挥手："不必拘谨，今夜不过是例行巡查。"

"方……方才大伙不过是说些胡话，绝无扰乱军心的意思。"廖老二磕磕巴巴地解释。

"无妨。"张辽淡淡一笑，"函谷关的例子举得很好。只是别光顾着闲谈，后半夜眼看着要起雾，留心联军趁夜偷袭。"

"是！"老兵们齐声回应。这些军士都是自凉州时便追随董卓的精锐，也皆是朴实的寒门子弟。在西凉军中，军官的寒门比例大概是各州郡兵马中最高的了。这也是张辽愿意亲近西凉军的原因，平日里大伙是无话不谈的老友，上了战场则是可以无条件信任、可以为彼此慷慨赴死的勇士，这在其他军队中是不多见的。

虎牢关前的对峙旷日持久，张辽的官职也从都尉升迁为校尉，如今也是领铁甲军两千余人的一员将官了。只是张辽如何努力追赶，大约也赶不上吕布的升迁速度。毕竟他亲手斩杀了丁原，为董太师领来了数千并州兵，这一点就足以奠定他在西凉军中的特殊地位。

眼下，由于虎牢关的领兵大将华雄战死，原本留守长安的吕布此时正在星夜奔赴虎牢的半路上。想来待到吕布抵达之日，对面联军众将又要遭受一次集体打击。

"继续值守，不要懈怠了。"张辽收回思绪，正要转身离去，走出几步后却又折返回来。

"方才你说的那名斩杀华雄将军的将军，可曾看清他的样貌？"张辽问。

"隔了太远，实在看不真切，只隐约看出蓄着长胡须，人高马大，脸颊通红。"廖老二抓了抓后脑勺，"再有就是那九尺长刀了，但凡见过的绝对忘不了。"

"知道了。"张辽点点头，转身离去。

城墙下，从另一侧巡查而来的陈竺已经等候多时。张辽一下城楼，陈竺便笑嘻嘻凑上前来："如何？认出你那同乡了吗？"

"我还不太确定。"张辽思索道，"当年在雁门家乡，只隐约听过这么一号人物，依稀记得此人名唤关羽关云长，眼下似乎正在刘备帐下。"

"刘备？那当年在冀州，对战张举叛军那一仗，大人与那同乡岂不是已经有过一面之交？"

"那时初出茅庐，一门心思都在指挥作战上，哪里顾得上认同乡？"张辽叹叹气，"我早听说那关云长武艺过人，若他便是前日斩杀华雄的将军，那可有些麻烦了。"

"如何麻烦？"

"他日若是战场上相见，不是你死便是我活，总有一个人要带着另一个人的尸体返回家乡，若是你，你希望做哪一个？"

"我选活着。这年头什么都比不上这条小命重要。"陈竺诚恳地说。

"像你说的话。"张辽白了他一眼，惬意地伸着懒腰，"回营睡了。哪怕明天就要砍头，今晚也得睡个好觉不是？"

平静的日子过了没几天，诸侯联军与西凉铁骑旷日持久的漫长对峙，终于在吕布率部抵达虎牢的当天被打破。

这一天对十八路诸侯联军来说，无疑是噩梦般的一天。

吕布到达虎牢关后，几乎未作休整，立即领兵直出关门，冲至联军寨前叫阵。一时间，城头挤满了看热闹的凉州军士，这种千载难逢的对战场面，人人都不想错过。

对面联军先分出八路诸侯依次领兵来战，吕布身骑赤兔居于阵前，快马铁甲好不威风，仅率领麾下精锐铁骑三千前往迎敌。打头阵的联军刚排开阵形，还未做出更多动作，吕布所率三千铁骑便如奔腾之海一般发动，只片刻时间便将联军的数千步兵防线撞得七零八落。

而这不过是联军大溃败的开始。往后几路诸侯的人马依次抵达战场，却来不及展开攻击阵形，被占据了先手的吕布率先突袭，几乎未作过多抵抗便败下阵来。更糟糕的是，随着被击溃的诸侯部队越来越多，溃兵已经形成席卷之势，接下来吕布甚至无须领骑兵出击，只需在阵后稍加驱赶，联军的溃兵自己就会将后来的生力军堵住，可谓是想打的打不到，打得到的不敢打。吕布甚至在众溃兵阵前放肆大笑起来，可谓极尽嘲讽。

"吕布小儿休要猖狂！"远远传来一声怒喝，原来是各路诸侯帐下的大将杀到。当先一员大将挺枪迎战，却只一合便被吕布斩于马下。此后又来一将，双手挥舞铁锤，一时间声势惊人。吕布与他恶战十余合，反手斩下此人手臂。千钧一发之际，各路救兵齐聚，这才将断臂的将军救了下来。

21.　绝境之战

"吕奉先如今已是强弩之末，恐怕不适合再战。"虎牢关城头，一只大手忽然按住了张辽的肩膀。

"正是，我看今日挫一挫联军的锐气便足够了，可以鸣金收兵了。"张辽点点头，回身望去，忽地愣在了原地。

身后竟是董卓。

"主公。"张辽连忙抱拳行礼，"主公今日亲临一线，有何吩咐？"

"无须多礼。"董卓挥挥手，静静思索片刻，"我见这诸侯联军与我对峙良久，丝毫没有退意，我在想有没有什么法子，给这帮诸侯放放血。"

张辽知晓董卓说话的风格向来通俗浅白，但今日却仍不明白他话中的深意。

"我想让奉先本部兵马前出，一直前出到联军营寨前，而后叫奉先诈败。你则率领精锐兵马埋伏于阵后，待那联军中计杀上前来，你便引军左右杀出，给他们迎头一击。"

"主公好计策。"张辽思索道，"只是联军营寨到关楼前这段路，沿途并没有适合埋下伏兵的地方。"

"这个好办，我可令奉先诈降时往小道撤退，你的兵马就在小道上埋伏，联军必然中计。今日奉先在联军面前出尽风头，对面诸将只怕人人对奉先恨之入骨了吧？"董卓的神色竟有些兴奋，"就好像当年在凉州猎狼。你猎过狼吗？"

张辽点点头："父亲自幼教我骑射，狼也是猎过的。"

"狼群中的头狼尤其狡猾，会主动勾引猎人放箭，但它心里清楚猎人弓箭的射程有多远。它离猎人的距离一定不会太近，但也不会太远，只在射程的边缘游荡，只把猎人恨得牙根痒痒。而待到猎人手中弓箭耗尽了，被狩猎的是谁可就说不准了。"

"那么……吕将军便是那只头狼？"张辽懵懵懂懂地点点头。

"哈哈哈哈哈，不必如此严肃。"董卓大笑，细细打量了张辽片刻，"你倒是和我年轻时挺像。"

"主公过誉了，区区小将怎敢与主公比肩？"

"谦卑起来更像。"董卓慢慢止住笑，淡淡说道，"觉得世上到处是比自己高贵的人，走到哪都觉得自己不过是个籍籍无名的贫贱之人，即使不知不觉已经身居高位，也不敢抬头看其他人。"

"主公教训得是，文远记下了。"张辽颇有些惭愧。

"有时我会想那些百年世家，公卿士大夫，究竟是为什么而骄傲？为出身？为财富？"董卓伸手指向远处溃败中的联军，"可偌大一个京都，到头来叫我这样一个乡下来的诸侯占了，连当今天子我也说换就换，那些所谓雍容华贵的公卿终日除了以泪洗面，又能奈我何？"

他转身看着张辽，一字一顿道："生逢乱世，无论你用什么方式，唯有牢牢握住权柄，才不会叫人瞧不起。不是靠仁义，不是靠良善，靠的是铁甲长枪，靠的是人心中的畏惧！"

"文远记下了。"

"此去一战，若能顺利归来，你将与奉先一同名扬天下，届时，我再封你做大将。"董卓大力拍了拍张辽的肩膀，"武运昌隆！"

正午时分，吕布所部兵马仍在联军寨前鏖战，虎牢关一侧关门却悄然打开，张辽与陈竺率领本部两千余兵马向山间小道处设伏。

"这一仗之后，校尉得升将军了吧？那我怎么说也得封个校尉当当。"陈竺颇有些兴奋，"重要的是，此战大人若是能斩杀一两个刺史或州牧什么的，那可就名扬天下了。"

"把你那傻笑收一收，这是上战场，可不是儿戏。"张辽无奈地扶额，"一会儿我们要面对的可是天下各路名将，他们之中可没一个是好对付的角色。"

"人打仗是为了什么？都是为了那么一个盼头。"陈竺不以为意道，"有了盼头，上了战场才能奋勇杀敌不是？"

"每次你都有一通道理。"张辽懒得与他争辩，转而开始观察四周地形，寻找合适的伏击圈。

花费了大约半个时辰的工夫，两千人马尽数安置在了预定的伏击位置，只等前方诈败的人马将联军引入陷阱中。

等待的过程格外漫长，那吕奉先像是不知疲倦一般，竟能在联军阵前连续不断地迎战。其间不断有探马往来汇报前方战况，皆是言及吕奉先于交战中又斩杀了某某大将。一直到天近黄昏，形势才出现了些许变化。

"联军那边来了三员大将，三人齐上，与吕布将军斗得难舍难分！"探马急促地说，似乎正着急赶回去看最新的战况，"其中一人似乎正是此先在冀州打过交道的刘玄德。"

"刘玄德？"张辽一愣，"那三人中是否有一将，手持九尺长刀，面带红光？"

"正有此人！"探马点点头，"此人武艺超绝，只一人便可与吕布将军交战数十合。"

"知道了。"张辽若有所思道。

"寻觅到同乡了？"陈竺百无聊赖地拨弄着草丛，"大人应该庆幸，不是你亲自面对三人的合围。"

"我认为我们应该担心的是吕将军。"张辽眉头紧皱，"联军人多势众，靠车轮战也能将他耗到筋疲力尽。我只怕到时吕将军不是诈败，而变成了真败。"

张辽的话不幸应验了。前方的消息传来时，张辽面前不远处的大道上已经开始出现零零散散的溃兵，想必是前方的部队被联军击破。探马来报称，溃逃的士兵眼下正一窝蜂朝虎牢关拥去，而联军兵马只在后头不紧不慢地追击，意在等到虎牢关敞开关门收纳溃兵之时，一鼓作气攻陷关城。

"那吕将军是生是死？"陈竺焦急地问道。

"生死不明……"探马脸色也变得惨白。

"这下糟了。"张辽感到后脊背一阵发凉，"虎牢关外的联军数以十万计，而我军只有吕将军的数千溃兵，以及你我手中的两千伏兵，怎么可能挡得住他们？"

"还挡什么？趁着联军还未追上，我们赶紧撤入城内吧！"陈竺转身便要号令兵马，却被张辽劈手拦下了。

"你我若撤入城内，则虎牢关今日必然陷落！"

"此话何意？"陈竺愣住了。

"吕将军眼下生死不明，溃军入城虎牢关守军必然不会见死不救，若无人阻拦联军追兵，则联军必然会混迹于溃军之中拥入关城，如此一来这关城如何守得住？"

陈竺渐渐冷静下来，略一思索，同意了张辽的观点。

"那么大人有何对策？"

张辽望着远处腾起的滚滚浓烟，斩钉截铁道："疑兵之计！"

傍晚时分，天色骤变。大雨倾盆，天地苍茫。辽阔原野之上，遍体鳞伤的战马疾速奔驰。

战马上所搭载的乃是张辽与陈竺二人。起先，他们亲率两百精兵在联军前进的必经之路上布下伏兵，其中又给陈竺换上与吕布相仿的战甲，披白色披风，手持长戟，扮作吕布，吸引众将前来追击，也好为身后的兵马争取入城时间。

问题在于，面对联军的普通骑军时，张辽麾下的两百精锐铁骑还能应付自如，但当后续的诸侯援军陆续开到，断后之战陡然变得艰苦起来。最终将张辽所部二百人彻底击溃的，是当今世上另一支精锐骑军——公孙瓒麾下的白马义从。

上千白马义从只发动了一次冲锋，先以长弓齐射箭矢，后以密集的骑兵方阵集团冲锋，只在片刻之间便将张辽的兵马杀得四散而逃。战马身中数箭而倒地，张辽自己也在混战之中杀得满身是伤，匆忙之下只得与陈竺共乘一匹战马狼狈逃离。

22. 电光火石

　　陈竺握紧缰绳，直面呼啸的风雨，双目几乎无法直视前路。在他身后，张辽仍在昏睡，体温越来越低。

　　"校尉不能睡！"陈竺焦急地大喊，"老子的酒你还没喝上，你若是现在睡过去，老子可要抵赖了！"

　　"你……你休想。"身后的张辽疲倦地笑了笑。

　　陈竺微微放下心来，目光直视前路。虎牢关只在不远处，只要再坚持片刻工夫就能脱离险境了。

　　忽然间，陈竺面色一沉，一手默默握紧了钢刀。呼啸的北风之外，还有急促的马蹄声，距离不过百步。

　　"校尉，他们还是追来了。"陈竺重重吐出一口湿气，一手按紧腰间的刀柄，"咱们两人一马，速度不如轻骑。如若被他们追上，绝无生路。"

　　"子直兄，你也追随我许久，今日该如何应敌，全由你下令。"张辽沙哑地回应道，"我信你手里的刀。"

　　"校尉尽管放心，我陈竺无所长，唯一能依仗的便是这柄长刀。只要一息尚存，属下定会护得都尉安全！"

　　"少说大话，省点力气吧。"张辽无奈地笑了笑。

　　"他们来了！"陈竺狠狠一甩马鞭，马匹嘶鸣着狂奔起来。

　　"吕布！你已无路可逃，束手就擒吧！"身后骑兵大喊道，"我家主公有言在先，并未令我等取将军性命！主公赏识将军的勇武，愿意许将军荣华富贵，只要将军肯弃暗投明，一切都好商量！"

　　说罢，身后两支箭袭来，马匹中箭倒地，陈竺与张辽也随之扑倒在泥水中。

骑兵趁势逼了上来。

"你们主公有没有说，若是遇见吕布的属下，要如何处置？"陈竺狼狈地大喊。

"什么？"两名骑兵彼此对视一眼，脸色一沉。

陈竺没有给他们更多反应的时间。只见他长刀半举，三两步跨上面前的那匹无主战马，猛然冲向敌阵！

两名骑兵未曾料想陈竺竟会以近乎决死一搏的姿态出招，连忙举刀格挡，却难以抵挡陈竺猛冲而来的巨大势能。只听狂风中一声叫人心颤的刀刃碰撞，陈竺面前的骑兵应声被震开一丈远，自半空重重摔落。

但这一招几乎耗尽了陈竺全部的力量。他重重坠落在地，长刀也因方才的劈砍而卷刃。他以颤抖的右手紧握长刀，勉强支撑着身体，也仅能维持着半跪的姿态。

远处那名摔落在地的骑兵狼狈地爬起身，狠狠扯下头盔，提着刀大步朝陈竺走来，眼底杀意毕现。另一骑兵高举骑弩，谨慎地在一旁兜圈子，似乎仍在确认陈竺的身份。

陈竺已然无力再战，手持弩箭的骑士只要愿意，随时可以取他性命。

这时，呼啸的狂风中，忽然传来刀锋撕裂空气的破空声。

漫天大雨中猛然杀出一道人影，三尺长刀撕开冰冷的寒风，直指战场中心！

"当心！"追兵的同伴变了脸色。

他的提醒已经太迟，随着刀刃撕开人体沉闷的低响，三尺长刀转瞬间贯穿追兵的胸膛，带着巨大的冲击力，撞得追兵连连后退。

在视线被黑暗占据之前，追兵挣扎着抬起头，这才看清了来者的面庞。

竟是遍体鳞伤的张辽。不知怎样的力量促使他再度站起身来，只见他满脸血污，披头散发犹如恶鬼，无端地令人心生恐惧。

"你的刀太慢了，子直兄。"张辽忍着剧痛说道。

"此人是谁？勇武竟不输那吕奉先！"仅剩的那名骑兵咽了咽唾沫，端着弩箭的手微微颤抖起来。

　　远处的山坡上忽然传来一阵悠长的马嘶声。骑兵猛然回过神来，迟疑片刻，收起弩箭，策马朝山坡奔去。

　　"文远兄？"地上的陈竺虚弱地笑了笑，"还真是叫人意外。"

　　"你倒下了没关系，我来为你开辟生路。"张辽低声说，"并州男儿还未死绝，只要还能握紧钢刀，这场战斗就还没输！"

　　雨下得更密，几乎遮蔽天地。山坡之上，一排黑色的影子自山脊之上浮现。黑影足有七人之众，皆是身披重甲的骑兵，腰间马刀纷纷出鞘。黑骑们围成一道半月形，向着平地上的二人缓缓推进。

　　形单影只的张辽提着长刀缓步独行。浑身的伤口默默涌出鲜血，他眼前一黑，险些站不住身子。

　　"大人是想独自赴死吗？未免太不仗义了。"身后忽然有人扶住了张辽，话中似乎含着笑意，"看你这副样子，都不知还能不能握得住刀。"

　　"好你个陈竺，不过一介小小尉吏，竟敢口出狂言？"张辽也笑了笑。

　　陈竺闻言叹了叹气："这儿可不是在并州，也不是在洛阳，没有什么校尉或是尉吏，只有两个即将赴死的男人。"

　　"那还不快扶我站稳。"张辽艰难地说道，"赴死的时候当然要站直身子。"

　　两人相互扶持着站稳。在他们面前，白马义从分作前后两队，即将集体冲锋，算作对二人最后的尊重。

　　"弩箭齐放！"白马义从领兵都尉高声下令。

　　呼啸的风声，四支黑色弩箭疾速飞射，径直刺向平地上的两道人影。

　　"来吧！"陈竺忽然低吼一声，跨步上前，高举起长刀。

　　张辽一下愣住了。陈竺在迎着弩箭上前的瞬间，同时狠狠推开了张辽。张辽站立不稳，仰面倒在泥地。

　　电光火石间，陈竺反手抛出了长刀！

　　张辽猛然反应过来。从来就没有什么并肩赴死，陈竺在最后一刻放弃了防御，或者说，他决心以自己的身体为盾，替张辽进行防御，好让张辽斩出那致命的一刀！

　　这小子向来武艺平平，叫他斩将夺旗也许勉强，但他至少还有一条命可以豁出去用！

四支弩箭分别贯穿了陈竺的胸膛和大腿，陈竺奋力维持着站立的姿态，用喷着血沫的口高声嘶吼："大人，举刀！"

"文远，放箭！"记忆深处，雁门少年独自发箭射杀灰狼的瞬间，在此刻浮现眼前。

前排的四名白马义从距离张辽不过二十步，在意识到一轮齐射并未彻底扫清残敌之后，他们齐刷刷拔出长刀，做出劈砍的预备姿态。

而在陈竺倒下的瞬间，被他的躯体遮挡的视线骤然开阔。呼啸的北风与密集的雨点之间，手持双刀的张辽自平地一跃而起，发出愤怒的吼声！

"左右散开！"居于后排的都尉脸色突变。但命令来得太迟，前列的白马义从在突发状态下几乎无法控制战马。只见张辽手中双刀在大雨中挥出两道鬼魅般的弧线，紧贴张辽左右的两名白马义从应声摔落马下。没人能完全看清张辽的两刀是如何挥出的，两名殒命的骑兵甚至来不及举刀防御。这一击力道之大甚至撕开了他们的铁制头盔，连带撕开了头盔之下的面颊。两匹无主的战马缓步向前奔行，又渐渐停住。两名坠马的白马义从深陷泥地之中，暗红色的血染红了一大片雨水。

张辽重重落地，浑身所有的伤口同时崩裂，再也没有半分还手之力。方才这一击已经耗尽了他全部的力量，但他也同时带走了两名骑兵的性命。

"足够了。"张辽在心中默念，"一个留给我，另一个，为子直兄践行！"

逐渐模糊的视线中，剩余的白马义从高举长刀，同时向着张辽猛冲过来。耳边隐约传来箭矢划破空气的蜂鸣声，听起来竟莫名熟悉，就像是……昔日斩狼之时射出的那一箭。

"父亲，我给你丢脸了吗？"张辽在心里问，身子一歪，栽倒在漫天大雨中。

23. 粮草先行

再睁开眼时，张辽已经在行军的半途中。董卓特别为他调拨了一辆马车，好让他少经历些颠簸。

那日虎牢关前的血战，董卓及时派遣兵马反击尾随的联军，这才挽救了虎牢关。而张辽为后撤兵力所争取到的宝贵时间，无疑起到了关键作用。董卓本人则亲率精锐骑兵出城寻找张辽的下落，最终在白马义从即将斩杀张辽的前一刻及时赶到，救下了他的性命。

根据在场的军士们所说，整个战场上，只有张辽一个活人。想来也是，陈竺最后一刻身中数箭，又被马群践踏，想必连尸首也分辨不清了。

真是令人意想不到的分离，张辽甚至没来得及喝上陈竺请的好酒。

张辽不由想起很久之前，两个初来洛阳意气风发的年轻人，一同许下名扬天下的愿望。如今愿望仍在，许愿的人却再也没有了。

"我们这是在去哪儿？"待到伤势轻了一些，张辽艰难地开口问道。在这之前，他甚至连声音也发不出。

"向西，去长安。"随侍的郎中回答道，"董太师自虎牢一战惨败而归后，终日郁郁寡欢，忽然对洛阳的一切都失去了兴趣。据说他曾对身边谋士李儒言道，我们的将士在虎牢关卖命，守护的却是这些所谓公卿世家的繁华。这些繁华都透着臭味，叫人想要一把火烧个干净。"

"主公是在说玩笑话吗？"

"不。"郎中摇摇头，"董太师是这么说的，最后也是这么做的。在率军西行长安之前，他在洛阳城内点起了一把大火，将好端端一座繁华的城池烧得千疮百孔。"

张辽沉默了。他忽然想起这么多年来那些为了权柄而明争暗斗的无数人，从十常侍到大将军，从董太后到何皇后，从袁本初到董太师，从张文远到陈子直……数不清的人，数不清的面孔。如今他们中大部分人都已化作飞灰，或者是将自己的一部分灵魂彻底抛弃在了那个旧日的京都，随着一把烈火而焚烧殆尽，像是在与过去告别。

这么想着，张辽真的尝试坐起身，对着身后逐渐远去的、已经成为一片废墟的洛阳，用极低的声音说了一声："再会。"

大帐内燃烧着熊熊炭火，火堆旁围坐着十余名军士，各怀着心事沉默着。军营外的空地上，纷飞的雪花遮蔽天地。张辽独自漫步于漫天大雪之中，一手扶住长刀，眺望远方。

凌厉的寒风与鹅毛大雪中，古老的长安城楼变得模糊不清。

遥想当年，这里是大汉赫赫有名的禁卫北军的驻地，如今却已空置多年，军营内的陈设破败零乱，落满尘埃。直到董卓率军进驻长安，这里才勉强恢复了几分生机，但似乎也仅限于此了。自虎牢关败退之后，西凉大军上下无不沉浸在战败的颓丧之中，仅一夜之间，这些往日勇武善战的西凉武士好像被抽掉了灵魂，终日沉浸于酒色声乐之中，再也没有了半分纵横天下的豪气。

究其原因，还是在于西凉铁骑的核心人物——凉州刺史董卓，忽然失去了往日的雄心。虎牢兵败之后，诸侯联军牢牢把持中原各州郡。在失去西凉铁骑这一最大的外在威胁之后，诸侯们开始显露出蛰伏已久的贪欲，迅速开始瓜分董卓退兵后留下的权力。那些打着匡扶汉室旗帜的公卿，瓜分起汉室江山来甚至比董卓还要不遗余力。西凉铁骑死伤无数将士，最终什么也没有换来，反倒给了诸侯一个大肆扩张势力的借口。

眼下即使董卓挟持了汉帝，在公卿与诸侯们看来似乎也无关紧要，没有人再提议举兵讨伐董卓，也无人在意汉帝的安危。对西凉铁骑以及董卓本人而言，诸侯联合起来攻打长安并不可怕，可怕的是诸侯们像狼群一般分食大汉疆土，却偏偏对退守关中平原的西凉军视若无睹。对董卓这样心怀野心的枭雄而言，比诸侯的仇恨更令人感到屈辱的，大概就是诸侯的忽视。

大概也正因如此，深感心力交瘁的董卓不再提及举兵反击，久居深宫，终日沉湎于酒池肉林之中，幻想自己已经掌控了天下，眼神与姿态中看不出分毫神采，再也不复往日雄心了。

主将如此，军中将士自然也好不到哪去。自董卓久未露面之后，西凉军的军纪日渐败坏，兵马的操练及调度越发懒散，长此以往，大概不必等到诸侯联军再来，西凉军内部便要先崩坏了。

张辽裹紧了大氅，心中充满了对西凉军未来的忧愁。此番愁绪，思来想去也无法消解，不免让人想喝上一壶好酒，麻醉大脑，也暖暖身子。

"陈竺，陈竺何在？"张辽高声呼唤，"随我去城中饮酒！"

空旷洁白的天地间，并没有人回答张辽的呼声。

"将军。"密集的雪花之中，一道魁梧的身形踏着风雪走来，远远望去，竟与记忆中陈竺的身影重叠在一起。

"将军，大帐中有信使等候。"来者站住了身子，恭敬地抱拳。

张辽一愣，视线渐渐清晰起来，这才看清来者是军中另一员都尉。若陈竺不死，这个位置本该是他的。

"还是会不习惯。"张辽自嘲般地笑了笑，随着都尉的指引回到了大帐。

大帐中等候张辽的信使，乃是长安城内司空张温的属下。由于岁旦将至，负责城内兵马粮草调运的张温给将士们送来了过冬的柴火、粮草和猪羊肉。张温本人也在军营中，吕布正随着张温前往各营视察凉州军各部的军备情况。

张辽心中暗暗思忖，司空张温素来与董卓不合，但碍于此人在朝中颇有地位，很受诸位公卿的认可，想来为了不至于和长安全体公卿闹翻脸，董卓还是要与他维持表面上的和谐关系。

"这是物资清单，请将军过目。"简略寒暄之后，张辽从信使手中接过了清单。

"这……司空大人是不是弄错了？"张辽微微皱眉，"我营中仅有军士两千，但清单上的粮草物资，粗略算来足以供应五千人马。"

"数目是不会错的，每一批粮草都是司空大人亲自核对过的。"信使神秘莫测地笑了笑，"此乃司空大人为将军略备的薄礼，大人久闻将军威名，想要结交像将军这样年少有为的豪杰。区区粮草，算作见面礼。"

"这……属下受之有愧。"张辽低声道。又是一番礼节寒暄之后，信使拱手道别。张辽将他送出营帐外，看着他渐渐远去的背影，心里升起一阵不安。

"此乃司空大人为将军略备的薄礼。"张辽回味着信使的话。这话太耳熟了，很久之前在洛阳的那个夜晚，吕布斩杀丁原向董卓归降之际，董卓的信使也对张辽说过相似的话。

那一次，董卓希望张辽掉转阵营，反过来对付袁绍；今时今日，长安公卿也对张辽说类似的话，又是希望张辽替他们对付谁呢？

一月后。

下了一整个冬日的大雪，在开春之际终于止住了。朝阳自东方升起，照在身上略带几分暖意，城中的冰雪也渐次消融了。岁旦之后，张辽便领了新的军令，率部把守洛城门。此门正对着昔日北军大营，张辽及吕奉先的本部兵马皆驻守在洛城门外的军营中。这一职务乃是由长安公卿向董卓举荐，虽然最终获得了董卓的准允，却不免在西凉军上下引起了一番猜忌。

眼下西凉武将对长安公卿的态度颇为暧昧，既保持着密切的接触却又格外防范。这一矛盾的关系源头依然在于董卓，一面需要长安公卿协助维持朝廷运转，一面又担忧他们会暗中对自己不利。因而进驻长安以来，世人只见董太师对那些有谋反意图的公卿毫不手软，另一面又对其他公卿礼遇有加。朝中一时间人人自危，众人纷传董卓喜怒无常，杀人不眨眼。这样的消息日复一日地传到张辽耳边，他对董卓的看法也渐渐变得悲观。

"子直兄，你说这是我等寒门子弟出人头地的机会，可曾料想主公有朝一日会变得如此颓丧沉沦？"张辽默默叹气。

24. 困兽之怒

"听闻太师近来有喜事？"营房内，有军士小声议论道，"王司徒府上有一养女，据说美若天仙，有闭月之容呢。这么一个大美人，这几日好像被司徒吹吹打打送去太师府上了，要给董太师做妾。"

"不对。"有人出言反驳，"你说的是司徒王允的养女，叫作貂蝉的那个对吧？我怎么听说他被王司徒许配给了吕将军？"

"我也是这么听说的。"有人附和。

"你们怎么听说的我不知道，但那貂蝉送去了董太师府上，我可是亲眼看见了啊。"起先的军士出言反驳道，"不过，我见吕将军脸色似乎不大好，看着像是有怒气。"

"这……"其余军士们彼此对视，茫然无措，"难不成，是这董太师和吕将军同时看上了王司徒家的女儿？"

"此事不可妄加猜测。"张辽忽然出言打断，默默站起身来，"无论是叫太师听见了，还是叫吕将军听见了，尔等都免不了一顿责罚。"

说罢，张辽心事重重地放下冬枣，转身快步离去。

"这……将军怎么了？脸色忽然变这么差？"身后的军士们小声议论道，"莫非，将军也对那貂蝉……"

"你就瞎猜吧！"其余军士闹哄哄地打断了他。

出了军营，张辽直奔马厩，牵来战马便要往太师府上去。寻常将士可能认为这些儿女之事无关紧要，但张辽几乎立刻从中嗅到了精心布局的味道。王司徒乃是朝中公卿中德高望重的元老，足以代表长安士族的集体态度，因此他无论是单独将貂蝉许配给吕奉先还是董太师，对西凉武将集团来说都是一件莫大的喜事，表明长安士族终于要从政治上与西凉武人达成联姻。但倘若王司徒是同时将貂蝉许配给两个人……吕奉先与董太师可都是颇好女色之人，王司徒此举背后的意图几乎昭然若揭。

令张辽疑惑的是，如此明显的离间计，凉州集团上下众多谋士，竟无人看出来吗？

没等张辽翻身上马，董太师府上的信使忽然来到了。

"太师请将军到府上一叙。"

日暮时分，张辽匆匆来到太师府。赶来的路上，遇见一队披坚执锐的精兵，满面杀气地朝着城中某处角落奔去。想来不出意外，董太师又下令诛杀朝中某个公卿家族。想到今夜长安城中又要多一番杀孽，张辽心中便不免一阵心灰意冷。

进了太师府，穿过庭院，一眼便看见立柱上钉着一把长戟，仔细一看，竟是吕奉先所持的方天画戟。莫非吕将军今夜也来赴宴？张辽心想。但走近一看，张辽意识到事情似乎不太妙，府中下人一副惊魂未定的模样，那方天画戟也是深深刺入立柱之内，可以想象投掷之人当时究竟有多愤怒。

进了中堂，董卓已在座上等候多时。四下不见吕布的身影，却见凭空多了许多持刀的护卫，张辽心底一沉，隐隐对方才发生的事有了猜测。

"大人唤我来此，可是有何军令？"张辽开门见山问。

"不必紧张，今夜并无特别军务。文远，坐。"董卓挥挥手，示意张辽在面前落座。许久未见，董卓的身形比过去更为臃肿，神色姿态多有憔悴，几乎叫张辽认不出来了，哪里还有昔日在洛阳城下纵横捭阖的姿态？

"文远你出身并州寒门，在我西凉军中累积军功到了如今的地位，是也不是？"董卓淡淡开口道。

"正是如此。承蒙明公厚爱，文远无以为报，甘愿听候大人驱驰，万死不辞。"

"好啊，好啊。"董卓笑了笑，"曾经默默无闻的北地少年郎，如今在这长安城内，也成了需要被世家公卿另眼相看的少年英雄。文远，你倒是前程无忧啊。"

张辽一愣，听出董卓似乎话中有话，不由感到后背一阵发凉。

"属下能有如今成就，全仰赖明公垂爱，文远时刻不敢忘！"张辽连忙说道。

"我的垂爱？不不不，我不过是偏远凉州之地的乡下蛮人，即使位极人臣，领铁甲无数，在公卿眼中终究还是一个无名之辈。"董卓低笑起来，张辽闻到风中飘来浓重的酒味，"可文远你不一样，长安的司空，可是上赶着要巴结你呢。"

张辽心底一颤，抬头一望，正对上董卓冰冷的目光，忽地打了个寒噤。

"长安城内的一举一动，都逃不开我的视线。"董卓古怪地笑着，"文远你比我要幸运，不像我，费尽心思想要讨好朝中公卿，最后，那王司徒却扔给我一个处心积虑要置我于死地的漂亮女人，就好像是一杯剧毒的美酒。你说，这杯美酒，我该不该喝下去？"

"大人多心了。"张辽不动声色地说，后背却已经被冷汗浸湿，"王司徒向来对明公敬重有加，吕将军对明公更是忠心耿耿，这其中必定有什么误会……"

"住口！"董卓骤然勃然大怒，毫无预兆地起身，如发狂的狮子一般掀翻了小桌，"你想让我将你一并斩杀吗？"

"属下知罪！"张辽一惊，慌忙请罪。

"张文远你好大的胆子！今夜我何时提过奉先我儿？何况那王司徒是何等人，我心中自然有数，何须你来指手画脚？"

"属下失言，请明公责罚！"

"责罚？责罚自然会落到你头上！"董卓怒视着张辽，猛地又大笑起来，笑声嘶哑，"我董仲颖一生征战无数，破黄巾，杀逆贼，堂堂正正立于天地之间，凭什么要畏首畏尾，让那些人高高在上地骑在我头顶？我放火，放火烧了洛阳，我还要烧了长安！我要烧尽那些看不起我的公卿，在烈火中，他们会真正看见，什么才叫畏惧！"

董卓话音未落，远处的夜空竟然真的被火光照亮。张辽慌忙起身向外看去，只见远处一座府邸被熊熊火光吞噬，点亮了一大片夜色。

"那是……张温大人府上！"张辽心底一颤，险些没能站住身子。

"长安司空……张温！"董卓近乎癫狂地大笑，带着醉意怒骂，"暗中……勾结袁术，意图谋反！今夜，我已派兵，杀光张温全族！"

董卓醉醺醺地去抓酒壶，嘴里仍在破口大骂。远处火光冲天，火焰每跳跃一下，张辽心底便冷却几分。

"没有人能背叛我，没有人！"董卓摇摇晃晃地走到屋檐下，满意地欣赏着火光，"我要用一把大火，将这个污浊的人世，烧个干净！"

张辽没有做出任何回应，只是静静半跪着，侧着脸，面庞隐匿在阴影之中，唯有持刀的右手紧握着，在风中微微颤抖。

张温全家被灭门，此事在长安城内引发强烈骚动。几位谋士劝阻董卓不成，愤而离去，此举无疑进一步加重了董卓的怒火。而往日与董卓形影不离的吕布，则已有多日没有侍奉在太师旁侧，反倒时刻与长安城北的一万本部兵马待在一起，两人之间的嫌隙正与日俱增。

出奇的是，张辽的反应竟格外平静，终日只勤勤恳恳地防守城门，仿佛长安城内的紧张态势与他全无关联。

直到那一天。

那是一个大雾弥漫的夜晚，无数明亮的火把汇成河流，向着张辽把守的洛城门开来。城楼之上的军士一眼便认出，那是吕布麾下的一万本部兵马，身骑火红色战马的大将，正是吕布。

"将军！吕将军要领兵入城，我等如何应答？"有军士慌慌张张来报。

张辽深吸了一口气。

历史总是轮回。一切似乎又回到吕布刺杀丁原的夜晚，那时张辽选择了作壁上观。如今，吕布又要进城刺杀董卓，这一次又该如何选择？

张辽伫立在城头之上，默默与吕布对视。吕布手中方天画戟直指张辽，冷声喝问道："文远可是要阻拦我？"

张辽沉默了一会儿，高声回答："将军今日杀了董卓，往后又该投何处？"

"大丈夫生居天地之间，岂可郁郁久居人下！"吕布纵声喝道，"天地之广阔，你我联手，未必不能有所作为！"

　　沉沉夜色之中，吕布看不见张辽的神色，只看见他在城楼之上，沉重而缓慢地点了点头。

　　"如此，我便信将军一回！"张辽大声回答。

　　话音方落，城门徐徐打开。吕布点点头，率领麾下精锐兵马，头也不回地直奔太师府去。

　　城门敞开的那一刻，长安城内各公卿无不拍手称快，其余各门也在授意下纷纷紧闭，阻拦董卓其余部下。

　　这一刻起，董卓败亡的结局已然注定。张辽甚至没来得及看见董卓殒命的那一刻。这个来自偏僻乡下的西凉蛮子，最终也没能让环绕在他周围的公卿多看他一眼。历史就是如此嘲弄着败亡之人。

25.　一将难求

董卓败亡之后，吕布与王允联手执政，满长安的百姓及公卿无不盛赞吕布的功绩，一时间可谓是风光无限。

而在此次长安事变中，在关键时刻打开城门，让吕布大军入城的张辽，却淡出了众人的视野，似乎有退隐之意。吕布听闻张辽意欲离去之事，内心自然是焦急万分，想要把此等英雄留在身边，日后好共谋前路。

长安城外，天地辽阔。张辽策马立在山丘上，身后是长安，眼前是归乡小道。眺望着远处绵绵群山，张辽暗自长叹一口气。

何进、丁原、董卓今日皆已身死，自己又背叛过袁绍，天地之大，何处才有自己的容身之处？莫非真的要如此狼狈回到雁门？父亲和叔伯又会如何看待自己？

正是思绪万千之时，身后忽然传来一声大喝。回身望去，竟是吕布亲自策马赶来。原来吕布早已注意到张辽的退隐之意，今日在府上寻觅张辽不得，便立即飞马追出城外。吕布虽一身蛮勇，却也深知千军易得，一将难求，此时正是用人之际，他怎么舍得轻易放张辽这么一个大将之才归乡？

待策马来到张辽面前，吕布也并不急着去表达自己的心声，只是有些惋惜地问了面前的人一句："不知文远此去，要去往何处？"

张辽一手按住腰间长刀，苦涩一笑："我既生逢乱世，自然是想要寻一明主，伴其左右，以我之力，忠心护主，共安天下，只是这明主，未免难寻了些。"

张辽心中暗想，自奔赴洛阳以来，已接连数次改换门庭。每一次，他都以为可以就此共谋大业，但是后来皆发现这些人不过就是为了一己私欲，有所图谋，并非他心中所向往的明主，甚至，还因此亲眼看着自己最信任的部将陈竺在面前丢了性命。

一路走到今天，也已经是历经了诸多坎坷和艰险，脚下踏着累累尸骨。至于未来之路该何去何从，他自己心里却陷入了迷茫。

只能是尽人事，听天命。张辽长叹一口气。

吕布见张辽迟迟不提留在自己身边的事情，心中不由得生出几分焦灼。

旁人也许不知晓张辽的本事，但吕布内心却如明镜。在刺杀丁原和刺杀董卓的过程中，张辽都给吕布留下了深刻的印象。何况，能被董卓这样的当世枭雄认可，也证明张辽的才能绝非在自己之下。

思及此，他心里对于留下张辽的渴望，变得更加强烈了。

"不知文远，以为在下如何？"吕布略带些紧张地问。

张辽一开始听闻吕布之言，并没有明白他想要表达的意思，过后再品这番言语，这才理解了大概。

"吕将军的能力，天下有目共睹，你手中所持的方天画戟，见者皆心惊，还有赤兔马傍身，自然是响当当的人物，只是不知吕将军何出此言呢？"

吕布见话已经说到这儿了，也就不再纠结，直接把自己早先准备好的话，当着两个人的面，尽数吐露出来。

"文远不知，其实布心中也是有一番宏图想要展开，只是之前一直屈身于他人名下，一直未有机会可以付诸实行，如今好容易有机会摆脱了那些人，才有机会把这些话说给你听。"吕布说着叹了叹气，"布又岂会不知自己的能力，在下自负武功盖世，当今天下未逢敌手，可谓是天下无双，布相信，哪怕是单凭布的一身气力，也是可以让天下人尽入囊中的，自此乱世可以终结。"

吕布说到这里，蓦地停下脚下的步子，随后急急转身，迈步到张辽的面前，出声恳切地问了对方一句话。

"不知文远是否有意，随在下一起，共创大业？"

　　张辽从未想过吕布还有此等心思，之前一直以为这人只凭借一身勇莽立世，今日突然听到他这番言论，不由得对他改观了，一时之间被他的气魄折服。

　　他自己心里清楚，此次若离去，天高水长，路途遥远，未来寻明主之路，只怕也不会那么容易。既然如今吕布有这番愿望，相信假以时日，加上众人的辅佐，难保不会成大器。

　　当下，张辽便做出了决定，对着吕布一记叩首。

　　"辽愿追寻吕兄，共图大业。"

　　吕布见张辽此等举动，十分开怀，赶忙伸手把张辽从地上扶了起来，笑着点了点头。

　　"文远不必多礼，你放心，只要我们二人同心协力，相信日后，多得是机会收揽各路英雄，共图大业，以安天下。"

　　两个人随即把酒言欢，聊起当今局势，说起日后的规划，过往忧虑似乎皆化成过肠酒，此刻只想享受当下的美好。

　　自此，张辽统兵从属吕布，追随他开启新的征途。

　　这一日，二人在吕布府上商谈军事，正欲吩咐下人准备一些酒菜，两个人好好地醉饮一番，顺便聊聊当下局势，这时，突然有下人来报，说是在长安西凉军营内，董卓昔日旧部正在调集兵马，打算伺机袭击吕布和张辽二人，好为董卓复仇。

　　吕布一听这番言论，气急败坏，就要点齐兵马扫除叛乱，张辽见状赶忙起身拦下了他。

　　"吕将军何必这么大火气，既然现在他们的事情已经败露，咱们只管拿下他们就是，兄也莫急，弟愿代劳，带兵出击，定会将他们斩于马下，再回来复命。"

　　吕布闻言，不由大笑几声，随即把手中的方天画戟放回了原处。

　　"好，那为兄就在此处迎你回来！"

　　张辽领命，立刻带兵迎战，长安各公卿为大军提供粮草后勤供应。不出半个时辰，叛军就被张辽麾下的精锐兵马横扫。夜幕之时，张辽领军在长安百姓的欢呼声中策马而归。

此事以后，吕布更加重视张辽，遇到什么事情，也总要让他参谋一二。

眼下，吕布和王允二人刚刚开始把持朝政，吕布负责长安城防，王允维持朝纲。对王允而言，长安久经战乱，一切百废待兴。而眼下最让他头疼的，就是城外数以十万计的凉州军。

这凉州军本为董卓旧部，虽因董卓之死而依附于朝廷，但终究还是不小的隐患。王允唯恐这些人生有二心，届时再冒出来一个董卓，长安免不了又要经历一场浩劫。因此，自那日西凉军骚动被张辽平定后，王允便一直计划着削弱西凉军的势力。反观西凉军一边，朝廷的猜忌也一直被这些人看在眼中。他们深知，若是西凉军的势力被一再剥夺，日后恐只会步董卓的后尘，他们这些人也难逃一死。

董卓旧部属李傕和郭汜等本想解散部队，从此归隐田野，再不理军务，毕竟这样可以保全各自的性命，只是没想到此举还未付诸行动，军中谋士贾诩献计，分析了一番当今形势的利弊，鼓励大家应当打着为董卓复仇的名义进逼长安，再以关中平原为根基与中原诸侯争夺天下，如此西凉大军方能有一线生机。与此同时，凉州各部也纷纷附和，逼迫着领军的李傕、郭汜等人不得不听从谋士的建议，下令全军备战。

乱世就是逼迫着所有人奔赴战场。

于是，长安终究没能避免一场战乱。十余万西凉军在李傕、郭汜、樊稠的带领下集结于长安城下，气势汹汹地发起攻城。

西凉军此举，虽说在王允和吕布的意料之内，但是因为大军行军速度过快，未等王允向那些忠于王室的诸侯求来援军，西凉铁骑的前锋就已经快要突破城防了。

十万火急的时刻，吕布立即率领张辽集结本部兵马，亲自登城迎战。张辽及吕布两军虽为精锐之师，怎奈何对面的西凉军也是当世强军，又占据兵力上的优势，守城兵马几乎难以招架。血战至天明之际，城中又有西凉旧部临阵倒戈，与城外叛军里应外合。张辽自知长安已无法坚守，只得护卫吕布脱离战场。

长安城破之时，十余万西凉武士发出震天欢呼，如海潮般涌入城内。

王允自知大势已去，只得自尽，以显示对汉室的忠诚。

"如今李傕和郭汜他们已经攻入城了，我们就算与之相抗，恐也占不到什么便宜，为今之计，只能保命要紧。"城内乱军之中，张辽奋力厮杀，焦急地向吕布大喊。

吕布脸色铁青，不甘又愤恨地看着纷至沓来的西凉军，无奈地下令全军撤出长安。

待到出了城外，整顿好兵马，二人看着背后火光冲天的城池，感到一阵迷茫。

"往后该往何处去，不知文远可有想法？"吕布叹息道。他是真的无计可施了，此先他跟着董卓讨伐各路诸侯，只怕诸侯心中依旧多有怨恨。眼下别说向诸侯求援，能不被落井下石已属万幸了。

张辽迟疑了一会儿，思虑再三，咬了咬牙，最终还是决定投往袁氏兄弟。

"投靠袁氏？"吕布一愣。他记得张辽分明也背叛过袁绍。

"汝南袁氏，四世三公，天下士族，无出其右，想来心胸也是极其开阔的，不会计较过多的前尘俗事，将军尽管放心。"张辽低声道，心中却也没有多少底气。

吕布见张辽如此说，也知道自己现在没什么别的选择了，只好点头，把这件事应承下来。

"好，既然如此，那就投奔袁氏好了。"说完这话，二人率着本部精锐兵马，带着董卓的首级，直杀出武关，前去投奔袁氏兄弟。

26.　前路渺茫

　　二人原先打算投奔袁术军中，怎料到，袁术向来心胸狭窄，又自视甚高，最见不得旁人能耐，再加上他不满吕布自恃有功而恣兵抢掠的行径，听到他们二人的姓名之后，直接严词拒绝了。作为信使的张辽甚至连袁术的面都没见到，便被轰了出来。

　　吕布知道这个消息后，心里也是颇为无奈。

　　他们一路逃生，奔至此处，已经是身心俱疲，本期望着依附着袁氏家族的威名，好歹也能够给自己谋得一个暂避之所，哪里想到刚来这里，就直接被拒之门外了。

　　"文远，袁术这般待我们，他哥哥袁绍，难保不会也是这番态度，咱们还要继续往他那儿去吗？"吕布颇有些狼狈地问。

　　张辽其实也没料到袁术会这么不近人情，但是眼下要说别的选择，他一时之间还真想不出来。

　　"将军不必担心，袁术虽然不近人情，但是我却以为袁绍却断不会做出此番言行。"张辽犹豫着说道，"他那人最好世族名声，我想只要我们前去投奔，他定会好好接纳你我的。"

　　吕布听了这话，还是满脸狐疑，他心里总觉得袁氏兄弟是一丘之貉。

　　不过现在事情已经发展成这样了，他也没什么其他的办法，只能先应着张辽的说法，紧接着又往袁绍的地盘上赶去。一路上他心里都在盘算着，若是接下来袁绍也不接纳他们一行人，又该怎么办？想他吕布一世英名，如今却落得如此飘零的下场，不由悲从中来，深感前路渺茫。

　　这一切也被张辽看在眼中。原来天地也并非父亲说的那般辽阔，不然，为何容不下小小的吕奉先和张文远？

靠近袁绍本部所在的城池，城门之上的军士立即放声喝道："来者何人？"

吕布与张辽二人相视一眼，随即开始勒马，出声回应。

"在下乃吕布，前来投奔袁公，不知各位兄弟可否为在下通传一声？"

城楼上的小兵忙不迭地下了城楼，紧跟着往袁绍所在的地方通传。

却说城中大帐之内，袁绍听说吕布来投奔自己的消息，也颇感惊诧，毕竟他记得清楚，当年虎牢关前，此人手持方天画戟，叱咤战场，几乎无人能敌。

没料到世事流转，昔日死敌今日竟又投奔了自己这里。

帐下武将也都知晓吕布之名，深知此人乃山中之虎狼，难以驾驭，纷纷劝诫袁绍要慎重抉择。

"主公，吕布乃是反复无常之人，当年杀了丁原投奔董卓，今日又杀了董卓投奔主公，实在无信无义。这人，咱们迎不得啊。"

"是啊，主公一定要三思啊。"

将军们纷纷附和道。

袁绍其实还抱着一番惜才之心看待吕布，没承想手下众将竟是这番姿态，他沉吟良久，最终大笑几声，旋即直接安排人出去迎接吕布与张辽入帐。

"我看是诸位怕了吕奉先的能耐吧！"袁绍冷笑道，"先前战场之上，众多良将皆比不过他一人，可见这'人中吕布'的名声不是随便来的。你们放心好了，我既然现在敢迎接他进来，日后他若生有二心，我也定有法子惩治他。"

见主公如此说，手下的将军们也深知袁绍主意已定，只能先收了口。

吕布亲自入帐面见袁绍，彻夜长谈。天明之际，袁绍亲自向众将宣布，吕布诚心归于袁氏。自此，吕布与张辽总算是有了安身之处。

吕布自归顺了袁绍，就一直听从张辽的建议，乖张行事，收敛做人，在袁绍军中默默无闻，甚至时常叫袁绍军中其他部将鄙夷。

直到袁绍领军于常山一带会战黑山军，一切终于有了突破口。

自黄巾乱军兴兵以来，黑山军趁着朝廷中枢混乱、无力克难的时机，逐渐扩张自己的兵力和统治范围，常山、赵郡、中山、上党、河内等郡国的山谷皆被黑山军控制，又有别部孙轻、王当等人率众投奔，因此常山黑山军对外号称有百万之众。

起初，黑山军活跃在并州、冀州两地之间，因当地多山，其行动飘忽不定，使得周边的各州郡兵马都对他们无可奈何，后来黑山军兵锋窥视河内，一度逼近京都洛阳，天下为之震动。

袁绍本与其并无交集，但眼见黑山军的势力渐渐成了气候，威胁到本部治下州郡，这才勃然大怒，要大举进军，意欲剿灭黑山军。

夏六月，袁绍大发兵马，先攻打黑山军部将于毒。吕布及张辽领兵随军行动，围攻于毒营寨整整五日，最终击破敌军，斩于毒及其下属万余人。紧接着，袁绍又引兵北行，先后攻破黑山军数个营寨坚城，势不可当。

后来，袁绍在常山一带撞上黑山军主力张燕所部，一场血战无可避免。

张燕一部乃是黑山军中的精锐，有数万精兵、数千精骑，战斗力与朝廷官军基本无异，因此袁绍所部兵马并未能占到太多便宜。双方大战十余日，因死伤惨重，不得已而各自退兵。

吕布见状，请缨出战。

袁绍自然是知晓他能力的，便点头允诺了这件事，临行前，本打算拨一些兵马随同吕布一起进军，吕布却拒绝了袁绍的好意。

"主公不必担忧，布既打定主意要进军，必是心存把握，主公且在营中待布归来便是。"

说完这句话，吕布一抱拳，便率兵出城而去。

两军对峙之时，吕布亲自率精锐骑军冲击张燕的军阵，有时一天去三四次，每次都能砍了黑山军将领的首级回来。此番连续作战十余天，吕布终于找到张燕大军的破绽，以张辽为前锋纵兵猛攻，一战击溃数万黑山军，平定了持续多年的黑山军之乱。

自常山战役之后，吕布的威名更是无人不知、无人不晓了。

许是本性难移，之前在张辽的劝说下，一直努力掩盖住的某些本性，在这时候已经暴露无遗。

吕布仗恃着自己的战功，一再地向袁绍要求增加军队，袁绍每次都是拒绝，虽说场面不至于闹得很僵，但是这事到底还是横在了各自的心头之上。

再加上吕布手下的将士也倚仗着将军的风姿，不顾忌军中纪律，时时抢劫、掠夺，袁绍知道此事以后，便开始在心中疑恨他。

张辽看出来了其中的不对劲，寻找机会特意向吕布进言。

"将军现在本就身处高位，容易被人敌视，如今如此不收敛，只恐袁公不能容你。"张辽忧心忡忡道。

最开始吕布自己压根没顾及这些，听到张辽说这些话以后，这才猛然间有所醒悟。

他心下深感不安，总觉得如果自己再带着兄弟们在这里待下去，日后肯定要生出大麻烦，于是第二天一早，便急急地去寻了袁绍，说明了自己的意思，声称自己想要率部进驻洛阳。

"哦？奉先可是认真的？"袁绍诧异道，"若是我要强留你呢？"

吕布闻言，不由得大笑了几声："布本就是归顺于袁公之人，若是袁公强留岂敢不留？只是如今布在外征战多年，实在是洛阳故土，心有所系，还望袁公体恤。"

袁绍心下本就不想要再留此人，此番干脆借势同意了他的要求，并以天子名义任命吕布领司隶校尉，派兵护送。

吕布临行前特地和张辽商议此事，他怀疑袁绍打自己的主意，明面上说是派兵随行保护，只怕暗地里多是不轨之心。

张辽也觉出来此事非同小可，沉吟道："只怕袁绍已是心有芥蒂，打算派这些人暗中除掉你我。"

"那兄以为如何呢？"吕布皱眉道。

张辽略一思索，忽地一笑："将军不如先将计就计，待到行出一段距离以后再做决议。"

吕布闻言，只得先点头。

隔日，吕布一行人带兵出行没多久，张辽便声称天色渐晚，要扎营休息。营帐扎好以后，吕布和张辽二人，以侍从在营帐中弹奏古琴来迷惑监视的军士，趁着夜色逃奔了出去。

半夜，袁绍的甲士果然闯入帐中，对着二人的床榻一阵劈砍，却扑了个空。众人这才发现二人不知什么时候已经离开大营了。

天明之后，消息传到袁绍案台前，袁绍不由得一惊，心中唯恐此人日后成为大患，便立刻下令关闭城门，派出人去捉拿吕布。

然而这时吕布和张辽已经逃到河内，寻了一处落脚之地，开始召集昔日旧部，恢复实力。

袁绍担心吕布对自己不利，再次派兵追杀吕布，奈何众军士畏惧吕布的武力，皆不敢全力追杀，最终令吕布一行人有惊无险地逃出生天。

27. 乘胜追击

张辽随同吕布离开袁绍以后，本来打算另寻他处落脚，途中经过兖州地界上的陈留，行程因此生了变化。

吕布望着不远处的陈留地界，蓦地念及自己过去的旧友张邈，现下他正在此处担任太守之职，今日途经此处，自是想要与故交相会，好好地告辞一番，毕竟日后再见面亦不知是何年何月了。

思及此，吕布不由得跟旁边的人商量。

"文远，布有个旧友，名唤张邈，正在此处任职太守，不知你可愿与布一起见他一面？毕竟日后各奔前程，再碰面不知是何时了。"

张辽听了吕布的话，也并没觉得有什么不妥，毕竟在乱世之中，有好友相交，已是不易，自会倍加珍惜，再加上张邈早就盛名在外，为人侠肝义胆，乐善好施，这般人士，他心中自然也是深觉佩服的。

于是也没有多做犹豫，径自点了头，应承下来："待会儿还望将军引荐。"

吕布闻言，大笑几声："文远放心，都是自家兄弟，没那么多计较的。"

如此，吕布和张辽一行人便径自朝着陈留的地界奔了过去。张邈闻及吕布前来拜访，立即派人前去迎接吕布。待这一行人进入城中后，更是大加款待。因老友相聚，席间一派和谐。

其中，吕布和张辽还结识了张邈的谋士陈宫，众人相谈甚欢，甚至在最后要分开的时候，相互之间还握着彼此的手臂，深表不舍。

"吕兄此去，不知何时才能相见，只望日后咱们还有机会相见，再续彼此之间的情分。"

　　吕布望着张邈和陈宫，旋即拍了拍对面两人的肩膀，这才率领一行人离开陈留。

　　这不过是彼此人生中的一段小插曲，可是未曾想到，事后竟生出来了无限的波澜。

　　让众人始料未及的是，吕布在陈留会见老友一事让袁绍知道了。袁绍明面上虽没有出言责备，张邈却陆续从旁人口中听到袁绍内心颇感愤恨的消息。陈留乃是曹操的地界，而曹操又与袁绍相知多年，若袁绍叫曹操对自己不利，自己可就凶多吉少了。

　　偏偏在此时，曹操忽然派人诛杀名士边让，更让包括张邈在内的兖州士大夫们感到颇为不安。此时，陈宫发现了他们的矛盾，心下一盘算，有了挑拨离间的想法。此时曹操向东攻打陶谦，派陈宫驻守东郡，四下兵马空虚，陈宫便趁机劝说张邈。

　　张邈初一听陈宫的建议，心中不由得万分纠结，一方面是感念当初曹操待自己的大恩，另一方面，又害怕日后曹操不顾及当初的情面，听从袁绍之言，派人追杀自己，因此甚是犹疑。

　　陈宫大抵也猜测到了他的这份心思，不由得重重地叹了一口气，为他剖析了一下当今的局势。

　　"现在天下分裂，英雄豪杰无不有建功立业的雄心。张大人你既然坐拥十万铁甲，处在四战之地，本应按剑雄视天下，做人中豪杰，如今反而寄人篱下，仰人鼻息，未免太过窝囊了！现在本州的军队东征，其地空虚，吕布是猛士，善于作战，英勇无敌，将他接来一同占据兖州，观望天下形势，大业未必不可成！"

　　张邈听来，脸上的神色阴晴不定，最终化作嘴边一声叹息："陈宫所言，还需三思啊！"

　　陈宫叹了叹气，告辞离去了。张邈本来有所迟疑，心中顾虑万千，结果没想到自己的弟弟张超、从事中郎许汜、王楷亦是此等想法，众人皆表明了各自的态度，加上对于当下形势的考量，他最终还是点头了。张邈便同众人一起，前去迎接吕布进城。

　　因曹操在远征前，将东郡留给陈宫把守，因此陈宫便调集麾下兵力帮助吕布袭击兖州，占据濮阳城。兖州各地通过陈宫的游说及分化，纷纷接受吕布出任兖州牧。一时间，兖州各地纷纷改弦易辙，一夜之间，偌大的兖州，仅剩下鄄城、东阿等地仍有曹军死守。

事情发生后，张辽对陈宫此举很是不解，不知晓这人为何会突然之间背信弃义，借机向陈宫问起此事。陈宫对此却只是微微一笑，淡淡说道："有些人，本就是忘义之辈，让我选择，我宁可投靠一个有理想的武夫，也不愿继续为奸雄做事。"

张辽闻言，不由对曹操与陈宫的过往产生了好奇。

另一边，曹操得知后方生变，匆匆率军回师兖州。他知晓此事乃是陈宫和张邈等人趁自己不备而生变，此仇恨一直记在他的心头。但眼下，曹操定决心要和吕布决一死战。一旦击破吕布大军，则兖州各地叛军便可以不攻自破。

曹操率领军队攻打濮阳城时，城中大姓田氏在城里作为内应，曹操趁机入城，放火焚烧东城门，以此激励将士与吕布血拼到底。

吕布其实早就料到会有此等局面，所以也早就做好了应对的打算，在曹军攻城之际忽然派骑兵出阵，冲散了曹军主力青州兵，导致曹军阵势大乱。没过多久，吕布大军就把曹军成功击溃，曹操策马冒火突围，勉强捡回了性命。

此后双方多次交战，陷入旷日持久的僵持。这时发生旱灾，又有蝗虫为害，粮食不够，双方只得各自罢兵，战役延后。

此时的曹军已然接近断粮。吕布虽有城池但也资源空虚，甚至出现了百姓相食的情景，但相比城外的曹操，还算能勉强度日。陈宫深知曹操向来睚眦必报，更何况是叛变之仇，日后势必还会卷土重来，便建议吕布，不妨趁着曹军微弱之时，一鼓作气，将曹操的势力给完全地消灭掉。

吕布听从陈宫建议，再次集结兵马，与陈宫一同率领一万余人进攻曹操。恰逢此时，曹操部下的士兵全都出去收割麦子了，在营中的不到一千人，难以守住营寨。危急之时，曹操下令妇人们换上士卒的衣衫登上矮墙守御，与士卒一起摆出了无所畏惧的样子，以此扰乱视听。

曹操营寨的西边有一条大堤，南边有一片茂密深广的树林，是天然的伏击场所。吕布怀疑曹操有伏兵，于是未能立即发起进攻，给了曹军喘息的时间。第二天，吕布再次前来挑战。曹操把自己的一半士兵埋伏在堤后，另一半士兵暴露在堤外布下阵势。

吕布的军队逼近时，曹操命轻装部队挑战，等到两军厮杀在一起以后，伏兵自大堤杀出，步兵与骑兵一齐冲锋，两面夹击，大破吕布，直追到吕布的营寨才返回。

吕布被打得连连败退，只得连夜撤退。曹操乘胜追击，一鼓作气将兖州各城全部收复，再次掌握了有利形势。

张邈见状，别无他法，只得率领一小队人马到袁术那里求救，留下张超带着家眷部属驻守雍丘。

曹操为报兖州之仇，以重兵包围张超，围了足足几个月，最终攻破了城池，杀了张超和张氏三族。而张邈未到寿春，就被麾下的士卒杀害。

想想当年张邈与吕布、陈宫相谈甚欢的画面，不过短短几载，当初曾畅想的美好未来，皆化作一抔黄土，随风消散了。

吕布战败后，带着张辽和陈宫一行人逃出城去。他想起前几次自己兵败逃亡的情景，本以为这次有了身边诸位好友的加持，自己会多几分胜算，哪里想到，今日自己竟又落得这样一个境地，太不甘心了。

"主公接下来可有打算？"这是众人逃出城后，陈宫询问吕布的第一个问题。

吕布闻言，摇了摇头，他这会儿已然失魂落魄，事情前后反转得太过强烈，让他难以承受。

陈宫见状和身侧的张辽商议了一会儿，如今这个形势，唯一还能给他们一些庇佑的，只怕只有那一人了。

两个人互看了彼此一眼，不由得叹了一口气。

最后张辽出声提点吕布："眼下只怕我们只能去投奔一人了。"

"哦，是谁？"吕布心烦意乱地问。现在他心里已经没什么想法，形势也容不得自己挑挑拣拣，只想着有人能收容自己就好了。

"刘备刘玄德。"张辽一字一顿说道。

28. 荀彧献策

吕布一行人在兖州被曹操击败后，眼下已经得罪了袁绍、袁术、曹操、李傕、郭汜等诸侯，自是不敢再去投奔他们，而往南投奔刘表、刘焉的道路也未必能行得通，最终还是听从了陈宫等人的建议，逃往徐州投奔刘备。

刘备果然如同世人相传那般，对吕布的投靠表示了接纳，甚至愿意以徐州城作为吕布本部兵马的屯兵之处。只是刘备身边的张飞对此颇有不悦，对吕布几次三番大声呵斥，两家一时闹得有些僵，张辽更是没有脸面多看刘备一眼。

好在，最终两家商量出了折中的法子，让吕布率部前往旁近的小沛城，姑且过渡一些时日，也好让两家少些争端。

只是平静的日子没几天，曹操又派遣使者找到刘备，要他想法子铲除吕布，实际意在挑唆两家反目成仇。这事最终被吕布知晓，两家因此事再次起了嫌隙。不过一桩阴谋由此糊里糊涂成了阳谋，刺杀吕布一事自然不了了之，倒也算无形中化解了曹操带来的危机。

然而，这件事并没有因此结束。

曹操见一计不成，又听从了荀彧的献策，开始施行第二计，故意派人往袁术处通报，说是刘备上了密表，要兵发南郡，与此同时还假借天子诏书，派人去徐州，命刘备起兵攻打袁术。

刘备众人见了诏书，心中明白此乃曹操借刀杀人的计策，但是皇命相传，不可违背，到底还是应承下来，刘备、关羽领兵出征，张飞留守徐州。

孰料往后的事属实出人意料。留守徐州的张飞心中对吕布颇有不满，借着醉酒闹事，当众侮辱吕布的岳父曹豹。曹豹咽不下这口气，当下回府找上吕布，要与他里应外合，夺了徐州，宰了张飞，以牙还牙。对前因后果糊里糊涂的吕布眼见此事有利可图，立即应允。当夜，张飞正醉卧府中，忽然左右将其摇醒，惊慌失措地说吕布已经率兵打进城来了。待张飞反应，已经失去了先机，糊里糊涂就丢了徐州。

这一边，刘备攻打袁术也十分不利，只得狼狈回师，徐州却已改弦易辙，此番竟需要吕布大方接纳众人了。昔日徐州之主转眼成为外来客，刘备一行反要仰人鼻息了。之后，吕布自封徐州牧，同时让刘备担任豫州刺史，自此两家明面重修旧好，暗中却已互相仇视。

袁术本就是记仇之人，被刘备攻打，心中多有忌恨，自然不愿意如此轻易地放过此事。大将向袁术献计，可以先拉拢吕布，再谋取刘备，袁术闻言，正合乎自己的心意，立即派出韩胤带着二十万斛粮食和书信，去见吕布。

吕布一看是韩胤来了，大喜，很好地款待了他，并应允了袁术的邀约。韩胤回城回复袁术后，袁术立刻派遣纪灵为大将，雷薄、陈兰为副将，统兵数万，进攻小沛。

刘备知道这件事后，立即聚众商议，自己粮寡兵微，不能抵敌，情急之下，修书吕布，向他求助。

吕布看了书信以后，和众人商议。

张辽自知此时的形势，他们与刘备之间，谁也不能做主动攻击对方的那一个。

想到这里，张辽也没有迟疑，他对着吕布行了礼，直接把自己心中所想的话，向吕布一一阐明。

"袁术如今兵强粮足，又掌握着有利地势，本就难攻，如今他突然提议与我们合作，一同攻打刘备，只怕他心里想着的，并不只是刘备一人。"

吕布闻言，不由得大惊："文远这是何意？"

"袁术本就心怀不轨，只恐他并取刘备以后，会把目标转移到吕兄身上，还请将军一定要三思而后行。"

吕布自知此事不可大意，干脆想了个折中的法子，邀请刘备及袁术军中大将纪灵共聚一堂，于辕门之外发箭射中方天画戟，以此为赌约，令两家休止争端，言归于好。

尽管眼前的危机暂时解决了，但刘备集团与吕布集团已经有了不可调和的矛盾，刘备深知徐州不可久留，旋即领军投奔曹操而去。

有道是：君子报仇，十年不晚！凭借曹操的军力，刘备再度领军回到徐州。曹军主力与吕布兵马血战数日，吕布个人虽勇武，却毫无谋略，自然无法持久抗衡，最终兵败徐州，叫人捆绑着来到了曹操面前。

吕布本欲让刘备求情，怎奈刘备并不为所动，旋即曹操下令将吕布缢死，然后枭首。

一代当世名将，便如此落寞离场。

待处理了吕布，武士们又拥着张辽来到堂下。

这对君臣之间的正式相遇，来得如此猝不及防。

曹操指着对面的张辽："哎，这人怎么这么面善啊？"

张辽闻言，不由得冷哼："濮阳城中曾遇见过，怎么会忘了呢！"

曹操不怒反笑："哈哈哈，没想到你也还记得这件事啊！"

张辽紧跟一言："只是可惜。"

"可惜什么？"

"可惜当日火不大，不曾烧死你这国贼！"

曹操闻言不由得大怒："败将安敢口出狂言？"旋即拔剑在手，眼见就要亲自来杀张辽。

张辽全程毫无惧色，引颈待戮。

就在此时，曹操背后一人突然攀住他的臂膊，一人跪于面前，同时说道："丞相且莫动手！"

原来，是玄德攀住臂膊，云长跪于面前。

刘备建议曹操："此等赤心之人，正当留用。"

关羽紧跟其后，应了一声："关某素知文远忠义，愿以性命保之。"

曹操本也有意招揽张辽，见此番有了台阶可下，便掷剑发笑道："我也知道文远是忠义人士，故意在这里玩笑呢。"

言毕他亲自走到张辽面前，扶他起身，请之上坐。

最终，张辽为曹操的胸怀触动，归降于曹操。之后，曹操拜张辽为中郎将，赐爵关内侯，使招安臧霸，这便是张辽名将之路的真正起点。

不久后，朝中诸多忠臣合谋诛杀曹操的衣带诏事件暴露之后，曹操立即按照衣带诏中提及的名字一一铲除，刘备的大名也在其中。适逢刘备领军脱离曹操管制，重掌徐州，曹操便将怒火烧向了刘备处。

建安五年，曹操率兵攻破徐州，刘备、张飞二人因厮杀走散，又被曹操断了去路，只得暂且各自投奔，下落不明。

曹操率军入城以后，把城中百姓安顿好，召集手下谋士，一起商议接下来谋取下邳的事情。

来到帐中，待众人安坐好以后，曹操沉吟半晌，终发一问："不知道诸位有何想法，尽可以畅所欲言。"

先是荀彧请示，说明一件事："现下关羽守护刘备家中妻小，死守此城，如果这个时候不快些把他拿下，只怕日后会被袁绍窃走成果。"

曹操闻之，不由得感慨道："我一直很是敬爱云长这般人才，想要让他为我所用，与其害了他性命，不如现在派出人去，当作说客招降他，诸位以为如何？"

旁侧的郭嘉听到曹操这话，赶紧出声劝诫："关羽向来义气深重，一定不会轻易招降的，如果随便派出一个人去当说客，只怕最后反而害了这人性命。"

正说着，突然帐下有一人站了出来，向曹操请示。

"主公，我愿意前往下邳，当此说客。"

众人吃惊，蓦地抬头一看，没想到站出来说话的竟是归降不久的张辽。

29. 义薄云天

曹操心有迟疑，不知是否可以派张辽前去当说客。这个时候，一旁的程昱突然开了口："文远虽与云长有旧时情意，但是我听闻云长义薄云天，并非轻易能被言语所打动之人。我倒有一计，可以让他进退无路，最后再用文远来当作说客，到时候一定可以叫云长心甘情愿归顺丞相。"

程昱计策，乃是差遣刘备处投降而来的军队，让他们先回下邳，见过关羽以后，只说自己是逃回来的，埋伏在城中作为内应；紧接着故意引出关羽出城来作战，假装战败逃跑，把他引到别处，再用精兵截断他的归路，届时上天入地皆无门，关羽纵使有三头六臂也难以逃出生天。此时便可差遣张辽前去说服。

众人听了他的谋略，很是赞同，曹操也没有迟疑，当下下令，让手底下的徐州降兵，回下邳诱降关羽。

果不其然，待徐州降兵回到下邳以后，关羽并没有起疑，径自把他们收入城中。第二天，曹操派出夏侯惇作为先锋，领兵五千前来挑战。关羽坚持守城不出城门，夏侯惇故意让人在城下辱骂，最终惹得关羽大怒，亲自率着三千人马出了城，与夏侯惇交战。

两人战了十多个回合，夏侯惇突然回马逃走，关羽紧跟其后追赶，大约追出二十里地，由于害怕下邳有闪失，关羽想要带兵返回，结果没想到突然冒出来两队人马，拦截住自己的去路。

关羽归心似箭，哪里想到两边还有伏兵，很快大乱阵脚。再加上夏侯惇又回身厮杀，战到傍晚，最终无路可走，只得退上一座土山。此时曹军紧追着将土山团团围住，关羽在山上远远地望着下邳城的方向，心中正想着应该如何应对眼下局面，却突然看到下邳城内火光冲天，一时间心中不由得惊慌，夜里好几次想冲下山回城一探究竟，奈何曹军围困太紧，每次都被乱箭挡回来了。

这一招原是曹操的计谋，他故意让降兵偷开城门，然后自领大军杀入城内，却只让他们举着火把在城中走动，用以迷惑关羽，让他自乱阵脚，方便之后行事。

好容易等到天光破晓，关羽打算再次整顿兵马，然后下山冲出重围，结果还不待有其他的动作，忽然看到一个人骑着快马跑上山来。

关羽远远一望，看出来人不是别人，正是张辽。左右正要有动作，立刻被关羽制止住了。

此次张辽来山上迎关羽，心中更多的是激动之心，想他二人自白门楼辞别后，辗转之间，竟也有数年未曾碰过面了，再加上两人过往各为其主，自然也是没有机缘见面的。

如今好不容易有机会来这里见旧友，心中的澎湃之情溢于言表。

"云长兄……"张辽一下马，立刻朝关羽快步迈过去，来到跟前，行抱拳之礼。

关羽回礼后，并没有急着与他寒暄，相反，他心中更多的是疑虑，他问道："文远此番前来，莫不是想要与关某为敌？"

张辽自知关羽肯定会对自己疑心，但是为了自己的主公，也为了解救此刻故友的困境，张辽又冲着对面的人行礼，紧跟着回了一句："云长兄哪里的话，我今日来此，乃是念着旧日之情，特地来和你相见。"

言毕，张辽立刻把手中提着的剑扔到了一旁，然后与关羽一同在山顶坐了下来。

关羽明白，他此番来此，目的不会这么简单。

如今他为曹操之臣，来见自己，就是想破局，只是不知他是要杀了自己，还是会招降。

想到这里，关羽不由得迟疑了，他偏过头看了身旁的旧友一眼，旋即开口问了对方一个问题。

"文远来这里，莫不是特地来劝说我，以便招降之事？"

听到这话，张辽不由得感叹一声，紧跟着回应道："自然不是这样，昔日若不是云长兄出手救我，我又怎么会有今天？正是因为念着旧日恩情，故而今天我来到这里，也是为了救兄长你啊！"

关羽听完直接问了一句："莫非文远来此，是想要帮助我一起突围的？"张辽不由得心中感喟，旋即摇了摇头："也不是。"

见状，关羽不由得挑了挑眉头："既然不是来帮我的，那你来这里做什么？"

张辽看如今的形势，也知晓关羽是不会轻易降服了，唯有对他痛陈利害，使他归降，方能于重重包围之中护佑他周全。

"现在玄德公不知生死，翼德亦是。"张辽正色道，"昨天夜里曹公已经攻破下邳，不过兄长尽管放心，军民都没有受到伤害，曹公特地派了护卫保护玄德公的家眷，不许旁人惊扰。唯恐兄长担心，因此特来告知……"

没等张辽把话说完，关羽冷笑一声，语气也不善起来："听文远兄的意思，就是劝我归降的吧？我告诉你，关某今日虽然身处绝地，但是亦是视死如归之人，你现在赶紧走，我马上就率兵下山死战！"

张辽心下焦急，顾不上斟酌，不由脱口而出道："兄长这样说，岂不是被天下人笑话吗？"

关羽闻言一愣："我是为了秉持内心的忠义二字而死，又怎么会被天下人笑话？"

张辽叹叹气，语重心长道："兄长不知，兄长今日赴死，其罪有三。"

关羽狐疑地上下打量着张辽，淡淡道："好啊，那你就说说，我身上到底有哪三罪？"

张辽在原地来回踱步，口中犹自沉吟道："当初刘使君与兄结义之时，誓同生死，现在使君刚打了败仗，兄长就要战死，倘使使君再度复出，想要求兄长相助也不可复得了！岂不辜负了当年的盟誓？这是罪一。刘使君把家眷托付给兄长，今日若兄长战死，两位夫人无所依赖，岂不辜负了使君的托付？这是罪二。兄长武艺超群，兼通经史，不想着和刘使君一起匡扶汉室，却想要赴死来成全自己的匹夫之勇，这是为人忠义吗？

这是罪三。"

张辽说罢，郑重向着关羽抱拳行礼："兄长有这三大罪过，弟不得不告知！"

关羽闻言，不由得沉吟片刻，片刻后方问道："你说我有三罪，那么，你想让我怎么办？"

张辽紧跟着应声道："现在四面都是曹公之军，兄长若不归降，注定一死。就这么死了，对兄长的身后名声没有半点益处。眼下倒不如先归降曹公，然后打听刘使君的消息，看他现在何处，再徐徐图之。如此作为，一来可以保住两位夫人，二来也不违背桃园之约，三来也可以留下可用之身，有此三便，兄长也可以放下心来了。"

关羽听了张辽的话，思虑了一会儿，提出来一个条件："既然文远已将身前身后之事尽数阐明，劝我归降丞相，关某这里也有三个约定。如果丞相能够从我，我立刻卸甲归降，否则，关某宁受三罪而死，也不愿归顺。"

"兄长但说无妨，我必代为转达。"张辽严肃回道。

关羽略一斟酌，朗声说道："一来，我和皇叔设誓，共扶汉室，我现在只降汉帝，不降曹操；二来，两位嫂嫂处请按皇叔俸禄赡养，上下人等皆不许上门骚扰；三来，只要我知道兄长去向，不管千里万里，便当辞去找寻：三者缺一，断不肯降。望文远急急回报。"

张辽记下关羽的要求，飞马奔至曹操帐前，将前因后果细细阐明，曹操惜关羽之才，迟疑片刻还是一一应允了。

待张辽回报关羽之后，关羽长叹一口气，向着徐州方向遥遥抱拳，这才率领残余的将士走入曹军营寨，跪拜于曹操帐前。

30. 心事重重

自那日劝说关羽归顺曹操后，在张辽的心里，一直反复重现那日在土山之上二人谈论的话语。

云长乃是义薄云天之人，这一点无可置疑，因此在很多事情上，此人都秉持着强烈的忠义原则。然而除此之外，张辽还能够感觉到，关羽心中的志向和寄托，与自己见过的诸多武将有鲜明的差别。关羽的心中，大概是真正怀着匡扶汉室、再造江山的壮志，这也是张辽心中强烈羡慕却难以企及的高度。

这些年来，张辽期盼着凭借自己的能力开创一番事业，一来成就个人功名，二来平定战乱，保一方平安，但第二点在张辽心目中的重要性，似乎远远不及第一点。

以往的他，对这纷繁世间的认知太过于浅显，即使经历了无数生离死别，张辽感觉自己还是当初那个初到京都、茫然无措的小小都尉。纵使征战四方，一路血战，也还是免不了以郁郁不得志收场。

张辽之前不明白到底为什么，直到那一日他听了关羽掷地有声的一番言论，才忽然有所领悟。

"是啊，这世上很多事，绝不只是凭借一腔热血和一身蛮力就可以实现的。"张辽第一次认识到，当初自己打算跟着吕布征伐四方，是多么错误的一个决定。若真想平定天下，维护天下万民的安危和繁荣，一味地凭借武力至上便是剑走偏锋，世间永恒的力量，除刀剑之外，还有仁义。古人所谓修身、齐家、治国、平天下，自己的身心都还未修正，又何谈其他？

　　说回关羽。这些日子，随着关羽被纳入曹丞相麾下，张辽明显感觉到曹丞相对关羽的偏爱之情。张辽不知道这份情谊到底是何时结下的，但是他却深切地感觉到了曹丞相对于人才的渴望与珍视。

　　丞相是真的爱才、惜才之人。张辽记得，起初曹丞相先是带着关羽去见了天子，被赐封为偏将军以后，不日就设了宴席庆贺这件事情。宴席上，丞相不仅把关羽的位置安排为上座，还赏赐了他很多绫罗绸缎和金银器皿，丝毫不介意关羽本是刘备帐下武将的出身，足见曹丞相胸怀之宽广。

　　"丞相一番苦心，又能礼贤下士，若是云长也能同我一起，在此间安下身来，共建功业，岂不快哉？"张辽心中暗想。以关羽的能力，若是两人能够联手治军，他日纵使有百万敌兵来犯，又何足为惧？

　　丞相想必也正有此意，不然也不会三番五次私下暗示张辽，平素要对云长多加关照。

　　只是，张辽一想到关羽的脾气秉性，不由得深深在心里叹了一口气。

　　"这事，难办哪！"张辽暗自感叹。

　　这一日，张辽提上好酒两坛，前往关羽宅邸拜会，有意要探一探关羽的口风。在许昌驻守的日子，因为两个人距离变近了，所以张辽也就有了更多的机会和时间去与关羽碰面。

　　关羽对张辽的拜访显得毫不意外，却也并不感到惊喜，只是淡淡地引着张辽前往内院。张辽记得，当年在雁门家乡，他初入伍的时候，就听到过很多人谈论起关羽的事迹，讲他侠肝义胆，为人豪爽，很讲义气，酒量也是极好的。但自从他随着丞相入了许昌，却是终日寡言少语，酒也喝得少了。

　　"云长兄，说来，文远自年少时起，便久闻兄长盛名。"张辽一面为关羽斟酒，一面绞尽脑汁与他搭话。

　　"关某也曾听闻文远之名，少年时便以骑射剑术闻名军中，实在是不可多得的将才。"关羽淡淡地回敬，"奈何关某年少离乡，无缘与文远当面一叙，实乃憾事。"

　　"不知云长可还记得，我们兄弟二人初次见面的情景？"张辽问。

关羽闻言，也喝尽杯中酒水，大笑道："当然记得。应该是在徐州城下吧？那时候你还跟着吕布征战，战败来投徐州，我大哥好心容下你们，哪里想到，最后你们不仅趁我大哥不备把徐州城纳为己有，甚至还派兵来攻打下邳，可谓不给我们留半分容身之处。"

张辽听了这话，心中暗自叹了口气。实际上，对张辽而言，他见到关羽的时间比这更早，是在平定张举、张纯叛乱的战斗中。不过那时二人仅仅是在战场上匆匆一瞥，无论是关羽还是张辽，不过只是万军之中籍籍无名的小人物罢了。

"兄长好记性，正是在徐州城下。"张辽口是心非地应答道，"那一日还是我亲自率兵前去攻城，当时我心里也不愿意做这件事，可是那时候我既然在吕布帐下听令，自然也不好违抗。"

说到这里，他像是突然想到了什么事情一样，蓦地对着对面的人眨了眨眼。

"云长可还记得当时我是怎么退走的？"

说到这件事，关羽像是来了劲头，双眼一亮。他自然是记得清楚，那一日张辽率兵来攻城，关羽亲自迎战，两人大战数十回合仍不分胜负，本以为又会是一场血战，没想到后来关羽的一番话，竟然直接把张辽劝退了。

"当时我都说了些什么？"关羽思索着问。

"兄长何必再提？你当时说得我简直没脸在你面前待下去了。"张辽苦笑。

关羽用手撑着头，努力地回想了一下自己当初说的话。他记得自己当时只是一脸愤懑，对着来人就是一阵呵斥，却不记得都说过些什么。

"兄长对我说，'你家主子反复无常，偷走我大哥的徐州城不说，现在又派你来攻我下邳城，如此不顾往昔恩情，赶尽杀绝，这世间还有礼义廉耻吗？'"张辽叹叹气，"兄长之言可谓字字诛心，我自然不好意思再与兄长打下去。"

"我想起来了。"关羽点点头，"我当时还以为你会因此恼羞成怒，与我斗个不死不休呢，没想到转身就走了。"

说罢，两人同时放声大笑起来。旧日恩怨化解，彼此间的气氛也融洽了许多。

多喝了几杯酒水以后，张辽看着对面的人，万千思绪不由得涌上心头，蓦地起身，对着对面的人拜了一拜。

关羽自然不解其意："文远这是何故？好端端的为什么突然向我行礼？"

张辽直起身，深深地叹了一口气。

"云长兄，其实多年以前我就想要好好地跟你道谢一番了，当初如若不是你和刘使君用性命替我担保，只怕白门楼上，我早就丧命于丞相刀下，又何谈今朝呢？"

关羽闻言，也不由得感喟。

"我素知你是忠义之人，自然是会出手相救的，你不必如此介怀。再说了，我这一次身陷困境，如若不是你在其中斡旋，我想关某与二位嫂嫂的性命只怕也难保。要说谢谢，也应该是我谢谢你才对。"

"兄长的胸怀和胆略，文远颇为叹服，只愿今后能时时当面求教，不知兄长可否应允？"张辽看似平淡，手心却悄悄出了汗。

"文远好意，关某心领，只是世事总归不会永远如愿，往后的事，还是往后再谈吧。"关羽也平淡地回复。

此话一出，张辽也知晓对方是在委婉拒绝了。两人彼此对视一眼，各自默默饮酒，剩下的话，已经尽在不言中了。

31. 用人不疑

接下来的日子，两人在军中共事，更加了解彼此的治军风格，也越发地欣赏对方的才学与胆识，日渐成了关系亲密的挚友。

日子一天天地过去，本来张辽以为事情会一直这么不清不楚地安稳着，彼此谁也不将往后的去留点明，却不承想没过多久，曹操就召见自己，再一次抛过来一道难题。

曹操见了张辽以后，也并没有急表明自己的态度，先是问了一下最近这些日子他和关羽相处得如何，又问了一下关羽对于营中的生活可还适应，等到这一切都说完了，才开始慢慢地把话引向真正的主题。

"我知道你和云长二人关系匪浅，我待云长情意也不薄，但是却总是感觉他心怀离去之意，不若文远你择个时日，好生询问，务必求一个答复，文远以为如何？"

张辽虽然有所迟疑，可是到底还是把这件事应承下来了。

等到出了曹操的府邸，他迈步出来，心中仍觉得不安。张辽心中清楚，按照关羽的秉性，这个问题的答案，只有一个。

这一点，只怕曹公也早就知道了，只是现如今还想听云长亲口证明罢了。

张辽思虑了一夜，第二天一大早来到了关羽的府邸。见到了他以后，寒暄了半晌，才说："云长兄觉得，我推荐你丞相这里，你待得如何？"张辽硬着头皮问。

"丞相待关某极好，我一直感念丞相厚爱，只是虽然现在我还在这里，心里却还一直在思念着兄长，如果有朝一日闻及兄长消息，仍旧是要离去的。"关羽也并未掩饰，径直回答道。

张辽闻言，不由得顿了顿，他努力地想要劝说关羽，想要让他改变心意："此事是否能再容商量？毕竟曹公一心真诚待你，就算是与玄德相较，也未必不如，你再在心里考虑一下，再决议去留？兄长不必非要离去的。"

关羽听了这话，不由得摇头："文远应记得，当初我答应投降丞相，允诺过三个条件，这些事情在关某心中一直记得，还望文远莫要再问这样的事情。你我兄弟一场，本该知道我的心意。"

"可丞相那边……"张辽仍要说些什么，被关羽打断了。

"文远放心，我心里念着丞相待我的好，奈何我和兄长感情深厚，誓以生死，自然不会违背。但是我离去之前，也一定会想办法回报丞相的恩情。至于许昌，关某终究是不会久留的。"

张辽听了关羽这话，知道他去意已定，也就不好再多说些什么了。

只是待出了关府的门，他心里仍旧担心，若是自己如实汇报，丞相说不好会恼羞成怒，要对关羽不利。思前想后，张辽只得极尽委婉地提点丞相，劝说关羽抛弃刘备一事，多半是不可行的。

曹操只听了开头，便立即明白张辽话里的含义。但他不仅没准备惩罚关羽，反而因为这件事称赞道："正所谓事君不忘其本，云长真不愧是举世闻名的忠义之士，奈何不能为我所用，强留他在此，岂不是有违忠义之道？"

张辽闻言，连忙为关羽担保道："丞相放心，云长感念曹公的恩德，一定会在报恩以后再离去的。"

曹操不知是否听见了张辽所言，双目只是远远望着厅堂外的暮色，默默摇了摇头。

话分两头，自张辽归顺曹公以来，虽为降将，但是也颇得曹公器重，不论是率兵出战，还是招降关羽，张辽都做得不错，使得曹公对其信赖有加，多次委以重任。

不过纵然如此，张辽心里也知道，曹营中很多老将对自己颇为不满。也许因为自己是降将的关系，在曹营之中并无太多亲近之人，曹公又这般器重自己，反而招致不少旁人的怨气。

　　想到这里，张辽不由得在心里重重地叹了一口气。如果说初来丞相帐下之时，张辽还没有意识到这一点的话，那么后来协同作战时，曹营中诸多宿将，如乐进、许褚等，多次在行军途中任性使气，不愿与自己协作共事的事情，也足以让他看清楚这一点了。

　　这日，张辽正一个人临窗而立，心底万千愁绪，却突然听到自己身后传来一阵呼喊："文远这是在想什么呢？"

　　张辽回头一看，原是关羽登门拜访。

　　"云长兄来了，刚才听到下人来报，还以为是自己听错了呢，没想到真的是你。"张辽苦涩一笑。某种意义上，他们二人同为降服于曹营的一分子，皆为军中宿将排斥，若论及关系亲疏，眼下一心只想回归刘备帐下的关羽竟是自己最亲密的同袍。

　　"兄长今日前来拜访，是为何事？"张辽问。

　　"无事，闲聊而已。"关羽摆摆手，"关某心中焦急，眼下大哥还是下落不明，三弟那里也不晓得是何光景，我这心里总是悬之难安。"

　　张辽闻言，神色一黯，知晓关羽心意的确没有分毫改变，心中不免失落，嘴上干巴巴地宽慰了关羽几句，接着又不知该说什么了。

　　他们兄弟二人，本是惺惺相惜之人，这些日子的相处，张辽深为关羽的忠义叹服。若是自己还年少，满腔侠义豪情涌上心头，可能会随关羽一同投刘使君。

　　不过如今的张辽早已过了冲动处事的年纪。他想要的是尽自己最大努力，辅佐一位世之枭雄，使乱世归于太平，使百姓安居乐业。而刘使君的实力，实在有些弱小，在这群雄逐鹿的战场上朝不保夕，哪里还有什么明天呢？

　　"云长不必多纠结，文远相信使君和翼德一定会平安，假以时日，你们兄弟三人，一定会重聚。"张辽深吸一口气，恢复了心绪，诚挚地说道。

　　两个人彼此互看了一眼，旋即勾了勾唇角，把目光重新投向天际。

　　平静的日子没过几天，来自冀州的威胁又逐渐成形。原本徐州之战过后，袁氏与曹氏两军各自偃旗息鼓，未有冲突。但随着双方治下的州郡渐渐稳定，两军的主帅都产生了向外扩张的念头。曹军与袁绍兵马的冲突逐渐不可调和，最终在官渡一带爆发了一场大战。

此回战前，曹操高呼要奉诏讨贼，结果没想到袁绍竟以昔日"衣带诏讨贼"一事予以回击，一时间竟叫曹操吃了个哑巴亏。

建安四年六月，袁绍亲率精兵十万、战马万匹，企图南下进攻许昌，袁曹两家的决战，一触即发。

袁绍举兵南下的消息传到许都，曹操紧急召集众将及谋士汇聚一堂，商讨应对之策。

因为考虑到彼时袁绍兵多而曹操兵少，再加上千里黄河多处可渡，很难防守，很多的议臣都认为袁军强大不可敌。

"丞相一定要三思啊，袁绍地广兵强、粮食充足，只怕不好对付，还是以退为好。"

"臣等附议……"

众幕僚纷纷表达了退意。

一旁的张辽注意到曹操不以为意的神色，心中暗暗猜想，丞相大概对避让锋芒的建议颇感不满。

只见曹操轻轻地捻着自己的胡须，忽地大笑几声，止住了堂下众人的议论。

"你们都觉得此事，不好进？只好退？"

殿内大部分的谋士及武将随之点头。众人考虑到彼时双方的实力相去甚远，贸然举兵迎战，结局是胜是败，大家心里都没底。

"诸位未免太过悲观。兵法一事，不光是凭借兵力多寡论胜败。我和袁本初也是旧相识，算起来都可以说是从小玩到大的兄弟，对于他这个人，我可是看得比各位清楚。"

说到这里，曹操咧嘴一笑，颇有轻蔑之色。

"诸位不必担虑，本初为人，志大才疏，胆略又不足，刻薄寡恩，刚愎自用。纵然兵多，只怕也指挥不明，将士骄横，容易导致军令不一，说到底，袁绍此军不过外强中干，不足为惧。"

众将听闻，皆感拨云见日，深以为然。

言毕，曹操直接开始战略部署。

"现如今袁绍兵多，黄河多处可渡，若是分兵把守只怕防不胜防。而且官渡地处鸿沟上游，又濒临汴水，必定是袁绍夺取许都的要津和必争之地，不若集中兵力，扼守要隘，重点设防，以逸待劳，后发制人，诸位以为何？"

"谨遵丞相军令！"众将齐声应喝道。

"此番布置，于人心，稳固了我方士气，于地利，有效利用地形，于布置，更是与袁绍发兵之处针锋相对，真可谓天衣无缝。"张辽在心中暗中感叹，"真不愧为当世雄主！"

正所谓兵家作战，不一定强取，而可智谋。在这一点上，曹操不知道要比吕布等人强上多少倍。

待曹操把一众事情都部署好后，便开始起兵。

32. 大显身手

此次战役，曹操特地任命张辽为先锋大将，指挥前锋进军官渡，本想叫张辽拿下头功，为全军做出表率，奈何天不遂人愿，在白马一带，张辽本部迎面撞上了袁绍麾下大将颜良。此人武艺高强，在白马阵前斩杀数员曹军大将。

战况传来，一时间诸将慄然，都不敢出手与颜良再战。曹操没有办法，只得先收军回营，一时间这场战役陷入了僵局。

曹操因为这件事，心中很是烦闷。

张辽上前一步，对着曹公行礼："丞相，文远愿举荐一人，可破颜良大军。"

曹操闻言，皱了皱眉头，大约是心中猜测到张辽的想法。正在此时，旁侧的程昱也突然献上一言。

"不知道文远兄是否和某的心思一样？某也想要举荐一人，纵此人一人之力，也可力敌颜良。"

曹操听到这里，心中已经猜了个七七八八，不悦地冷哼一声："不知道你们说的到底是谁？"

程昱和张辽异口同声道："此事，恐怕非云长不可。"

曹操一听，脸色微微一变，转眼阴沉了几分。

他记得当初关羽曾留下一言，若是恩情还报于自己后，便会离去。现下若是直接派他出战，若真破了敌军，要求自己兑现诺言，自己是准还是不准？

一想到有这种可能，曹操心中不由得万千感慨。

"我不是没想过这个法子，只是我担心云长一立功就会立刻离去，如此，我可如何是好？"曹操板着脸问。

程昱略一思索，忽地一笑："主公不必多虑。那刘备若是还活着，定会在袁绍处。主公若是让关羽破袁绍的兵，凭着袁绍的性子，定会迁怒刘备，刘备必然难逃一死。刘备一死，云长自然不会再提离开之事。"说罢，程昱得意地转向张辽，"张将军与云长私交甚深，以为此计如何？"

张辽只是默默垂着头，久久没有答话。他固然期望关羽留下，却不愿以这样的方式留住他。

"文远以为如何？"曹操见张辽半晌未答复，也随之发问。

张辽心中五味杂陈，程昱的计策实际上也令他心动，只是又深感对不住关羽的信任。思前想后，到底还是横下一条心，坚定说道："臣附议！"

于是曹操听从了张辽和程昱的建议，派人去许昌传送军请，令关羽奔赴白马战场，以破敌军。

且说那关羽领了军令，立即点齐兵马，星夜奔赴白马。到了曹军营寨，曹操令其抓紧休整，明日便前去与颜良决一死战。

是夜，张辽径自来到关羽的帐前，战前一叙。

"现下丞相和诸位将领都因为战事不利，心中忐忑难安，都指望云长出手相助，力挽狂澜了。"张辽叹息道。

"关某此番正是为此事而来，还叫丞相无须多虑。"关羽神色颇有些兴奋。他自知曹公待自己不薄，这些日子虽然自己以降将的身份居于曹营之中，但是曹营上下，皆对自己很是重视，他早就想要好好地报效曹公，如今正好遇上这等局面，自然十分想要出手予以助力。

张辽心中却有万千忧虑，不知该如何与关羽言说，只得再三嘱托关羽，明日一战务必小心谨慎，便在关羽疑惑的目光中起身告辞。

隔日一早，关羽前往主帐拜会曹操。曹公已经在营帐中等待良久，见到关羽来到，也不多作寒暄，直入主题开始布置军务。

"袁军大将颜良阻拦我军多日，又接连斩杀我军两员武将，连张辽、徐晃等人与之交手，也占不到太多便宜，实在难以应对。眼下袁绍主力正在飞速赶来，我军不可在此久拖。今日一战，仰赖将军击破颜良防线，为我军开辟前路。云长，你可有把握？"

"丞相且放宽心，待我前去斩了颜良那厮，大军前路便无忧矣。"
关羽朗声回道。大帐之内，程昱满意地笑了笑，被一旁的张辽看在眼里。
张辽心中不由感到一阵内疚。

恰逢此时，探马来报，颜良领军出战挑衅。关羽闻言，便要提刀上阵。

"现下颜良派军挑衅，恐怕已然列好了军阵，丞相和关公不若登上
土山观看他们的阵形，再商议接下来的应对方案，如何？"

曹操听了张辽的话，很是赞许地点了点头，旋即看了一旁的关羽一眼，
见关羽也没有反对，便径自站起身来，带着众人往土山上去了。

等到大家上了土山，远远地就看到了颜良的大旗。曹操也没有多作
迟疑，直接给关羽指明对方的位置。

"云长你看，那大旗之下穿着铠甲、持刀而立的人，就是颜良。"

关羽听了，旋即顺着曹公的手势看了过去，确定好那人的位置后，
泰然自若地笑笑："丞相莫忧，我观此人，土鸡瓦犬尔，关某一定会提
着颜良的首级来见。"

曹操犹豫片刻，低声道："云长还是得小心行事，这冀州兵不好应付，
若有危险，立即退兵，不可恋战。"

张辽在一旁也提点关羽道："颜良在袁绍军中早有盛名，实力不可
小觑，云长兄切莫轻敌，以自身安危为重！"

关羽自信地挥手："诸位不必担忧，关某去去就回。"

言毕，关羽没有多做迟疑，携着青龙偃月刀，单刀匹马跃阵而出，
朝着敌阵冲去。冀州兵未曾料到对方竟以一人一马前来挑战，一时之间
竟忘了可以发射箭矢将其击毙。居于阵前的颜良更是反应不及，关羽像
一阵旋风，猛地便杀到了他的眼前。

待到回过神来，只见关羽猛然挥刀，颜良两眼一黑，再也看不见了。
身后的冀州军陷入沉默，他们只看见面前的主将虽然身躯静静地立在马
背上，但两肩之上已经没了头颅。

再看那关羽，取了颜良的首级，飞身上马，提刀回阵了。

曹军在短暂的惊愕之后，瞬间爆发出如海潮般的欢呼。反观冀州军，

因主将被斩，士气大损，自然不战自乱。曹军趁势追击，很快解了围困，不仅大破袁军，还顺带劫夺了大批物资。

此战后，张辽对于关羽更是佩服得五体投地。

只是这场战役并没有就此停止。关羽斩了颜良以后，不过多时，袁绍又派大将文丑渡黄河进逼。

曹操立即率军去迎敌，最终以"声东击西、轻兵掩袭"之计破了文丑的大军。文丑所部的军士贪图粮草和马匹，失了方寸，待到曹军袭击之时，更是难以招架，眼见大势已去，文丑也不好再继续攻战，拨马回走。

曹操远远地看到这边的形势以后，问身边的诸位将军："文丑可是冀州的名将，你们谁人可以把他擒住？"

身侧的张辽和徐晃二人，一起驱马而出，奔着文丑逃离的方向奔了过去。

"文丑莫走，我二人定要将你拿下！"

言毕，张辽和徐晃二人奋起直追，紧跟上文丑的战马。文丑眼见着身后两人马上要追上，挽起弓箭，朝张辽射去。徐晃远远见了，赶紧大呼一声："你这贼人，竟敢暗箭偷袭！"

张辽回过神来，见箭已离弦，低头要躲，那一箭正好射中了自己的头盔，把上面的簪缨给射了去。

见此情景，张辽不由得心中愤恨，更加急不可耐地想要出手，把文丑斩杀。

文丑也并不想就此罢手，见张辽回身又来追赶自己，侧身又放出一箭，张辽躲闪不及，几乎被文丑射中面颊，箭锋贴脸擦过，划开一道狰狞的伤口。

身下的马匹受惊，前蹄跪倒，将张辽从马上掼了下来。

张辽正不知道接下来怎么办，突然就听到了自己身后传来一个熟悉的声音。

"文远，文远……"

张辽回身去看，发现来人竟是关羽。

"云长兄，怎么是你？"

关羽急急勒马，然后问了一下张辽的伤势，见他身体并无大碍，这才放下心来。

"你且回营，文丑这贼人，就先交与我吧。"

言毕，关羽直接骑马冲了上去，文丑正和徐晃交手，关羽没有多做迟疑，提刀飞马而至，一直到了两人跟前，文丑认出来人是关羽，脸色一变，拨马便要逃走，关羽提刀而上，将文丑缠在原地。

文丑与关羽交手不过三个回合，就已经心生怯意。几番缠斗后，关羽反手一刀，将文丑斩落马下。

曹操远远地在山上看着，看到关羽斩杀文丑以后，赶紧派人马前来攻敌，不多时，就把之前失去的粮草马匹尽数收了回来。

这一场战役，胜得格外酣畅淋漓。

33.　惺惺相惜

解了白马之围以后，众人欢喜，关羽也自援军俘虏处得到了刘使君的下落，原来其现下正在袁绍处，当即想要前往投奔。

曹操知道这件事以后，心中不由得格外忧虑。

他深知他们兄弟三人情意深厚，而且当初招降关羽时，他也跟自己约法三章，只怕如今很难挽留关羽的心。

思来想去，曹操还是拿不定主意，便召了张辽前来，想让他去打探打探关羽的意思。

"前几日于禁跟我说，他已经探听到现下刘备就在河北，只怕不日云长就会得到消息。文远应当知道我的心思，希望你私底下打探打探云长的意思，看他，是否还是去意坚定。"曹操说道。

张辽知道曹公十分想要把关羽留在自己身边。再想到关羽曾经跟自己说过的话，心中不由得万千惆怅。

有些事情虽然还没开口问，也知道结局，可到底还是要去尽尽心的。

故而从曹公的营寨出来后，张辽便直接去找关羽。

彼时关羽正在帐中烦闷，张辽一见面就跟他道贺："恭喜云长兄，听说你在阵前得到了刘使君的下落，我特地来向兄长道喜。"

关羽闻言，不由得皱眉："虽然我已知道大哥的下落，可是毕竟未得一见，见面之时还不知道是何年何月，哪里有什么值得道贺的？"

张辽听了，沉吟片刻，道："不知在云长心里，我和你的关系，与你和刘使君之交，比之如何？"

关羽听了这话，不由得皱了皱眉头："文远何出此言？我和你，是朋友，而我和大哥，是兄弟，而且还有主臣之谊，没办法一起比较的。"

张辽知道关羽的性子，知道自己压根劝不动他，只问："既然你现在已经知道刘使君所在，是不是打算前去寻他？"

关羽淡淡地点了点头："当初我投奔曹公之时，已经允下诺言，自然不好违背，还望文远替我跟丞相说明此事，我定会去寻我大哥的。"

张辽见关羽如此说，知道此事他早已拿定主意，虽然心中不舍，也自知无法强留。

张辽没有多做停留，赶紧去回禀曹公，把关羽的意思全都告诉他。

"现下云长是一定会去寻刘备的，他去意已决，怕是不好强留啊。"张辽叹道。

张辽不好再多说什么。自己和曹公乃是君臣之谊，而自己和关羽又有朋友之情，哪一方的心意他都不想违背，只愿他们都能追随本心。

曹操不由得皱起眉头。虽说这个结果他早就猜测到了，但是如今亲耳听闻，内心仍不免感到苦涩。

"这件事权且这样，文远也不必再去多劝，我这里，自有办法应对。"说完这话以后，曹操就让张辽离开了。

张辽觉得纳闷，不明白曹公口中说的"办法"到底是什么。一直到众人班师回了许昌，张辽才明白。

关羽自从知道刘备的下落以后，心中万分焦急，巴不得当下就辞了曹公，前去寻兄。只是没想到，待到他将一切军务布置妥当，去向曹公辞行时，却发现对方竟闭门不见。

关羽多次想要辞别，却每次都没有机会和曹操碰面。最后没法子了，只得转头先去张辽那里告别。

张辽见曹操以闭门不见的法子留住关羽，自然心领神会，自己也称病不出。关羽在张辽门前等了许久不见音讯，悻悻而归。

关羽离去时，张辽正躲在书房里，不敢往府门迈出一步。他知道关羽去意已决，这段时日虽然他身在曹营之中，只怕心里一直在怀念他的兄弟们，当年桃园结义，情深似海，关云长本就是忠义之人，自是不能轻易忘怀的。

　　此事本是个死局，怎奈何曹公一心想要留住这样一个义杰，故而才有了这样的耽搁。

　　他现下不过是曹公手下的臣子，纵然他有心想要放关羽离开，只怕曹操必将责怪，倒不如借称病躲在府中，不去和云长碰面。不过想必云长不会为此计所困，到了启程的日子，他也一定会自行离去。

　　此去天高水远，只望兄，珍重啊。张辽在心中默默叹道。

　　虽然张辽托病不出，但是也派人时刻盯着关羽那边的情况。

　　这天，下人来报，称关羽给曹公留书一封后，直接带着两位嫂嫂乘车离去，张辽听后不由苦涩一笑。

　　此时曹公正召集诸位良将，共同讨论关羽之事，他心里还是想要努力把关羽留在自己身边。只是没想到最后只得到关羽留下的一封书信，看着这上面的字迹，曹公心中五味杂陈。

　　"没想到，云长到底还是走了。"曹公看着手中的书信，止不住地叹气。

　　这时士兵来汇报，守门的将士称，关羽率车马径自往北边走了。其后关羽府邸中的人又来言明：关羽此去，将所有的赏赐都留在了府中，只带着原来的随从和行李离去了。

　　众人听了，不由得心中震惊。

　　曹操手下的将领蔡阳，突然站起身来道："丞相放心，我愿意带兵三千，把关羽给擒回来，献给丞相！"

　　这话一出，其他的将领也都站起身来附和。

　　上座的曹操一直没有应声，目光仍旧不住地审视着手中的书信，也不知道究竟在想些什么。

　　张辽静候一旁，看着面前的情景，又想到关羽早就定下的心思，不由得拧了拧眉头，旋即站起身来，对着曹公行了个礼，说道："丞相，云长不是无义之人，他此番也正是因为心中感念着当初的兄弟之情，所以去寻刘备。丞相应知，这些日子丞相待云长不薄，他必定会记着丞相对他的厚爱，假以时日，若是有缘再会，云长必定还会相助于您的。"张辽顿了顿，"故而，文远还望丞相和诸位将领三思，莫要轻易破坏了彼此的这份情谊啊。"

一旁的蔡阳闻言，不由得冷哼。

他往日对关羽就很不服气，只是苦于没有机会和他比试，如今这人既然离去，他更是想借此机会，和关羽斗几个回合，看看到底谁厉害。所以，听到张辽的话，他心里不愿意了："文远这是什么话？关羽此去，日后必定成为大患，此时不捉拿，更待何时？"

说着，蔡阳作势就要领兵去追关羽，却遭到了曹操的阻拦。

"慢着，既然云长心里早就认定要去投奔刘备，就让他去吧。此前他虽然投诚于我，但是心中仍旧感念旧主。此等坚守与忠义，常人所不及，诸位应当多向云长学习才是。"

言毕，曹操也不再听他人劝告，直接嘱咐张辽道："云长此番封金挂印，不为钱财和官位所挟持，实在是令人佩服。想必云长这会儿还没离开太远，不若你先去拦住他，我随后便到，为他送行，再赏赐他一些路费和征袍，使他日后更为感念，如何？"

张辽闻言，没有多作迟疑，当下领命前去追赶关羽。

34. 官渡鏖兵

　　关羽虽然骑的是赤兔马，步伐飞快，可是毕竟还要护送车仗，到底速度还是慢了些，不多时，张辽便率人追了上来。

　　远远地看到关羽的背影，张辽便急急地大喊了几声："云长且慢，云长……"

　　关羽听到声音，回身一望，见来人是张辽，他瞪大眼睛，先让车马继续往前行，自己急急勒马等待张辽。

　　待张辽走近以后，才出声质问："文远此番前来，莫不是要追我回去？"

　　张辽闻言，不由得笑笑："云长莫担心，我此番前来并不是阻你前行的，只是丞相得知你等离去的消息，想要送行，特地命我先来此地等候他，并无他意。"

　　关羽微微皱眉道："文远当知我心思，纵然丞相前来此地，倘若他出手阻拦，我关羽宁决一死战，也不会回头。"

　　张辽见他如此防备，无奈地摇摇头，只劝他不必太过惊慌。话音未落，远远地就看到曹操骑快马而来，身后跟着一众将领。

　　曹操一看到关羽，旋即挥手，让手下把自己带来的黄金丝帛呈上，想要送给关羽。

　　"我知道刘使君此番还在河北，云长此去只怕行程漫长，故特地想要以此送与将军，充当路费。"曹操显得情真意切。

　　关羽连连摆手道："云长已经深得丞相厚爱，昔日已多加赏赐，手中仍有富余，丞相还是带回去赏赐将士们吧。"

曹操见关羽不肯收，只得作罢，旋即再一挥手，命一人双手捧锦袍而至，前来献给关羽，关羽本也想拒绝，怎奈曹操一直坚持，最后无法，只得以青龙刀的刀尖，将锦袍挑过来披于身上。

两相言毕以后，关羽勒马回头，临行前拜别众人："多谢丞相赏赐，若是有缘，来日再会。"

话音刚落，关羽急急骑马而去。

曹操带着众将在原地注目良久，一声叹息："我和云长，到底缘薄啊！"

余晖之下，张辽眺望关羽离去的背影，回忆彼此之间的这番惺惺相惜与无可奈何，愁绪涌上心头，终化作嘴边一声微不可察的轻叹。

且说袁绍一方。自从击败劲敌公孙瓒之后，他一直想要统一北方各州。为了尽快扩大自己的势力范围，故而兴兵攻曹。

待夏侯惇探得袁军虚实，把此事报告给曹操的时候，袁绍已经举兵七十万，往官渡进发了。

彼时曹操手中只有七万大军可以迎战，得知消息后，心中不免惊慌，赶紧召集手下的谋士商讨如何应战。

"袁军势大，乃是我军十倍之众。眼下情形，于我军十分不利啊！诸位可有良策，助我军退敌？"曹操面带忧色，手下的人也不由得为之感叹。一想到两者之间的差距，大家心里都很是惆怅，一时之间想不出什么好方法应对如此劣势。

过了半晌，一旁的谋士荀攸才开了口："丞相不必太过惊慌，两相比较，我军虽然人数不如袁绍多，但都是精锐之兵，与之交手若是能速战速决，于我军而言，未必不是一件好事，所以，当务之急是尽快发兵，趁袁军立足未稳之际将其击破。"

一旁的张辽等诸位将领也很是赞同荀攸的意见，随之附和道："丞相，公达此言有理，臣等附议。"

曹操闻言，伸手一捋胡须，略一沉思，朗声道："好，眼下的情况，也只能这么做了。"

当夜，曹操便派出兵马于官渡前线安营扎寨。隔日，他率军来到阵前，望着不远处密集的袁绍大军，不由得挑了挑眉头。

昔日旧友再见面，没想到竟是这样的光景。遥想当年京都洛阳，二人还是并肩作战的密友。如今世事变化，真是让人感慨万千。

曹操策马来到阵前，以汉室丞相之姿，挟天子之威，质问对面的袁绍："本初，你何故跑来我面前生威？莫不是蔑视皇恩？你可要记得，当初是我让你当上大将军的！"

袁绍闻言，不由得冷笑了几声："曹阿瞒，到了如今，竟然还敢如此猖狂。你在我面前说所谓皇恩，莫不是忘了自己是怎么登上丞相之位的？真真是笑话！"

曹操冷冷地看了对面的人一眼："看来你已决定一意孤行，也好，今日我就奉皇帝诏命，荡平你这逆贼！"

"好啊，正好今日我就奉衣带诏之命，杀了你这贼人！"袁绍针锋相对回道。曹操本来就一肚子火气，听闻此言更是面色一变，眼中杀意毕现。

"文远，我令你为前锋，可能敌否？"曹操冷冷发问。

张辽瞥了一眼对面的人马，仍旧是一副神态自若的模样，微微地对着曹操行礼，不发一言，策马而出。

袁绍那边也派出了大将，不是别人，正是袁军中战功赫赫、风头正盛的名将张郃。张辽虽骁勇善战，能力非凡，但是对面之人，也并非等闲之辈。二人于两军之前交手，连战了四五十个回合，仍旧不分胜负。

本来曹操因为袁绍的话很生气，可是这会儿却像是发现了什么大秘密，目不转睛地盯着与张辽交手的张郃，心中暗自感叹："这又是一员猛将啊！"

因战况胶着，曹操接着又派出许褚、夏侯惇和曹洪等人前来助战，没想到对方突然下令弩箭齐放，一时间曹军难以抵挡，失利而归，退回官渡大营。

袁绍见状，知晓这是曹操不敌而退，本欲直接率兵进攻，谋士审配却建议缓缓进兵、步步蚕食，这才搁置了立即进军的念头。曹军由此获得了宝贵的喘息时间。

当夜，袁军便开始堆筑土山，自高处往曹军营帐中放箭，想要用此计叫曹军不战自败。

因为时刻处在敌军箭雨的覆盖下，一连数日，曹军都不得进退，曹操不由得心急如焚。

"诸位可有什么好建议？眼下就被围攻，只怕日后更难迎敌了！"曹操忧心忡忡道。

张辽和徐晃二人互看了彼此一眼，无奈地摇了摇头。眼下这个境况，个人勇武已经无济于事，仅凭他们这些人马，即使一直和对面的人对峙，也维持不了多长时间的。

正纠结时，一旁的谋士刘晔忽然进言道："丞相，我有一计，可以破敌。"

刘晔的计划乃是采用投石车，他为营中的工匠提供图纸，不多时日便建造完毕。待对面的弓箭手射箭之时，曹军同时发动投石车，朝着对面的土堆发射，因为石头本身重量沉重，再加上来势极猛，不多时，就把对面的袁军给打得四处溃散。

曹操趁势发起猛攻，将袁军击退十数里，稳住了阵线。只是刚刚稳住军情，后勤供应又出了问题。当初出征官渡时带来的粮食不多，储备粮食即将耗尽。一时间曹操也有些迟疑，到底要不要在官渡继续对峙下去呢？

待到众将入帐议事，曹操提议退兵固守许昌，想要看看众人的反应。

众将闻言皆沉默不语，是守是退，众人也迟疑不决。

这个时候，张辽忽地站起身来，对着帐中众将朗声道："现在我军居于官渡，正好遏制住了袁绍脚步，使之不能窥视其他州郡。如若丞相此时退军，我军将无险可守，只怕正好符合袁绍的心意。届时别说我军危如累卵，连许昌也将朝不保夕！"

曹操听了这话，心中却不以为意，仍在暗自苦思。就在他想要问问其他人意见的时候，留守许昌的谋士荀彧忽然有信来，曹操赶紧起身接下。

信上，荀彧反复向曹操强调，无论如何要守住官渡。信中所言，竟与张辽的劝诫如出一辙。曹操一愣，这才多看了张辽两眼，心中暗暗称奇。

　　荀彧信中也给出了坚守的建议：如今袁军刚刚经历小败，军心不稳。此时是攻击袁绍的最佳时机，进则取，不进则失。

　　曹操本就十分信赖荀彧，眼下看了他的来信，更是深以为然，当即下令全军继续坚守，随时做好主动出战的准备。虽说曹操确定好了战术，可是眼下军中粮食依旧不足，所谓巧妇难为无米之炊，几万大军的后勤如何保障，实在是亟须解决的一大难题。

　　日子这样一天天地僵持，很快曹军这边便粮食告罄了。曹操只得先派人往许昌送信，命人火速送粮过来。没承想，这书信最后竟被袁绍手下的谋士许攸劫走了。

　　许攸在袁绍处郁郁不得志，得此书信，当即生了别样心思，趁夜悄悄来寻曹操，言说自己要投降。起初曹操只当他在耍手段，面对许攸三番五次地质问军中余粮的话语，一直胡乱应答，却没想到许攸径直拿出曹操的书信，将曹操的胡话当面拆穿。

　　"我今日来投你，自是有原因的，你手下人送去许昌的书信已被我截获，不必再多隐瞒。"许攸笑得高深莫测，"不过眼下丞相可想出什么法子，应付如今的局面？"

　　曹操既见书信，晓得自己没法继续隐瞒下去，只得无可奈何地叹气："实不相瞒，我已无计可施。"

　　"不然。"许攸收起笑，严肃地坐直身子，"今日我前来，便是要献上破敌之计！"

35. 胜者多虑

许攸的计策说来也简单，袁绍大军的军粮皆囤积在乌巢，而驻守乌巢的守将淳于琼是个软弱无能之辈。曹军只需以精兵偷袭乌巢，则袁绍屯粮有失，必然不能持久。曹操听来大喜，当下便要亲自率军奔袭乌巢。

张辽诸将知道这个消息以后，马不停蹄地赶到曹操的面前，极力劝阻。

"丞相此番前去，难道不害怕许攸有诈吗？乌巢可是袁绍储备粮食的地方，怎会那般轻待之？丞相还是小心行事才好。"张辽忧心道。

曹操看了看张辽，咧嘴一笑："文远我看你也颇有谋略，怎会不知晓我军当前的危机？乌巢是我军唯一的取胜机会，无论如何，我也要去试一试。不必担心，许攸也算是我的旧识，现下他既然来投我，还将袁军虚实一一告知，想必不会有诈。"

张辽正要再劝，曹操却挥手打断了他："诸君，眼下局势，再等下去对我们不利，不如现在就出手去迎敌，可能还有一线生机。诸将勿疑，且听我差遣！"

"是！"众将见曹操心意已决，不好再阻拦，齐声应道。

为了防止袁绍突袭，曹操又安排了一队人马守寨，主力兵马皆随自己出战。张辽和许褚在前率军，徐晃和于禁随后同行，大军借着夜色掩护，浩浩荡荡地往乌巢进发。

淳于琼乃好酒之徒，曹军来袭之时，正烂醉如泥，待他清醒过来，乌巢已然被袭。曹军于乌巢大肆纵火，袁绍的屯粮于当夜付之一炬。自此，胜利的天平开始向曹军倾斜。

袁绍一方，自打乌巢事变之后，不仅失去了谋士许攸，乌巢的储备粮食也付之一炬，从此不仅军心难稳，他自己心里也受到了重创，手下的将士皆无再战之心，最终仓皇出逃。

至此，曹操于官渡大败袁绍，大获全胜。

此一战，彻底稳住了曹操脚下的一方领土，为其称霸北方奠定了稳固的基础。

官渡之战袁绍惨败而归，曹操大获全胜，自是一件喜事。

曹操将此次战役中获得的大部分金银财宝、绫罗绸缎都赏赐给下面的将士们，又举办盛大的庆功宴来犒赏众将。众人享受着此次战役后的片刻安宁，心中也充满了无限感喟。

"起初，袁绍亲率七十万大军来攻我，诸将想必和我一样，心中也是万分担忧的。毕竟那时候我手中的兵力，尚不足袁绍的十分之一，与之相争，无异于自寻死路。"说到这里，曹操似乎是突然想到了什么画面一样，蓦地咧开嘴大笑了几声："可是天不亡我，此次战役我军大获全胜，以少胜多，实乃天意，天意也！如今袁绍已不足为惧，我军荡平四海，一统寰宇，指日可待！"

言语间，无形地透露出他内心的无限豪气。张辽深知曹公心中的志向，此刻心中也是万千畅意。

一旁的曹操还在言说此次战役的细节，话语间透露出不少劫后余生的庆幸。当初火烧眉毛，以为束手无策了，没想到最后竟还有冲破重围的一天，让人深感世事难料。

座下的张辽正听得津津有味，猛得听到上座传来一声呼唤："文远何在？"

张辽闻言，急急地停下了自己斟酒的动作，起身应道："主公有何吩咐？"

曹操一脸笑意地望着张辽，随即对着诸将朗声道："此次战役，大家应该有目共睹，文远虽初到我帐下，却屡次身先士卒，战功累累。所以，我已经向天子奏明，你数有战功，升你为裨将军，想必诏命很快要下来了。"

张辽听了这话，心中一暖，连忙抱拳叩谢。余光中，帐内诸将看张辽的眼色有不满，有质疑，也有钦佩与善意。张辽在曹军中，终于开始有了一席之地。

　　曹操继而褒奖了不少在此次战役中立下功劳的将士们。张辽便一直静坐一旁，颇有耐心地看着眼前这一幕，忽地思绪翩跹，一时间脑海里浮现出年少岁月。

　　想故乡雁门边郡，连年受到胡人的杀掠洗劫，边塞战乱不断。他深知战争给天下带来的诸多痛苦，这也是为什么他心中一直有一股信念，此生必定以自身之力，谋一个安稳盛世。

　　只是没想到一路走来，竟充满了荆棘坎坷。

　　想他当初受到丁原的赏识，领兵奔赴洛阳，却未曾料想，京都朝廷如此险恶，一度朝不保夕。后来颠沛流离许久，才得遇曹公，以前在他心中，自以为曹公乃是汉室奸贼，谋求的不过是一己私欲。后来他才知道，所谓乱世英雄，皆有私欲，但是能以私欲谋求天下太平昌盛的枭雄，却是凤毛麟角，所幸曹公正是其中一员。

　　张辽知道，不管未来结果如何，曹公都是有能力带领他们走向辉煌的人，也是能够带领他们实现心中抱负的人。

　　他因此而感到庆幸，今生得遇一良主，可以让自己有机会、有能力去施展拳脚，完成先祖的遗志。

　　庆功宴上，大家正把酒言欢，推杯换盏，很是尽兴，忽然有侍从前来，附在曹操耳边低语了几句，曹操听后忽然变了脸色。

　　众人见此情景，料到有事情发生，纷纷安静下来。

　　"丞相，有何要事？怎的面色如此之差？"有谋士低声询问。

　　曹操眉头紧皱，脸色铁青，纵然大家不知道那侍从究竟与丞相说了什么，但是也猜得出来肯定不是什么好消息，事情还有可能颇为棘手。

　　曹操压制自己心中盛怒，按捺住心绪，努力地把自己的眉头舒展开。大抵是不想扫了大家的兴，想在言语间把这件事轻描淡写地带过去。

　　"没什么大事，不过是东海郡昌豨又起兵反叛，带着他手底下的人任意胡来罢了。"曹操淡淡说道。

　　众人闻言，皆眉头紧皱。

　　昌豨的确是刺头一般的存在。几年前他便举兵谋反过，被曹操出兵镇压，才安稳没几年，竟又开始惹是生非。张辽记得清楚，当初曹公招降了这人以后，还特地任命他为东海太守，寻常降将本该感激涕零，只是不知这人为何竟又生了异心。

张辽心中隐隐察觉，此次谋反，也许另有解决之道。

"没想到昌豨这厮，竟如此不安分，上一次已经将他招降，这会儿又开始作乱。众将不妨说说，此人该如何处置？"

张辽闻言，不由迟疑一下，旋即在心中思量一番。

他知晓，在曹公心里，最看不上这等反复无常之人。现下曹公刚把袁绍打败，手底下士气正盛，兵壮粮足，昌豨很难与之匹敌。他为何偏要在此时谋反？

但是如果自己就这样视若无睹，听之任之，却又觉得极为不妥当。昔日张辽曾与昌豨有过一些交情，到底于心难忍，想当初二人同在吕布手下任职，也是颇有些兄弟情义的。思来想去，张辽觉得应当尽可能地想法子帮帮这位兄弟才对。

宴会上的诸位将领，听了曹公的问话以后，你一言我一语地开始应和。

"丞相，此事断不可容忍，昌豨此番行径，实乃小人之举。此次不加以惩治，只怕日后会做出更不利于丞相的事情！"

"是啊，丞相，昌豨本就是降将，今日反叛，只能说明他绝非诚心归降。若是此时不派兵镇压，日后恐掀起来更大的风浪。"有人语气不善地说道。张辽微微皱眉，自己也为降将，自然心中颇为敏感。

"好，既然昌豨敢反叛，就应该承受这样做的后果。只是不知若是我派兵前去镇压，诸位将士，谁人愿意领兵出战？"

张辽一听连忙起身应道："末将愿往！"

同时响应的，还有很多其他武将，但是曹操于众人中多看了张辽几眼，似乎是注意到张辽神色不寻常，略一斟酌，张口确认道："文远可是打算前往平乱？"

张辽忙不迭地躬身："我先前和昌豨有些交情，深知此人性情。想着我亲自率兵前往，定会好生应对，不致有血流成河之灾，还望丞相成全！"

　　曹操闻言，沉思片刻，淡淡道："知道了，如你所愿。"

　　张辽领了军令，回身看了窃窃私语的众将一眼，默默站起身，向曹公行礼之后，坚定地穿门而出。

36. 心中谋略

　　建安六年，张辽与夏侯渊共同发兵，张辽为主将，万余曹军将昌豨围于东海郡中。

　　本来以夏侯渊最初的计策，是打算直接攻城的，但是考虑到现下不清楚昌豨城中的形势，加上张辽在一旁劝阻，说昌豨或许会托人谈判，只好先搁置下来，权且派兵驻扎城周，静候接下来的情况。

　　让大家没想到的是，这一等就是月余，城中仍旧没有半点消息。

　　昌豨居于东海郡，左右不得其面，只是坚守不出，眼下张辽和夏侯渊所率军队再这样耽搁下去，粮草难以为继，眼见着就要失去斗志，夏侯渊心急如焚。

　　"能战不战，错失良机，眼下又当如何决断？"夏侯渊远远地望了昌豨城池几眼，越看越觉得心焦。

　　眼下这个境况，不管谁来观之，想必心中的万千烦闷也难以抑制。

　　张辽听了夏侯渊的话，自然也心烦意乱，其实他自己心里也难以论定，毕竟现下他自己都不知道该将昌豨如何处置。

　　先前他主动请缨，率军出击，是为了能够两相保全，曹军经历了官渡之战以后，也是元气大伤，纵然还有余力与之交手，可是还得防着其他诸侯趁机对自己动手，所以到底还是左右为难。

　　他原本以为凭借当初自己和昌豨的情谊，应该可以两相缓和的，可是哪里想到，自从自己和夏侯渊一同来东海郡后，竟屡屡不得见其面，消息也无法互通，昌豨似乎铁了心要反叛了。

　　事情变得棘手了。

"文远可有良策应对？"夏侯渊见一旁的张辽迟迟没有开口，纵然心焦，但也还是耐着性子又问了一遍。

夏侯渊平日以勇武闻名，对于打仗谋略之事，实在是无能为力。

张辽自知面对昌豨这样一个麻烦，有些不知从何下手，只能告诉身边的夏侯渊："再等等吧，事情会有转机的。"

夏侯渊本来心里就憋着火气，听到张辽的话，更觉得一腔子怒火难以抑制了："要我说，直接派兵强攻再说，咱们兵多将广，怕他作甚？一直在这里僵持，实在是耗人心力，何必呢？"

张辽淡淡说道："妙才莫急，要知道上战伐谋，古往今来，作战所依赖的可不只是武力。虽说我们现在可以迎敌，但是眼下我们的境况还是要全面考量的，应尽可能避免两军血战。经过之前的官渡战役，我军所受的重创，将军也是清楚的。"

夏侯渊听了张辽的话，虽然心里还是有点不甘愿，可是到底还是顺了他的心意，且再等上一等吧。

时间一天天地过去，不知究竟又过去了多少个昼夜，眼前的境况仍旧没有一点儿改变。夏侯渊几次都想提醒张辽，让他做个决断，可每次一谈到这个话题，张辽总顾左右而言他，惹得他不知如何应对了。

就这样，又过去好些天，夏侯渊终于从张辽的面色上看出一点儿不一样的地方。

自从围困东海郡，张辽和众将士一样，一副满怀沉重的模样，他的面色并无太多放松的表情，可是这几日，不知怎的，这人心中困扰的事情好像一下子解决了一般，突然开始满面轻松，着实有些让他捉摸不透。

这日，一大早，夏侯渊就被张辽带着登高，来到瞭望台上。

"文远这是何意？好端端的，怎么带我来这里？"

张辽闻言，不由得笑笑，偏头看了他一眼，蓦地吐出来几个字："这里就是破敌的关键所在。"

"哦？"夏侯渊听了这话，满脸狐疑，他学着旁边张辽的样子，左右打量半天，一点儿都没看出来。

"文远打算如何破敌？这儿也没什么特别的地方啊，如何出手破敌呢？"夏侯渊不解。

张辽大笑了几声："别急啊，妙才，你且随我继续看。"

两个人在瞭望台上又待了好一会儿，一开始夏侯渊还有些不耐烦，想要出声质疑，却忽然和对面瞭望台上的昌豨有了一个遥遥相望的对视，他心里咯噔了几下。

夏侯渊盯着对面的人，直到那人从自己的视线中消失以后，才出声问一旁的张辽。

"刚才那人……是昌豨？"

只见张辽笑着点了点头，随即开始跟他解释。

"不知道妙才可有注意，其实我每隔几日就要往瞭望台来一回，为的是像刚才一般，与对面的昌豨相互对视，但是这些日子我经常来此，因为我从他的眼神中感受到了一些不同寻常。"

说到这里，张辽蓦地收了声，一旁的夏侯渊心急地追问张辽下文。

只见张辽不急不缓地转了身，旋即说："这件事其实还有更好的法子解决。"

"昌豨之前突然反叛，大抵没想到丞相能带兵打败袁绍。现下自己刚反叛，就听闻丞相打了胜仗凯旋，心里只怕是忐忑难安，我这些时日探过他的神情，在他的眼神里，更多的是对我们的畏惧。"

说到这里，张辽突然快步走到了夏侯渊面前，告诉他："如果这个时候我们去招安，相信昌豨必降。"

夏侯渊没想到还有这样一出，听到张辽的话，整个人消化了好一会儿，才明白其中蕴含的意思，可是他心里仍旧有所怀疑。

"文远可知昌豨以前是个山贼，最容易出尔反尔，现在他心存投降之心，说不准又会临时变卦，如何招降？"

张辽闻言，不由得摇了摇头，开始跟夏侯渊作解释："他眼睛里所透露出来的，是一股向死求生的信念，大抵是被我们围困怕了。"

夏侯渊心中仍旧存疑："文远单凭他的眼神就能确定这么多内容？难道你就不怕他是假装出来的？昌豨可不是什么好人，怎么能任人这么轻易地猜透他的心思。"

　　张辽听了夏侯渊这话，并没有再多加反驳，只是告诉他，既然如今自己是主将，这件事便先听他吩咐，后果他一人承担。

　　言毕，张辽没有迟疑，率先走下了瞭望台。

　　张辽一边走路，一边在心中思考着各种事情。

　　其实刚才夏侯渊问的那个问题，他是有答案的，只是不知道该怎么跟他解释罢了。

　　那应该是许多年前的事了吧，没想到经年已逝，当初的场景仍旧像在眼前一般，像是在自己的心里扎了根，清晰可见。

　　他记得，那个时候自己还小，还在雁门家乡。在那里，胡人烧杀抢夺，他们那里的人每天都面对这样情景，族中长辈们的眼神里，每每透露出来的，全是对乱世的惶恐，当下所求不过是苟且偷安罢了。

　　如今那种渴求他再次在昌豨的眼神里读到了，所以他才会确定，昌豨纵有万千心思，不肯轻易彻底归降丞相，但是至少在这一刻，他的心里，是愿意归降的。

　　畏死之人，自然想要抓住一切机会，只为求得生还之机。

　　虽然夏侯渊还是对张辽的决定有所怀疑，可是现下他没有立场驳斥张辽，只能暂且听之任之。

　　"文远，你确定要孤身前往东海郡，劝降昌豨？"

　　张辽出行之前，夏侯渊特地跑来他的营帐问。

　　他清楚，夏侯渊是担虑自己的安危，自己孤身深入昌豨营中，犹如深入虎穴一般，自然是要多加顾虑的。

　　只是眼下，他也没办法再顾虑太多，深入东海郡已经是势在必行了。

　　"妙才不必多言，此次去东海郡招降昌豨，只能我孤身亲往，如此才能对其好生劝诚，以便招降。"

　　夏侯渊本来还有很多话想要告诫张辽，可是见此情景，终究还是张不开口了。

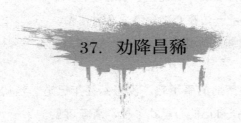

37. 劝降昌豨

夏侯渊见张辽已经听不进自己的劝说了，无奈之下，只得暂且听了他的安排，让他孤身潜入虎穴，只是一再告诫他，此行一定要多加小心。

"文远切记，昌豨等人，易反复无常，只怕眼下心思反复更甚，若是真的进了东海郡，一定要多加提防，小心行事才好。"

闻及这话，张辽只是浅笑不语，最多不过是点头应和。眼下他正在为孤身入东海郡做准备："我已打定心思，诸位尽管放心好了，若是我真的遇上不测，请诸位暂且等候丞相的密信，勿过多忧虑。"

不管身边的这些将士如何劝阻，在张辽的心里都坚决地想要按照计划行事，原因就是他深谙对面人的心思。

他料定，此刻对面的昌豨，只怕心里也是有些万千的盘算，但是这些想法大都出于一个目的，那就是希望着曹公这边能够重新接纳他。

自这几日他登上瞭望台，望到昌豨眼神里透出一心求生的神态开始，他就猜测到，这人如今只能等待他们这边的动作。

若是招降，对面的人大概率就直接应了，可若是自己这边选择硬攻或是坚守，只怕对面也会顽抗到底。

现下虽然他们用东海郡作掩护，可是到底还是陷入两难境地，出手攻之，恐会败北，束手降之，又恐因为自己反叛而遭受怪罪。

不管如何考量，眼下昌豨除了和他们僵持着，也想不出更好的解决之法了。

想到这儿，张辽不由得笑着捋了捋自己的胡须，定下神来，忽然转身问身后的夏侯渊："妙才以为，辽是直接入东海郡好，还是先派使者前去打探打探情况再说？抑或是，直接冲着对面那人大喊，让他明白我的心声，之后再谈劝降之事啊？"

夏侯渊没想到张辽会突然问自己这个问题，愣了半天才反应过来，心中的答案在嘴边徘徊了好久，最终还是没讲出来。

张辽看到他这副样子，不由得咧开嘴大笑了几声："看来妙才想了第四个选项给我，是想要我留守此地，与诸位共进退吗？哈哈哈……"

言毕，张辽没有再多谈及此事，他知道，如今只怕只有他自己，还在坚持亲身前往招降对面的人。

想到这里，张辽无奈地摇了摇头，小声地呢喃了几句："罢了罢了……"便抬腿下了高台。

刚一站定，张辽就派出使者，前去给昌豨传话，特地叮嘱他，去了以后，不必多言，只讲："丞相有命，特派张辽传达，需与东海太守当面一叙。"

待这事落定，张辽便于三公山下，耐心等待回音。

待到使者再回来的时候，果然带回了昌豨的回信，说马上前来相见。

张辽也没有犹豫，径直走到城门口，等待昌豨。

且说昌豨，孤军坚守数月，只是闭门不出，除了想要以此法对抗曹军外，很大一部分原因是他也想不到更好的应对之策了。

是战是降，至今未有定论，无论何种选择，总担心另有隐患。眼下突然得了消息，说张辽孤身来此，自然一下子提起精神，立即出城应对。

"哎呀，文远别来无恙……"

张辽见昌豨出来，忙不迭地行礼："昌豨兄，多日不见了。"

"想当初你我二人同在吕将军门下行事，总感觉不过是昨日之事，没承想，待掐指一算，已经过去许多年月了。"

昌豨闻言，只是点头表示同意，并没有主动谈及别的事情。

两个人寒暄了一会儿，张辽缓缓地把话题导向正题。

"昌豨兄，辽此次来见你，不仅出于你我二人的兄弟情义，还带来了丞相的意思。"张辽淡淡说道，"丞相英明神武，这些年来征讨四方，战无不胜，你我都是有目共睹的。而且他素来有容人之量，不会过多地计较陈年旧事，都是用德政招降各地诸雄。所以，先投靠丞相的人都能得到大赏！"

话已经说到这儿了，张辽知道对面的人一定明白自己的意思，所以他也不急着逼问什么，只是静心等候，等旁边人的回应。

时间一点一点地流逝，终于，张辽听到了昌豨的一声长叹。

"文远的话说到我心里了，的确，丞相的威名和美德，大家都是记在心里的。本来我也打算这些时日就派人去跟丞相说招降之事，只是没想到文远倒比我快了一步。"昌豨低声说，心里总算下定了决心。

说到这里，两人对视一眼，不由得哈哈大笑。

"文远莫急，这事我早就敲定了，正好你来了，我就直接把我的心思跟你明说，日后还望你多跟丞相美言几句，咱们也还是兄弟嘛。"

张辽点头，把这件事应下来了。

昌豨抬头看了看旁边的张辽，左右徘徊了几步，终究还是没能耐住心中的疑惑，开口问了这人一句："文远，丞相那里，我必定是会归顺的，只是不知这前事……丞相可还会计较否？"

张辽知道，昌豨之所以一直犹豫不决，问题的核心就是这件事情。昌豨原想趁曹公没有心思应对自己时起兵反叛，若曹公败了，他正好趁势追击。可是哪里想到，官渡之战的最后竟是曹公大胜而归，自己处境变得不上不下，若今日投降，不免担心曹公会秋后算账。

想到这里，张辽出言安抚："昌豨兄尽管放心，丞相不会多加计较的，这件事有我去替兄言说。"

这件事说定以后，昌豨也就没有再犹豫，直接听从了张辽的建议，随他一起下山，部署投降事宜。

38．众将诚服

　　昌豨随着张辽一同离开东海郡，前去拜见曹操。

　　本来去之前昌豨心中还万分忐忑，总担心曹公会突然发难，因此一路上对张辽各种示好，希望这人能够在曹公面前多替自己美言几句。

　　张辽自然将这件事应下，路上也经常宽慰他。

　　"放心好了，既然当初我肯如此允诺给你，自然也就代表了曹公的意思，你只管放心，待到曹公面前，只管表明你的态度，曹公自有公断。"

　　进了许昌，二人并不耽搁，便来见了曹操。

　　曹操心里其实对昌豨这样的人很是鄙夷，他向来不屑于与如此反复无常之人相交，只是怎奈何眼下形势正是用人之际，只能暂且容纳这人，待以后再观。

　　张辽随着昌豨一起来到曹操面前后，对着上座的人行了礼，说明自己的来意，并把一旁的昌豨介绍给曹操："丞相，这便是东海太守昌豨，他听闻丞相宅心仁厚，愿意好心招纳降士，故而在辽去寻他之时，很是爽快地应承下来，愿意继续为丞相效力。"

　　言毕，旁边的昌豨赶紧顺着张辽的意思，对曹公好一番表述忠心。

　　"丞相，当初是昌豨糊涂，眼下还望丞相宽心待人，还能容我，以后我一定会好好地报效丞相！"话音刚落，昌豨就跪倒在曹公面前，重重叩首。

　　见此情景，曹操眉头狠狠一皱，本来并不想起身相扶，但是看到一旁张辽对自己的示意，到底还是耐着性子，故作姿态，来到昌豨跟前，把他扶了起来，随即劝诚道："你愿意再归顺于我，我也是倍感欣慰的，眼下局势未定，战乱四起，正应该是齐心协力的时候，只望日后能够恪尽职守，莫再做出不利彼此的事情来。"

听到昌豨千恩万谢的应声以后，曹操这才甩甩手，让他们退下。临出门前，他还特地吩咐让昌豨返回东海郡，继续守护一方百姓。

直到昌豨的身形从眼前消失，曹操才一脸不悦地盯着一旁的张辽，一时之间竟控制不住自己的心绪，不停地在房间里来回打转，直到感觉自己的心绪稳住，方要开口，没想到张辽忽然小声笑了几下，问了自己一个问题："丞相如此焦虑，可是因为属下？"

曹操看他这副不知好歹的样子，刚压下去的火气又在无形中燃起来了："你还好意思说，张辽，我派你去东海郡是做什么的？"

张辽故作思索一番的模样，半晌才出声应了一句："曹公当初派我为主将，夏侯渊为副将，一同前往东海郡镇压昌豨。"

曹操听他这番言辞，心中更觉气愤："那你去了以后做的是什么呢？"

张辽仍旧故作一脸不自知的神情，应了一声："张辽劝降了昌豨，随即带着他一同回城，特来拜见丞相，这些事情丞相应该是知道的吧。"

曹操见这人冥顽不灵，不由得气急，直接一甩袖子，来到他跟前，直接质问他当日举动，是否妥当："那昌豨是何人，你不应该比我还清楚吗？想当初吕布被赐死在白门楼，随后昌豨降服于我，我本欲重用，特地命他为东海郡守，哪里想到，前些年，他反叛我一次，我放过他一回，时至今日，这人仍旧屡教不改，再度反叛，想要有所图谋，文远难道不知？他这人反复无常，不可轻信，你身为主将，前去镇压，本应该以大局为重，怎能够孤身前往东海郡劝降昌豨？若是他当时出手害你，你又该如何？"

其实在张辽决定班师回来的时候，就已经猜测到自己和丞相之间会有这样的一番争论。

想当初在东海郡城前，自己做出这个决定的时候，手下诸将几乎无一人赞同自己的观点，大家都在劝诫自己三思，若不是他以主将的身份压制着，估计这次劝降根本没办法成行。

一想到这里，张辽不由得在心里叹了一口气，表面上却先向曹操请罪：

"丞相，这件事的确是辽欠考虑，这一点张辽认罪。"

话音刚落，张辽没有停顿太久，行完礼后，开始对曹公讲述自己如此为之的原因："其实张辽之所以敢在这个时候如此大胆，孤身前去劝降昌豨，实乃事出有因。"

曹操听了他的话，不由得心生疑惑："此话何意？"

张辽回想起那些天他登高所见之情景，紧跟着继续自己的说法："其实在我做出这个决定之前，我特意观察过，昌豨有很强的求生之心。"

"何以见得？"曹操问道。

张辽笑笑："生逢乱世，大多数人所求不过就是苟安，昌豨也是其中的一员，我多次登上瞭望台看向他那边，发现他也在打量着我们，眼神里并没有攻战的欲望。更重要的是，随着时间的推移，他的反击欲望在不断降低，这只能说明，在他的心里，还是不希望和我们决一死战的。"张辽顿了顿，略一思索，"当然，还有一点，刚才丞相说昌豨是反复无常之人，我做这个决定的时候，也是看中了他这一点，反复无常，更容易说劝，虽说他容易反叛，但是这个关头，也正好说明他容易被说动，因此招降他，至少也能够让他先安顿几日，给我们留足时间，以便整顿军队。"

言毕，张辽对着曹公拱了拱手说："丞相名震四海，我可是奉着您的命令去见昌豨，他又怎么敢轻易加害我呢？"

曹操一愣，顿了顿身形，这才舒缓了几分神色："就算你说得有理，但是也不该孤身一人深入虎穴，若是真出了差池，没人能救得了你！"

张辽知道曹公这是担心自己，言辞中不由得多了几分恳切："丞相放心，其实那日我之所以孤身前去，是为了让昌豨看到我们这边的诚意，如果我带了兵士，手上还拿着武器，只怕昌豨心中肯定有所迟疑，不会这么容易就愿意归顺的。不过丞相放心，日后张辽一定谨记丞相的劝诫，不会再这般鲁莽行事了。"

曹操听了，这才点点头，放张辽回去休息了。

临出曹公房门前，张辽听到身后的曹操叮嘱自己："今日之言，文远务必牢记！"

张辽闻言，不由得一笑，也没有回身，边往外走边应了一声："丞相垂爱，文远必记于心。"

昌豨归降的消息传出之后，张辽孤身一人深入东海郡，不费一兵一卒便让东海郡重新归于平静的事迹，着实惊呆了众人。

为了庆祝这次的胜利，曹操特地举办了一场宴会，为张辽庆功。

"这一回招降昌豨，没有耗费过多的人力，也给我们一个缓和之机，的确多亏了文远。来，诸将举杯，为文远庆贺。"酒席宴上，曹操兴致很好。

张辽本不是多么喜欢出风头之人，更何况之前他还和曹营中的很多将士不和，彼时听着曹公的言语，还承受着大家打量的眼神，心中万分别扭。

他强作笑颜，对着曹公举杯示意，将杯中酒一饮而尽。

张辽刚一停下手中的动作，突然看到好几名将领来到自己近前，他心头一紧，生怕是借酒意来挑事的老将。

结果领头的竟是笑意盈盈的夏侯渊："文远真是太神了，那一日我还在想法子要把你拦下，觉得你这是胡乱行径，不该支持，哪里想到最后你竟然真的成功了，让我不得不佩服！"

"佩服啊！"

说着，几个人又开始举杯跟张辽道贺，甚至先前不怎么服气他的诸将，看到此情景，也过来言语一番，碰酒一杯，冰释前嫌。

此番张辽之作为，在夏侯渊面前展现出的明察秋毫，在昌豨面前展现出的刚柔并济，在曹操面前展现出的料敌雄断，皆使其名声大噪，曹营中诸将对其也渐渐诚服，开始信赖他的能力了。

39. 袁氏兄弟

官渡之战袁绍战败后，曹公的人马本欲稍作整顿以图后事，哪里想到没过几日光景，忽然听闻手底下的探子来报，说袁绍又齐聚四州之兵，意欲进军征战。

曹操听了这件事以后，把诸将召到一起，商讨此番事宜。

待众人各自在自己的位置上坐好，曹操不紧不慢地问了一句："袁绍又在整顿人马，想要攻击我方，诸位以为如何啊？"

曹操的话音刚落，便听身边的众将进言说：应当即刻备战，迎战袁绍。

张辽来之前，已经听说了这件事情。

袁绍自上次战败，心灰意冷，终日沉迷于其他事，已多日不理政事，眼下召集手底下的将士，想要卷土重来，征讨曹操。

这次来犯，袁绍大抵也想要一雪前耻。若想断绝冀州的威胁，此战最好将袁绍彻底击溃。

张辽瞧着曹公的面色，猜到了他的心思。

曹操召集众人，只是想让众人知道这个消息，其实他心中的打算，早已经决定好了。

"既然袁绍一心想要和我厮杀到底，就与他比试一番。我军此前就大获全胜，眼下士气正足，与之交手，从气势上就压他一头，此次要让他知道我军的厉害！"

张辽听完这句话，跟随着众人说道："丞相英明。"

当日，曹操便下令整备军马，众将随着他一起，往仓亭下寨而去。

待到众人扎营后，曹操远远地望着袁绍的兵马，不由得嗤之以鼻："袁本初果然还是昔日脾性，我料定他这次也是必输无疑。"

第二日，两军对战，曹操亲自率领诸位将领一同出阵，和对面的袁绍正面对峙。

曹操一见袁绍就含笑喊道："本初何故又来挑战，难不成上次官渡之战，还是没能让你看明白局势？仍旧不肯投降于我吗？"

袁绍一听，想起前时自己受到的屈辱，顿时气得面色青紫。

不过片刻，就听到袁绍对着身后的将士大呼一声："哪位将军愿意出战迎敌？"

话音刚落，就看到袁尚骑马奔出阵来，与徐晃手下将士史涣对战，不过几个回合，袁尚便以剑弩射之，直中史涣左眼，待到众人定睛一看，只见史涣竟已经坠马落地，命丧当场。

见此情景，曹操正要派兵出击，没想到对面的人比他更快，待到回神，袁军已经发起进攻。

张辽等诸将见此情景，赶忙出手迎敌。经过一番厮杀，直到暮色将至，才各自退去。

诸将回营后，曹操又召集诸将，商议退敌之术。

"袁绍此番是打定心思要跟我军死战，如此，哪怕我军获胜，只怕也会造成不小的损失，诸位可还有什么好法子，解决面前这个困境？"

张辽闻及，不由得在心中思忖了一番，其实今日迎战，他已经看出来袁绍手下均想拼死让曹公吃个大败仗，所以在厮杀之时，完全不遗余力。

这般野蛮对峙，对于双方来说，都是很大的耗损。

张辽正琢磨着，忽然听到一旁的程昱进言道："丞相，我这里有一计，可破袁绍之兵。"

"哦？是何计策？"

程昱这话一出口，立刻吸引来众人的视线，只见他微微一躬身，旋即开始一番解释："我这计策名曰十面埋伏……"

按照程昱的意思，便是先让曹军退兵于河上，随即在周围埋下伏兵，分散各处，将袁绍兵马诱入埋伏圈内，必能打破眼下僵局。

曹操闻言大喜，听从了他的安排，开始设局埋伏。

曹操特地把兵马各分为左右五队，张辽领兵构成二队，在目的地埋伏，等待袁绍率兵入局。

是夜，曹操先是派许褚率兵假装劫寨，待到袁绍兵马反应过来，故意率兵往河上奔来。

袁绍手下的兵马行至河上，曹操早先埋伏下的一队人马顺势出击，袁军反应不及，很快就被打乱了阵脚。

袁绍见状，急急地率兵回撤，好容易回到营地，正想要好好地歇息一番，这个时候，张辽突然率军攻入营地。

一时间袁绍有些惊慌失措，急急骑马往外赶，待众人拼死冲出之后，袁绍手底下的兵马也几乎死亡殆尽了。

曹操看着袁绍父子三人狼狈逃走的背影，不由得掩面一笑："我早就料定袁本初没什么大本领，如今交手，更是印证了我的想法，果然是脆不可击啊。"

曹操在仓亭之战大获全胜后，好好地犒赏了手下的将士，在庆功之宴上，突然有人上报袁绍的情况。

一开始众人并不知到底是何情报，等听到爽朗的笑声以后，才反应过来，大抵是那边又出了什么"妙事"了。

"袁本初身子过于柔弱，我不过是连胜他两场战役，这人竟直接晕倒过去，现在正卧病在床呢。听说袁尚正在守护城池，袁谭、袁熙、高干都各自回自己的地盘了，估计未来一段时间，是不会再找我们麻烦了。"曹操显然是心情不错。

诸将劝曹操趁此机会兴兵伐袁，但是考虑到现下的形势，他并没有采纳这个建议。

一直到建安七年，曹操才又生了起兵的念头。

没想到，袁绍手下的三个儿子，竟齐聚一堂，共同起兵，先来攻击曹军。

在此次交手的过程中，张辽率先带军出战，与袁尚交手，不过三个回合，就将袁尚击败，手下将士趁势追击，又大败袁军，这些人只能急急率兵又逃回冀州了。

袁绍闻及此事，一时之间难以接受，竟直接吐血而亡，待到曹操闻及此事的时候，袁绍已然去世了。

听说袁绍去世的消息，曹操感念旧时情意，为袁绍的离世悲痛不已，却突然听说袁尚和袁谭兄弟二人联手，意欲攻曹。

曹操以为这次不会那么好解决，因这兄弟二人，一人屯军于城内，一人屯军于城外，形成掎角之势，很是难攻，哪里想到不过数月，这兄弟二人竟因废长立幼之事，自生波澜。

说来这件事还是他的好兄弟袁绍埋下的隐患。

"废长立幼，袁本初还真做得出来，不过也好，以这兄弟二人的嫌隙，不用费太多力气，便可轻易瓦解他们的联盟，掎角之势难成矣。"

最开始袁谭先来归降，说受袁尚压迫，现下已不知该如何存活，特来归降，以求生机。

张辽望曹公面色，知道他已经想要和袁谭联手了，待袁尚派军来时，张辽率军出马迎敌，不过几个回合，便把对面的大将沮鹄打下马来，随后曹军进发，不多时，袁尚之兵便仓皇出逃，纷乱不已。

袁尚回兵后，又经过几个回合的对峙，终被曹操打败，彻底失去了冀州。

曹操继续派兵，意欲追杀袁氏三兄弟，袁谭后被曹洪诛杀，而袁尚、袁熙兄弟二人，听闻曹操出兵，知道自己很难抵挡，也没犹豫，直接弃城出逃，往西投奔乌桓去了。

曹操知道此事以后，便对乌桓之地起了浓厚的兴趣。

"据我所知，乌桓向来是支持袁氏的，这么多年竟从不曾生出二心，倒也难得。只是这一次，他既愿意出手救助袁氏兄弟，就是公开挑明，要和我两相对峙，如此，我自然是该应对一番的。"曹操说道。

此次击破袁氏，张辽等诸将皆有功劳，曹公很快向汉献帝上书，对诸将多有褒奖，张辽也因此被任命为荡寇将军、都亭侯，自此威名更盛几分。

40.　征战乌桓

待攻下并州后，曹操担心袁氏兄弟二人会与乌桓联手，日后引起大患，故而回城不久，便召集诸将汇聚一堂，商议出兵西攻乌桓之事。

其实张辽在赶来曹公府邸之前，心中已经对此事有所思考。

他知道，自官渡之战以后，袁氏家族名势俱损，实力也去了多半，再加上后来袁绍离世，估计在袁氏兄弟二人的心里已经恨死曹操了，如今既然决议投奔乌桓，大抵心中也是有所愤恨，只待时机成熟，便又会掀起一场腥风血雨。

如果真到了那一日，只怕曹公欲攻下乌桓，更要耗费大量的时间和兵力，不如趁现在，对方根基未稳，急急出手，以绝后患。

待众人在曹公府邸落定后，张辽不急不缓地迈步到一旁的座位上，安心坐下，等着曹公接下来的话语。

果不其然，张辽预料得没错，曹操一开口，直接把话题引到了袁氏兄弟和乌桓的身上："如今袁熙、袁尚兄弟二人，率兵投奔乌桓，我自觉这帮人马日后会成为我们的心头大患，意欲趁现在新胜之机，继续出击，攻战乌桓，不知诸位以为如何啊？"

话音刚落，一旁的曹洪突然站起身来，对曹操好一番劝阻："丞相此事不可如此为之啊，虽说袁熙、袁尚兄弟二人战败而走，但是所投之人可是乌桓，他们的势力不能小觑啊；再者，如若我军向西攻打乌桓，倘若刘备、刘表等人乘虚而入，我们又该如何呢？望丞相三思而行啊！"

曹洪刚言毕，一旁的郭嘉也急急地发言，说出自己的见解："并非如此，虽说乌桓势力强盛，但是眼下袁氏兄弟二人突然投奔，他们自恃位置偏远，认为我军会对他十分顾忌，故而不会有太多的防备之心，正应在此时急急出击。再说刘表那里，刘备不过是仰人鼻息之辈，既然是投靠之人，刘表自然是不敢对其委以重任的，恐他功高盖主，自己反而落不得好下场，丞相不必因此有太多烦忧。"

郭嘉所言，几乎句句切中要害，张辽抬头看向不远处站在曹公面前进言的谋士，心中格外佩服。

再去看曹操，不难发现，此时他的眼神变得更坚定了，就算先前有所顾虑，眼下听了郭嘉的言语，也已经把那些疑虑抛下了。

"好了，这件事就这么商定了吧，奉孝所言深得我心，正该如此，回去以后诸将尽快做准备，不日起兵，征伐乌桓。"曹操下令。

这件事敲定以后，曹操亲率一众人马，向西往乌桓进发，刚行至境内，突然狂风大作，尘土飞扬，几近迷住人眼。

虽说之前大家已经猜测到，乌桓地处偏远，恐环境艰苦，但是没想到初到此地就出了这层波澜，对众人的身心皆是一波重重的打击。

张辽尽力地稳住自己的身形，再去看周边将士，好些人因为这突然的狂风，险些握不住手中的武器，一时间人仰马翻，和出发时简直不是一副模样。

见状，他的眉头不由得狠狠一皱。

张辽想到什么事情准备禀报，刚上前来到曹操不远处，就听到他和郭嘉的一番争论。

曹操问郭嘉："眼下环境如此恶劣，众人皆不适应，你自己也生了重病，当真还要继续前行吗？"

因为长途跋涉，再加上环境恶劣，郭嘉的身体很快出了问题，而且病况来势汹汹，即使现下跟随行军，也是强行乘着木板车才能跟上的。

张辽早已料到，曹公可能会心生退意，只是没想到初入此地，曹公就不欲继续前行了。

眼下距离乌桓大本营，可还有很长一段路要走呢。

思虑间，张辽蓦地听到郭嘉的声音响起："丞相切莫生出退军之意，既已步入此地，自当把此事解决，如若不然，日后恐会成为阻碍丞相大业的大患啊！丞相率兵继续前行，嘉身体不适，恐会拖累行军的征程，不若就此停住，日后在许昌与丞相会合。"

曹操听闻郭嘉如此言语，心中生出的一股退意被止住了。

张辽在不远处看着，只见曹操紧紧握住了郭嘉的手，允诺会亲率众人攻下乌桓，待回许昌之日，定是凯旋之时。

张辽见状，暗自叹息了一声，随后迈开步子走到二人面前，分别向二人行了礼，才开始发言："刚才辽打远处而来，碰巧听到丞相与奉孝的言论，不由得感慨，眼下奉孝身体欠安，无法忍受颠簸，且先回许昌就医，日后回了许昌，大家定会再见的。"

郭嘉闻言笑笑，并没有就这个话题再多说什么。

那时大家都只顾及着接下来的战役，并没有太多关注郭嘉面上的神色，一直到许久以后众人再回许昌之时才发现，当日竟成了永别。夜里，郭嘉病情急速加剧，连郎中也来不及呼唤，只怀着满心的不甘咽了气。自此，众人与郭奉孝便阴阳两隔，再无机会相见了。

那一日分别前，郭嘉还给众人留下一个建议：眼下狂风肆虐，不易进发，不若直接丢弃辎重，轻装出发。

诸将听从郭嘉安排，与之告别后，在曹操的带领下，身着轻装，继续北上。

众人初入此地，对地形很不熟悉，经众人推荐，由袁绍旧将田畴作为向导官引路。

"曹公请看，这条路继续走下去，很是不便，难以让兵马通过，不若回军，从卢龙口进发，越过白檀，直逼柳城，趁对方不备，急急出手，则此战役必胜矣。"

众人听田畴的分析，都觉得很有道理，曹公当下做出决断，依照田畴所言，开始行军。

为了让袁氏兄弟和乌桓之人更加放松警惕，在开始行军之前，曹公还特地让手下人立下牌子，上书道路不通，等到秋冬季节再进军，以此迷惑对方。

在曹操的命令下，以田畴为向导官，在前领路，张辽随其后，曹操亲率兵马，在后压阵，众人以此形制继续进发。

　　在行军途中，张辽不止一次地打量现下手中的兵力，当初为了不引起敌人过多注意，几乎所有人都是轻装出行，而且此次出征，曹操也只带了少数的几个将领与之随行。

　　虽说如此一来，目标的确小了不少，可是以如今的兵力，如果正面与乌桓对抗，很容易被直接碾压。

　　这样想着，忽然张辽想到之前郭嘉送给曹公的四字真言，这一刻，他才真切地明白其间包含的真正意义。

　　"速战速决。"

　　待明白这一点后，张辽心中不由得多了几分底气，再去看行军途中众位将士，竟没来由地觉得，此次战役，必胜无疑。

　　在田畴的带领下，他们攀越徐无山，经卢龙塞进入滦河上谷，继续行军约五百里，然后在平冈转而东向，经过好一番长途跋涉、艰难行军，这时的曹军几乎已经包抄了蹋顿部的防守营寨，此时正沿海直线前进，即将把敌军的领地一分为二。

　　"没想到，经过田畴的引导，我们竟已行至此处了，想必用不了多久，我们就可以直接进到对方的命门之处，雷霆出击，必会打对方一个措手不及！"曹操每每谈及此事，只觉心中万分畅快，越发地觉得自己此行必有所成。

　　张辽和随行的几个将领闻及曹公如此言语，也偶尔会应和几句。

　　"袁氏经过当年的官渡之战，已经没什么大气候了，只不过袁氏兄弟不想就此归降于丞相，才会做出如此行径，待攻下乌桓，怕是九州之内，再无当年的四世三公之名望了。"

　　"就是，丞相此行，必定可以永绝后患！"

　　因为此次行军要求掩人耳目，不能为人所知，所以众人行路更是多加注意，以防被对方人马探知。

　　经过田畴的向导，曹操与张辽一起，带领先锋部队率先登上了白狼山，本来是想先来此地勘测地形，顺便观察一下对方的态势，却不承想一登顶就直接与乌桓军蹋顿部相遇了。

　　双方人马两相对峙，由此进入僵持的局面。

41．力排众议

建安十二年八月，曹操所率兵马与乌桓军队相遇于白狼山。

曹军初见对方阵势，众人皆惊，一时竟不晓得该如何应对，两两相望，心中颇生退意。

"丞相，乌桓军兵多粮足，又对此地地形很是熟悉，如今交手，只怕我军会陷入不利境地，不能敌之啊！"

"是啊，丞相，我军的主力还在大后方，尚未行至此处，如今我们身边只有少量几支军队，而且这几日行军艰涩，士兵大都已经疲惫不堪，此时与之交手，如何能赢呢？"

"丞相，还望丞相三思啊！"

在诸将向曹公进言之时，张辽只是凝神望着远处的乌桓军队，久久未发一言。

他深知，按照原先的部署，应先跨过白狼山，穿过柳州，趁乌桓军队不备之时，直捣对方的大本营，以获取这场战役的大捷。

如今突然与乌桓军队在此地相遇，出乎众人的意料，人心惶惶之下，只怕更生难安之心，便不会想着如何赢得这场战役的胜利了，只怕大家现在想的都是如何渡过眼下的难关吧。

想到这里，他并没有急着在众人面前发言，而是一直以沉默的姿态，静待一旁，等着主公下令。

他猜想，面对眼下这等形势，想必主公已有自己的打算。

待众人话音落定，就见曹操猛然间朝前迈进一步，遥望乌桓军队方向，伫立良久，半晌才笑着出声发问："众人可知，我们一路走来，其路之艰辛？

眼下我们好容易在田畴的引导下，于崇山峻岭之中疾行数百里，才来到白狼山，难道就只是急急逃生？"

话音刚落，只看曹操又急急转过身来，面向众人，又问了一声："现如今我们已然行至此处，难不成众人想法都一致？觉得只能守，而不可攻？"

问完此话以后，良久，军中仍无回声。

张辽瞧着眼下形势，心中猜测，倘若众将心意一直如此，即使曹公心中有所决议，想要出兵征战，只怕也会被磨掉不少信心，如此下去，时机更失，更难保证战役得胜之局面了。

想到这里，张辽不由得紧紧地皱着眉头，旋即迈开步子，意欲进言。

没想到自己刚一抬起脚，蓦地又听到一旁的某将突然出声，劝诫主公不可轻易与敌军交手："丞相，眼下我军实力远远不及乌桓军，与之交手，只怕会给我军带来重创，不若就此止步，等待后援，等到时机成熟再进军，将乌桓军和袁氏兄弟一网打尽，如何？"

张辽一听这人的言语，就料定肯定会有一堆人应和，果不其然。他一出神的工夫，就听到周边诸多将士请愿，希望曹公不要轻举妄动，如此局面，理应以退为进，防守为主。

眼见曹操也有些犹豫不决，眉头不展，张辽心里不由得也十分郁结。他深知此战的重要，如今袁绍既死，剩下的袁氏兄弟虽说不足为虑，可是毕竟眼下已经与乌桓军联手，此时不除，日后难免不会掀起波澜。

如此，倒不如趁此机会急急除之，除了这个后患，日后能够省去不少麻烦。

张辽再度抬眼，环视众人。见大多数人心思已定，不愿继续出击，只愿退守于此地，等待后方军队支援，他再没有犹疑，向前几步，来到曹操面前，面对众将士，开始进言："丞相，辽有一言，还望丞相和众将士可以听上一听。"

曹操此时正犹豫不决，心中惶惶，听到张辽此番言语，忙不迭地朝他那里摆了摆手，应了一声："文远但说无妨。"

张辽站直身子，然后抬手一指对面的乌桓军队，问身后的诸将："众将士以为，我军现下兵力，比之乌桓军队，如何啊？"

众将和曹操一听张辽这番问话，不由得心生狐疑，这件事明白地摆在众人面前，不知问之何意。

众人面面相觑，到底还是有人顺着张辽的话，应了声："自然是不如的。"

张辽看大家的表情，不由得微微咧嘴，继续出声问道："那将军以为，一场战役成功与否，可是尽在兵力？"

诸将一听张辽这问话，只以为他是想要否定他们之前的论定，按照实情你一言我一语地应声。

"文远这话问得奇怪，自然不可能只凭双方兵力就定下一场战役的胜负，想来，应该是有众多因素萦绕其间。"

"譬如……"

"譬如，主将的调令、应敌之策略，还有带兵出战的将士的能力，诸如此类，皆可成为影响一场战局之关键啊。"

张辽闻言，不由得大笑出声："既然大家都明白，影响战役成功与否的因素良多，为何今日面对乌桓军队，就以我军兵少力薄之名，想要以退为进、防守为主呢？"

众将一听张辽此番言语，不由得呆愣半晌，有几个率先回神的人，忙不迭地应声，对他的话表示质疑。

"文远可知，我军长途跋涉而来，已是疲惫不堪，本就兵力不敌，如今强行出兵，与之交手，又怎能赢？"

"还有，眼下这方地形，我军皆不熟悉，不过是靠着田畴做向导，才能走到今日，本欲趁敌军不备，从后方袭击，可是眼下还不待我们行至目的地，就已经被敌军发现，此举已然难行，为何还要执迷到底呢？"

一旁的曹操听到众将士的疑虑，心中也有些担心，随即便应着众人之声，出言问张辽："文远可知，现下阵势，我军很难敌得过对面的乌桓军，若是强行出手，也很难力挽狂澜，不知文远见解，可有根据？"

张辽听了曹操的问话，随即对着他行了行礼，继而才不紧不慢地把自己的想法和根据说了出来："丞相，诸位将军，自乌桓军率兵登上白狼山以来，我就一直在打量他们，大家可还记得当初出发之时，丞相所预备的计策？"

张辽一回身，见到众人面上懵懂，觉得好笑，紧跟着又继续解释："那一日丞相特地派人立下牌子，说道路不通，要到秋冬季节再进军，我想乌桓军只怕对此是深信不疑的，如今就算是急急赶来此地，也是仓皇之下集结的军队，纵然人数远大于我军，但是迎敌之术，只怕远不及我方。"

虽然张辽的话说得有板有眼，可是周边的很多将士还是觉得奇怪，对他的话充满质疑。

"将军又怎么知道乌桓军一定信了丞相的计策呢？如果他们早就得到了消息，等候在此地，又该如何？"

"我军如此急急出击，与之交手，若是大败，岂不更难守据矣？"

张辽听完身后众将的质疑，笑着点了点头："诸位所言极是，的确应该有此考量。"

说完这话，张辽突然唤众人随其一同登至高处，远望对面乌桓军队："丞相、众将军请看，对面就是乌桓军，虽说之前我们未曾和他们打过交道，可是也应该听过他们的威名……"

"当年袁绍与公孙瓒在河北争雄之时，蹋顿部就曾派兵帮助袁绍打败了公孙瓒，乌桓军之骁勇善战可见一斑，其统军之能力亦不在你我之下才对，可是眼下，他们的阵形、阵势完全没有半点整齐之势，这只能说明，这次出兵，本不在他们的计划之内，大抵是突然发觉不对，故而急急率兵来此，意欲抵挡我方进军之势。"说到这里，张辽蓦地对着曹公行了行礼，继续向曹公进言，"丞相应知，乌桓军纵然兵马极盛，但是他们毕竟是游牧民族，单兵作战能力极强，但是整体出战却很容易击退，我军此番好容易来到白狼山，正应急急进军，与之交手，大败敌军，使之不敢再来挑衅。丞相，辽认为现下乃是出兵对敌的大好时机，还望丞相听从辽之建议，不要再多做犹豫了啊！"

众将本来还因为乌桓军的出现心生畏惧，不敢轻易迎敌，如今听完张辽的分析，一时间也不知该如何抉择，众人的眼神都集中到了曹公身上，等着他最后的决断。

42. 大破乌桓

张辽猜想，其实最开始曹公一直没有狠下心做决断，大抵也是因为心中有所顾虑，现在后方重兵还未赶到，如此就与对方人马交手，在兵力部署上难免捉襟见肘，故而心存疑虑。

不过后来听了他的建议以后，许是有被说服，沉吟半晌后，只见曹操快步来到张辽面前，伸出手把他扶了起来，应声回道："文远所言极是啊！现下乌桓军突然出兵，必定是先前并无准备，如今不过是听闻我军来袭的消息，临时布阵，到底仓促了些，想来也不会太过难攻。"

听到这里，张辽看见曹操的眼神中生出一股欲作战到底的意愿，不由得心中一动，料定此番主公已经明白自己的心意，接下来的行事，便更能顺由他心了。

张辽这边心绪初定，只见一旁的曹操突然疾走几步，命手下把主帅的旗子拿上来。

看到曹操此等作为，张辽心中自然也是震惊，之所以他敢在众人面前进言，是因为自己猜测到曹公心里是想要进军，想抓紧时间剿灭对面乌桓军的，但是也仅限于此。

他原以为自己说服曹公后，曹操定然会有一番定夺，没想到眼下他竟然把自己主帅的旗子拿了出来，实在是让他觉得出乎意料。

"丞相这是何意？"

还不待张辽出声询问曹公的意思，一旁的几个将领已经迫不及待地出声发问了。

彼时两军对峙，战况紧急，主帅突然命左右把自己的帅旗拿出来，其实其中的含义已经不言而喻，只是众将还是觉得难以置信。

待手下把帅旗交至曹操手里后，只见他安抚众将说："众将不必惊慌，眼下大敌当前，该以眼前的境况为重。"

说着，曹操迈开步子，往张辽这里走来，然后伸出手，意欲把手中的旗子直接交给他。

"丞相，这……"

张辽不敢轻易受旗，毕竟此番出兵，一直是由曹公作为统帅，眼下已经行至此处了，突然把指挥权交给他，终是觉得不妥当。

再观周围诸将的面色，此刻也变了一变，只见众人皆是一副双目圆瞪、满脸不可置信之色。

张辽下意识地要拒绝，没想到自己还未开口，曹操已经抢先说话：

"眼下我军后方人马还未至，只有诸将与先锋军来到白狼山上，如今乌桓军已然知道了我军的计划，现下再不出手攻之，只怕日后他们有了准备，更是难以攻打了。文远身经百战，颇有经验，再加上此次应敌，若不是文远一再劝告，只怕我自己心里仍旧犹豫不决，故而，此番局面，由文远统军最为妥当。"

张辽原本还想要拒绝，没想到众将士听完曹操的话以后，也在一旁劝诫张辽。

"既然丞相如此说法，文远你就收下吧。"

"是啊，文远，我们会好好配合你的，此番征战乌桓，一定要让他们知道我方兵马的厉害！"

张辽本来心有顾忌，不敢受此等大权，但是被众将士一劝，再加上曹公的诸番嘱托，到底还是把旗接下了。

在接过旗子时，他跟曹公承诺："丞相尽管放心，此番张辽既受此权，必当尽心竭力，率领众将打败乌桓军。"

曹操闻言，开怀大笑，他伸出手，轻轻地拍了拍张辽的肩膀，旋即说道："文远不必因此事而深感压力重重，此番迎敌，还当以昔日战术为先，切不可掉以轻心啊。"

张辽应下后，便急急带兵，前去勘测敌军形势。

其实张辽心里也是七上八下，虽说他确信此番与对方交手，乃是打败乌桓军最好的时机，可是，本方兵力与敌方相比，实在是相去甚远，此番对战，若是任一环节出现问题，只怕对自己都会是致命的打击，所以必定还得小心为上。

"文远，我远观对面乌桓军，兵力可是不少，直接与之交手，当真可以？"

"是啊，我们倒不是想泄士气，只是心中实在难安，袁氏兄弟已经和乌桓军联手，知道我军来攻打，势必也是有所防范的，就这么急急出手，真的可行吗？"

出征路上，许褚、于禁与徐晃与张辽同行，都颇有些担心地问了张辽类似的问题。

听完大家的疑惑，张辽抬眼看了面前的众人一眼，笑了一笑："其实辽心里也是很担心的……"

说完这话，张辽观察了一下诸将的面色，众人果然颜色大变，不过他又接着自己的话题，继续说下去："正所谓胜败乃兵家常事，既然出兵作战，两种结果就都应该想到，但是这种事情本应该在出兵前思虑，眼下我等接受丞相的调命，来到此处应敌，就该把心思全权放在作战这件事情上面，而不该再去思虑其他。做好自己该做的，至于结果嘛，就尽归天意吧，不过辽也一定会竭尽所能，助这场战役大捷的。"

听完张辽的这番话以后，众将互相对视了几眼，把心里的各种杂念都抛之脑后了。

待众将逼近乌桓营阵之时，张辽并没有急着率兵出击，而是先派出一小股前锋营，前去骚扰对方阵形。

"你等不必执着于厮杀，出兵后尽管与对方交手，给敌军打个措手不及即可。"眼见着前锋军率先攻进对方的营阵内，张辽带着众将在一旁静候。

正看着，张辽突然指着对方的营阵对诸将说道："众位将军请看，之前辽就料定，我军出兵的消息绝不会轻易被敌军知晓，眼下虽说与敌军狭路相逢，但是很明显他们并不是有备而来，营寨内都是没什么纪律可言的民兵罢了。方才辽派出去的前锋营，就能使他们阵型大乱，故而辽猜测，乌桓军纵然兵力胜过我军数倍，但是正面对阵时，却绝对不会敌得过我军。”

本来诸将心中还有疑虑，眼下听到张辽如此说法，再注意到对面乌桓军阵形大乱的场面，大家都有些迫不及待地想要出手前去杀敌了。

张辽见状，不由得笑了笑，刚才派出去的前锋营队身后有诸多乌桓军追赶，张辽凝神一望，旋即拿出帅旗，对诸将下令。

“诸将听令，此番与乌桓军交手，当速战速决，急急出手，趁他们阵脚未稳，抢占先机！”

“弟兄们，随我冲锋……”

说着，张辽便率先骑马，在前面领兵，向乌桓军袭来的方向冲了过去，身后的将士们也劲头十足，急急地驾马响应张辽的号召，奔向敌军的营阵。

因之前前锋营的袭扰，乌桓军已阵形大乱，就在他们急急调整布阵的当口，张辽已率虎豹骑掩杀过来，初一交手，便立见高下。

张辽已经窥探过对方的布阵，也晓得对方的薄弱之所在，在出兵之前，他还特地嘱托了此次出战的几位将士，此番对战乌桓军队，不应群起而攻之，而应各自带一支人马，将乌桓军军阵分割开来，随后一一攻破。由于战略得当，再加上敌军阵形不整，正好给了张辽等人可乘之机。

乌桓军阵势被打得杂乱不堪，在变阵的状态下又暴露了他们的阵眼，张辽见状没有片刻犹豫，直接骑马直捣军阵核心，手起刀落，以“骁武”著称的乌桓单于蹋顿被张辽斩于马下。

如此，由张辽率领诸将和士卒，大破乌桓。

43.　坚定信念

　　白狼山之战，曹军大获全胜，只此一战，就直接击溃了乌桓军队，使其退居城内，不敢轻易出兵迎敌。

　　后曹操又巧施计策，终破柳城。

　　待到张辽率先带兵来到柳城，这才发现白狼山战役过后，速附丸、楼班、乌延等乌桓贵族及很多辽西、北平的地主都直接舍弃了自己的族人，跟着袁尚、袁熙两兄弟往辽东奔逃，一时间城池之内降服于曹军者，不计其数。

　　张辽将柳城安顿好以后，便立即派人去迎曹公。

　　曹操率兵一路走来，看到乌桓军俯首称臣的场面，心中顿感愉悦，连日的阴霾也在这一刻终于一扫而光，重见光明。

　　张辽见曹公率军来到，立刻迎面而去，屈身行礼，并趁此把如今的战况对他进行汇报："丞相，自蹋顿死后，乌桓军已然是溃不成军，初一交手，直接阵法大乱，如今袭至柳城，大多数乌桓军也都缴械投降，完全没有半点战斗力了。现下丞相所看到的，便是城中的降服之人。"

　　其实在来之前，曹操就已经知道张辽的战绩了，心中也是感慨颇深。想当初他狠下心来，让张辽领着众将突袭，还把自己的帅旗交到他的手上，多半是因为当时情景之下，自己心里拿不定主意，听了张辽慷慨激昂的陈词，心下一冲动，做出了交旗的举动。事后他自己心里也有些懊悔，很担心当时的战况，唯恐中间哪个环节出现纰漏，饮恨败北。

　　只是没想到张辽率兵出战后，竟然迅速利用己方优势击溃敌军，更斩杀蹋顿于阵中！

此时，曹操仔细端详着面前的张辽，感觉自己得了一块宝。

想到这里，曹操微微一笑，迈开步子，行至张辽跟前，半蹲下身，将张辽扶起，牵过他的手，带着他往高座上走，并高声夸赞："此番对战乌桓军队，如果不是文远一直劝诫我，要急急出兵，只怕我军此时还不知停驻在何处呢。此番大捷，实在是仰赖将军你啊！"

张辽刚要出声谦让，曹操又说："文远不必过谦，此番大战，如若不是你带兵冲破阵型，将蹋顿斩于马下，只怕这场仗也不会赢得那么轻松的，这次的功劳，理该归你，莫要推辞了啊！"

白狼山战役大胜，乌桓军几近凋零，按照眼下这形势，日后再难成气候，曹操及众将士自然很是开怀，庆功宴上，自在地高饮了几杯。

其间有不少将士，言语中都透露出对张辽的敬佩之意。

"这一次文远的功劳不可谓不大啊！据我所知，乌桓军本统领胡汉军民三十余万人，此次大败，投降于我军者，竟达到了二十余万人，除去对战中的伤亡，估计大部分都已经归降于我军之下了，乌桓军估计自此就要消亡了。"

"是啊，这一次如若不是文远出声劝诫我们，还用分阵对峙的法子来应敌，估计此时我军也不会如此安逸了。"

张辽闻及此番言语，赶紧出声解释："其实一开始曹公本就是有这个意愿的，不过不敢轻易去下这个决定，辽不过是推波助澜罢了。再者说，这场战役，如果不是诸位将士与辽同心应敌，只怕也不会这么轻易地就打胜仗。说到底，这场对战也合该是我们众人一起的功劳，切不可尽归于我一人啊。"

这话一出，在场的众人都不由得哈哈大笑起来。

"没想到文远竟是如此不居功之人啊！"

"哈哈哈……"

大家谈起当时白狼山对战乌桓军的细节，愈发觉得张辽能力非凡。

"我等是真没想到文远的谋略与武力，竟是出类拔萃啊！"

"可不是，当时蹋顿率其部下组建阵形，本以为很是难破，结果没想到被文远派出的一小波军力直接搅乱了，阵形乱了，文远便立即出击，斩杀了蹋顿，直接让乌桓军大乱，真是好计谋啊！”

“真所谓擒贼先擒王，文远一出手，直接让他们群龙无首，任由我军大破其军了！”

曹操听到诸将如是言语，对张辽也觉得更加喜爱。

“文远不愧是我军一员大将，此次战役，真是多亏了他啊！当然，诸位的功劳也不容小觑。来，诸位请饮此杯！”曹操举杯提议道。

众人闻言，赶忙高举手中的杯子，应道：“谢丞相。”

见众人言笑晏晏，饮尽杯中酒，张辽心里也觉得很是欢愉，只是念及一些往事，到底还是感觉心情复杂。

如果他没有算错，如今距离官渡之战正隔七年，想当初他们在官渡与袁绍对决，当时只以为自己兵马不足，与之较量，必输无疑。甚至周围原先附属于他们的郡县，在那场战役之前也纷纷反叛，意欲另谋出路。

想来那时的场面和今日对战乌桓军也并无过多的不同，都是与兵马数倍于自己的敌军较量，原以为不会胜过对方，却偏偏恰逢新生，另辟出一条新路来。

当真是让人觉得又惊又喜啊！

袁氏家族经年辗转，到底还是落得如此下场，真是可悲可泣又可叹。

正想着，突然听到一旁的曹操唤了自己一声，再去仔细听时，才发觉他也想起了官渡往事。

“当年与本初在官渡对决，那时的场面，我仍记忆犹新。当时也是文远和诸位将士守护在我身边，同我出生入死，当年之艰难，比之于今时今日，更要甚上几分，说起来，我真的该谢谢诸位将士了。”曹操十分惆怅。

众将士一听，立刻起身还礼。

“主公言重，我等皆是因为主公之威，特来投靠，既已奉您为主公，自当尽心勠力。”

“是啊，如今生逢乱世，多是不由自己，我等若不是因为主公照料，才能与诸位厮杀疆场，如今还不知身在何处，甚至是生是死也都难以预料，要说感谢，该是我等多谢丞相才是。”

　　张辽在一旁听着诸位将士的话，一时间也觉得感慨万千。

　　他生于乱世，从记事开始，都是关乎战乱的记忆，颠沛流离，居无定所，几乎是他年少生活最好的写照与概括。

　　想当初，他决定入世，不过也是为了能寻得一明主，共创大业，以解如今战乱之局，后来经历几主以后，才得遇曹公。

　　如果说当初他对于曹公的认知只是一个挟天子以令诸侯的汉室贼子，那么时至今日，他早已改变了对他的认知。

　　曹公之心，盛的是天下众生；曹公之才，图的是百姓之幸。如今的他，越来越觉得，自己终于得遇一明主矣。

　　此番大败乌桓军，曹操收了乌桓手下的精锐部队，之后欲率其征讨四方，称"天下名骑"，如此一来，边民也可以安居乐业，不再为战乱纠葛。

　　张辽正思绪神游，蓦地席间有人出声问道："不知丞相如何看待袁氏兄弟？现下他们正奔往辽东，如果现在不及时出手杀掉他们，只恐日后他们会再生祸乱，毕竟他们可不是甘愿俯首称臣之人呢。"

　　若说先前众人还只当这兄弟二人兴不起什么风浪，可是自打二人率乌桓军出战以后，就再也不敢轻易估量放走这兄弟二人的后果了。

　　张辽听到那人的问话，再抬起眼看了一下曹公笑而不语的神情，已经猜到他的心思了。

　　在宴会结束之前，这才听闻曹公吐出来的一语："众将莫急，袁氏兄弟二人的人头自会有人献上来的。"

　　众将对此事颇为生疑，几日之后，公孙康把二袁的首级送上之时，众人恍然称奇。

44. 意欲南征

建安十三年正月，曹操平定北方以后，便率大军回到了邺城，彼时他的目光已经开始迫不及待地对准荆州之地，准备随时拿下它。只是眼下之形势，一时间不知是该直接出手，还是静候良机。

"如今荆州之地备受瞩目，不管是刘备还是孙权，都想要把它据为己有，故而我一直担心，在我军动手之前，他们已经先有所行动了，如若我军再不及时想出应对之策，只怕会直接失去夺荆州的先机啊！"

"此事实在是搅扰我心太久，难以定夺。"

这已经不是曹操第一次当着众将士的面谈及这个话题了，回军以来，几乎每次谈及战事，曹公总会把荆州之事搬到台面上，供大家商讨，足以见得他对此地之重视。

不过联想到如今之形势，张辽自然也是深谙其中道理的。

算起来，刘备已经在荆州盘踞了近十年之久，而且一直以刘表之弟自称，与刘表感情颇厚，再加上现如今他已经把魏延和黄忠等诸位大将收入麾下，势力已然不同于往日，若还不时时提防，只怕易生变故。

再说孙权，东吴之地历经三代，一直把荆州视为最大之敌对对象，从孙坚在世时便对其有所图谋，现如今周瑜已然击破黄祖，攻下江夏之地，荆州之地仿若已经对其大开东边之门，等着他来攻了，听说周瑜率领的水军已经顺着长江西进，来到了荆州腹地，只怕已然做好了全面进攻荆州的准备。

这次对垒，只怕难度不低啊。

张辽思及此，不由得在心中感慨。

　　荆州之地，本就是兵家必争之地，它身处核心地界，但凡心有大志之人，都欲取之占为己有，毕竟拥有荆州，可谓如虎添翼，甚至可以说，谁拥有了荆州，谁就拥有了坐拥天下之资本。

　　如此重要之地，自然人人都想要图谋。

　　刘玄德本就是心有大志之人，自然不愿就此放手，孙权又岂会自甘人后呢？

　　如此一来，三方人马尽数交手，只怕夺取荆州之地，更是在无形之中增添了不少难度，故而此事还得徐徐图之。

　　只是眼下，反观曹公的态度，他似乎已经有些耐不住性子，急欲出手攻之了。

　　就在张辽思索这件事的时候，曹操已然对这件事有了自己的如意盘算："如今刘表病危，他的儿子刘琮和刘琦矛盾重重，想必在退敌上很难生出一致的心思，故而眼下乃是击破荆州的最佳时机，我军自当好好把握。不知诸位以为如何？若当真要出兵，眼下我军应当如何做准备呢？诸位畅快直言就好，今日将诸位聚集在此，就是商讨南下攻荆州之事。"

　　曹操这番话，立刻得到了广大将士的强烈认同，张辽听着，才发觉原来大多数的将士们已经赞成曹公的决策了，众将开言，无一例外，都是对曹公此番言论的赞许之语。

　　"荆州之地，的确很重要，丞相刚才所言，正中要害，是该雷霆出击，把荆州攻下，才可为我军赢得更多的优势。"

　　"是啊，现如今我军彻底击败袁氏父子，正是名声在外、兵马强壮之时，只要做好战略，尽可随时出击，想他孙权、刘备，就算再有能耐，与我大军相较，也是很难赢过的。"

　　张辽听到众将此番言语，眼中不由得增添了几分忧虑。

　　虽说曹公刚才的言论，很是切中要害，可是若是如众将所言，凭借蛮力出手相击，并不是一个很好的办法。这样的博弈，在战略面前，压根不值一提，仓促出手，后果难料，倒不如谋求一些好的计策，更能保障他们可以赢得此番战役。

　　想到这里，张辽没有迟疑，待众将停止议论以后，蓦地起身，对着曹公行过礼后，把自己所想到的事情说了出来："丞相刚才所言极为正确，众将之看法也很切要点，只是辽这里还有一番言语，希望丞相与诸将可以听上一听。"

曹操闻言，不由得挑了挑眉头，心里很好奇，忙不迭地问了一句："文远有何话，但说无妨。"

张辽接着自己先前的话，继续说道："丞相，诚然现在正应该是出兵攻下荆州的大好时机，只是荆州之地，自古以来就深受兵家重视，兵多粮足，地处深要，乃一统天下之重地，这般重要的地界，若是尽归我军自然是大有裨益，但是……"

听闻张辽声音一顿，曹操不由得急急出声询问他的下文："但是什么？"

"但是盯着荆州的人不止我们一家，而且他们想必也会想方设法地想要把它夺取，丞相应该明白置之死地而后生的道理，也当知道实力强盛，兵多粮足，并不代表就能获得最后的胜利，末将以为还是应该徐徐图之，切不可过分急躁，掉以轻心啊。"

张辽很清楚刘备的壮志和孙权的图谋，才会如此提醒曹操，不应该轻举妄动，白白浪费自己的优势。

曹操似乎没料到张辽会有如此说法，一时间不由得怔住，反应了半晌，这才明白过来他话里的意思。

只见他眉头紧皱，思量再三，这才轻声回应了几句："文远所言极是，此番荆州之地的争夺，的确不可掉以轻心，刘孙两家的实力不可小觑，至于出手攻打荆州，还得制定好相应的战略才可以，如此，方可赢得成功。"

待曹操与众将商议已定，便吩咐接下来的事情，在大军攻打荆州之前，先派出张辽、于禁、乐进三位将军入驻颍川，其中张辽进驻长社，于禁屯于颍阴，乐进驻军阴翟，由他们各自率一军队，于各自驻兵之地加紧训练，随时备战。

张辽知道，这意味着南征的日子不会太远了。随后，张辽亲率一支新组建的军队，屯驻于长社境内，终日厉兵秣马，操练将士，以提高军队的实力，随时等候着曹公的命令。

　　驻守长社的日子里，张辽将全部的精力都花在了训练将士们上面。他自己心里也很清楚，此番攻打荆州，对于曹公未来的大业宏图是非常重要的：成之，则大业将成；败之，则结局难定。

　　所以他现在能做的，就是尽自己最大的能力多做准备，纵然不能为曹公解去太多的忧愁，但是对于后方兵力，他还是希望能够有所提升的。

　　现在天下形势已然如此，孙刘两家对于荆州之地亦是虎视眈眈，甚至已经开始伺机而动，早已做好准备了，如果在这个关头有所失手，只怕曹公原本占据的诸多优势也尽失矣，不可不防啊。

　　如若曹公能够在这次对战中成功拿下荆州，日后不论是身在长江上游的刘璋还是下游的孙权，都将会不攻自破，最后只能够选择归顺朝廷，则大业可成矣。

　　如果这次兵败，那么无论是何方势力占据荆州，尤其是占据荆州北部，对曹公在北方的统治都大为不利。

　　正所谓"卧榻之侧，岂容猛虎"，想必曹公也是深谙此理，所以才会如此急不可耐地想要把荆州之地拿到。

　　只是此事，张辽总觉得不会太容易，心里总隐隐有股难以安定的思绪，意欲分明，却总也捉摸不透，只好暂且搁置。

　　"此番征战荆州，关系到丞相安定天下的大业，众将士一定要齐心协力，与丞相一起，攻下荆州之地，切不可生大意之心。操练之事，还需紧跟步调，努力提升各自能力，待到大战既成，丞相一定会重重有赏。"在张辽的指挥下，驻扎于长社的这支军队开始努力地操练，经过张辽的一番鼓舞，军营上下仿佛已经变得更加团结。

45.　意见相左

这日，曹操特地派人来，命令张辽率兵回城，虽说有些事情并没有点明，但是张辽知道，此次回军，势必是因为曹公已经做好了南征的准备，只怕用不了多久，南征之战就要打响了。

想到这里，张辽眸色不由得一凝，看来安定的日子又没几天了。

"将军，已经准备就绪了。"

张辽听到手下人的回话，忙不迭地回了神，回身看了一下身后的众位将士，待确定大家都准备妥当以后，这才出声对着身后的众将发令："走吧……"

此番驻扎长社，张辽已经尽自己所能去训练兵士了，只望未来随军出征之时，众将士还能如在长社一般，一鼓作气，拼杀到底，助曹公的南征之路更加平坦。

待到张辽率军回城后，本来他是在自己的府邸中安心等待召令，准备随时出发出征，却不承想一日偶遇名将李典，二人相聚一桌，虽说在战略方针上两人各有心思，但是因着同在丞相门下行事，到底还是不敢过分乖张，给足了彼此面子。

"来，张将军快请坐，自打上次你我分别外出驻军，也是许多日子未曾碰面了吧。"李典客气道。

张辽笑着点了点头，随即开口问了一句："是有挺长时间没有碰面了，不知回军后，李将军近日感觉如何啊？"

李典听了这话，眼睛里似乎露出来一抹狐疑的神色，随后开口做了一番解释："南征之事迫在眉睫，不知什么时候丞相就会发出调令，虽然我已然回军，却也还是不敢怠慢，时刻都为出征之事做着准备呢。"

听到李典如此说法，张辽很是赞许地点了点头。

的确是这样，虽说现下众将士都带着手中操练的兵士与曹公会师，但是接下来他们这一众将官要面对的局势，可是远比他们操练之时要艰难得多，故而还需要多方面警惕、做足了准备才好。待到出兵之时，必定得满怀着激情和热血，潇洒出手。

想到这里，张辽不由得朝着李典那里望了几眼，没想到刚好他也在看着自己，四目相对，莫名出来一股很是尴尬的感觉。片刻的工夫，他就急急地移开了自己的视线，专注于其他事情去了。

要说自己和李典的纠葛，张辽总觉得他们两个人不至于闹到很僵的地步，可是每当他想出各种办法，想要把两个人的关系修复好的时候，却总有些别的事情再度惹起两人不快，等到下一次碰面，两个人的关系就会变得更加微妙了。

他自己心里记得清楚，当初他追随吕布征战，那个时候对于他们李家的确多有得罪，说起来他的叔父李乾之死，也和他有着千丝万缕的联系，纵然不是他出手将其害死，说到底他还是有没法推卸的责任。

再后来吕布战死，他追随曹公，便开始和李典同在曹操麾下做事，许也是因为那件事情，心中有所隔阂，之后的好些年，两个人都未曾好好说过一句话。

像现在这样，可以两个人面对面坐着谈天说地的机会，可真的是不多。

想到这里，张辽不由得很是感怀。

遥想兖州之战，也已经是许多年前的事情了，没想到当年的敌人，现在竟已经成为自己的战友，真的是世事难料啊！

不过这些话，张辽是不可能对李典说的，因为他知道，这件事永远像一根刺一样地扎在彼此的心里，不会那么容易忽略的，李典对自己必定还有怨怼之情，永远无法根除。

就在张辽思索往事的时候，蓦地听到李典开口问了自己一个问题："不知道张将军以为，这次丞相意欲率兵南征，此决定，正确否？"

张辽听着，不由得咧嘴一笑，随后他端起桌上的酒杯，小口地啜饮了一口："其实这件事应该多方思考。"

"哦，如何多方思考？"李典问道。

张辽不由得笑了："若是丞相不出击荆州，这荆州之地，必定归刘孙两家中的某一方所有，不过在争夺此地之时二人势力必定有所耗损，此时便可以逐一破之。现下我们决定带兵出征，虽说也可以逐一对付刘孙两家，但是却也要提防一件事情，就是这二人可能会联手来抵御我军，所以，算起来，这场仗其实不会那么好打，还需处处提防才是。"

李典闻言，像是听了多么大的一个笑话一样，在一旁哈哈大笑："张将军果然是能人巧士啊，考虑问题总是角度刁钻，各种可能都考虑得当啊，不过我却觉得，大可以不必如此，要知道丞相手底下的谋士也是很多的，而如今众将士训练得当，成功归来，正是众人势头最盛之时，此时出兵与刘孙两家交手，哪怕他二人联手又如何，我们兵盛粮足，还能怕他们？"

张辽原本还想要解释一番，结果没想到对面的人根本没给自己机会。

只见李典讲完自己的见解以后，不带过多的犹疑，很快又开始对他提了一个问题。

"不知张将军对这当今天下的大势如何看待？现如今刘孙两家也在兴起，与丞相之兵马相比较，不知将军您觉得最后谁会一统天下？"

张辽闻言，心中不由得有些纠结。这个问题，不管他怎么答，总觉得不太妥当。现如今，虽说刘孙两家势力不如曹公这一边，可是多年以后，谁又能料定最后的结果如何呢，更何况曹公当年也是从一无所有打起来的，别人也未必没有这一份天资。

在他看来，不论是刘备还是孙权，这两个人本就不可小觑，既然已有立身之本，枭雄之资，未来之势，实在是不可估量。

"怎么，张将军不敢说了？"

张辽闻言，不由得有些无奈地摇了摇头："这个问题，我着实不好回答，局势一直处于动荡之中，也许现在看来某一方势力强，某一方势力弱，可是多年以后，谁又能料定最后的胜利归于哪一方呢，这些问题不若就交给时间。"

张辽之所以如此言语，一方面是因为自己也并不能确定未来的走向，另一方面他也怕自己哪一处言语不得当，正好被有心人听到，反而让曹公对自己心生不满。

现在这个当口，正是为出兵做准备的关键之时，众将皆知，用不了多久就要南征，此时实在不好再生祸乱，打击自己这边的士气。

张辽扪心自问，这已经是很委婉地表达自己的想法了，希望李典能够明白。

没想到李典听完自己的回话以后，蓦地嘴角一咧，似乎对自己的回答很是不屑，紧跟着便听到他对自己的一番评价："果然是追随过不少主公的人，张将军的见识，真的是无人能敌啊，看问题总是想法颇多，实在是令在下佩服。"

说完这句话以后，在场的人，包括张辽自己，都不由得变了脸色。

这件事一直都是张辽的禁忌，他们行军打仗之人，尤其身为武将，杀身成仁的思想几乎已经在心里扎下根了，打了败仗，被人生擒，似乎也只有死这一条路可以走，但是他呢，先后效命多位主公，的确为很多人所不齿。

但是在大多数情况下，哪怕众将对他心生不满，却也不会过分直白地展现出来，可是现在，李典这番话几乎是把这件事摆到明面了。

二人既然话语相左，意见难和，自然也没法继续说笑了，张辽喝尽自己杯中的酒水以后，就直言告辞，转身离开了。

此事过后，两个人的关系更若寒霜一般。

46. 对峙吴军

　　建安十三年冬，曹军紧锣密鼓地部署着作战计划，孙权特命周瑜和程普等人领三万人马前来抗曹，行军途中，两军在赤壁之地相遇，战役的序幕就此缓缓拉开了。

　　最开始，曹操本欲好言相劝周瑜等人要识时务，及早归顺，只是让他没想到的是，自己派遣给周瑜送书信的信使，竟直接被斩杀。曹操一见此番行径，自然是怒从中来，恨不得当下就派兵出击，狠狠地给对方一个教训。

　　"丞相息怒，那周瑜向来就是这般度量，丞相莫要见怪，只是如今若要即刻出兵对峙孙权，只怕并不利于我军啊，毕竟我军向来以陆战为主，并不习水性，直接与吴军交手，占不到多少优势啊。"有人劝谏道。

　　张辽在一旁也在思量，因为长途行军，再加上这边气候和水源较之于北方有很大不同，军中有不少人已经身体不适了，如今与吴军交手，本就不利，若是再以水战为主，只恐更是处于劣势之中。

　　就在一众将士不晓得该如何是好的时候，曹操却突然开口大笑了几声，随即对众人解说道："这事容易，难不成你们忘了当地的降将了吗？

　　"此番出兵，可由蔡瑁、张允等人作为前军出兵，我等为后军，再与孙权交手，如此便可解了这一难题。"

　　曹操这句话说出来以后，众人皆惊叹，表示此法可行，但是张辽心里仍旧隐隐觉得不太妥当。

　　荆州之地虽然富饶，水军众多，可是这些年来并无太多战役在此地发生，故而他们并没有太多征战的经验，较之于江东之兵，还是处于劣势，这场战役的结果，到底还是说不准的。

但是因为曹公对此战颇有信心，众将士也就听了他的这番言论，按照他的安排，以蔡瑁、张允等荆州的降将作为前军，先行出兵，曹军位于其后，伺机而动。

这场战役持续了好几个时辰，但是到底还是曹军吃了大亏，初战即败退回来了。

曹操得知战败，心中格外愤慨，不明白其中缘由，当着众将士的面，即把蔡瑁、张允给喊了来，当面质问这件事情。

"尔等可是故意让我兵败？"

蔡瑁、张允二人一听这话，吓得赶紧磕头认错："臣等的心思，日月可鉴，绝无异心。"

"哦？那这次为何如此结果？我派出去这般多的人马，竟敌不过江东几百个将士？"

"主要是这一次事发突然，荆州的水军，已经很久没有操练了，而丞相带来的军队，又不习水战，故而战败，但是丞相放心，日后我二人一定会加紧训练水军，以备战时所需的！"两人诚惶诚恐。

张辽在一旁也为这场战役觉得可惜，曹军因为水性问题，被吴军痛打，甚至丧命，这场战争的走向更加扑朔迷离。

此时军中谋士蒋干，说自己可以凭借昔日与周瑜的同窗之情，说服周瑜前来降曹，张辽总觉得不太可能，毕竟周瑜当年可是与孙策共打江山之人，两家的感情非同一般，周瑜想必也不会背叛孙家。

等到蒋干回来，张辽才知道此番派他出行东吴，是多么错误的一个决定。

蒋干自以为自己和周瑜感情很是深厚，趁其不备，偷来他的密信交与曹公，说那蔡瑁、张允等人乃是故意打败仗，意图谋取曹公性命，曹操看完信件，也没有多加思索，直接命人砍掉了二人的人头，木已成舟后，曹操才明白过来是周瑜的圈套。

"这……这该如何是好啊！如今蔡瑁、张允二人已死，谁能操练水军？"曹操有些无奈。

虽说心里装着万千的担忧，可是毕竟眼下已经到了这个境况，没有半点更改的可能了，张辽叹了口气，旋即迈步上前，宽慰道："丞相不必因为此事过多介怀，只怪周瑜过于狡猾，竟使出这样的手段，为今之计，还是应当早下决断，看看谁人能够接任职位，继续操练水军，毕竟大战在即，切不可因为这件事影响了整体进程。"

曹操点了点头："文远所言极是啊，我也是这样想的，不若由于禁、毛玠二人接任水军都督，治理水军如何？"

众将士闻言，点着头应下了。

本以为这一场风波过后，可以安宁几日，谁知又中了诸葛亮草船借箭之计，白白地折了十几万支羽箭，曹操的脸上一连几日都是阴霾笼罩，很是不快。

此时荀攸献计，直接命蔡瑁之弟蔡中、蔡和二人前去东吴诈降，意欲借此打探东吴军中要密，曹操应允。

这二人去后没多久的一天晚上，江东突然来了一个人，说是东吴参将阚泽，对着曹公言说自己和黄盖老将军意欲降曹。

曹操得了两个人的书信以后，心中仍旧疑惑。于是他就把众将士都聚集到了一起，商讨这件事情。

"黄盖乃是东吴老将，阚泽言说，黄盖被周瑜当众痛打，深恶痛绝，故而意欲弃吴投我而来，不知道众将士对此有何见解？"曹操征询众人的看法。

张辽心中暗想：黄盖之名，众人皆知，他可是江东三世老将，如何能够这么快地就改变了自己的心意呢？但是如果黄盖当真想要投奔，反而给他们添加了不少的助力。

于是他开口道："丞相还望三思，黄盖本就是忠心护主之人，要说弃旧主另谋出路，也该是事出有因，只凭江东之人的言语，到底还是不能确定，不若去那边打听打听，这件事到底为真还是为假。"

曹操深以为然，正犹疑间，突然蒋干又站出来，说自己愿意前去打探。

虽说上次因为这人的错误传达信息，白白地损失了曹公手中的两员大将，但是眼下，想要从东吴那边打探消息，偏又非这人不可。

　　思虑再三，曹公到底还是应了蒋干的请求，同意他出使东吴，打探实情。

　　待蒋干回军，却未承想竟给曹公带来了一位名士——凤雏庞统。

　　张辽在一旁看着，虽说庞统样貌丑陋，但是一想到他的名号，既然能够名传天下，想必也是有真才学的，故而对他很是尊重。

　　庞统见了曹操，稍作寒暄，便提出想要观看一下曹军的阵形，看看有没有可以改进的地方。

　　曹操这些日子一直因为出兵的事情格外地烦闷，如今听了凤雏先生的话，自然赶紧让他给自己提提意见。待众人陪着凤雏先生看过军阵之后，凤雏先生提出了一个建议："因丞相之兵多来自北方，不惯乘船，在大浪之中难以立身，不若铁索连舟，以大船之身，压住大浪，如此人马于船上便可如履平地。"

　　曹操大喜，心中自觉阴霾尽散，对于接下来的战役，更是信心十足。

　　和凤雏先生话别以后，曹操便传下命令，让军中的铁匠连夜将军中的船只连成一排，以此来稳住船身，众将士再居于其上，便不再为船只不稳所扰。

47. 黄盖诈降

自阚泽回江东以后，不过几日工夫，便派人送来书信，言说现今黄老将军不便过来，待来之时，船头会插着青牙旗，丞相莫要认错。

曹操拿着那封书信，与众人商议这件事情。

张辽在一旁望着，心里也是自觉忐忑。

这件事不管从哪个角度看，都让人觉得是掺了半真半假的东西，没办法立刻信任。

只是这时却也不能一下子就拒绝那人，毕竟现今江上对峙，纵然他们兵将众多，能力也不容小觑，可是上了船，战力到底还是削弱了几分，这般与吴军交手，只怕胜算也不会很大。

思及此，张辽也没有急着表明自己的态度，只在一旁，打算听听曹公与诸将的意思。

"这件事情，众位将士有何看法？不妨直言。我自己心里，说实话也是有些难以确信，只是听了阚泽的话，再加上蔡中、蔡和暗中传回来的信件，我觉得可以相信。"

"但是心中的怀疑，却也还是存在着的。"

一旁的几个将士听了曹公的话，忙不迭地站起身来，往他跟前迈进几步，开始对曹公进言。

"丞相当知，如今大敌当前，必得当断则断，蔡中、蔡和二兄弟得来了确切的消息，为何不信？"

"黄盖在东吴的地位可不低，如果真的为我所用，必定对于我们打败孙权大有裨益。"

"是啊，丞相，这个时候若是再去犹疑，只怕时间久了反而更会生变，再说，是黄盖前来投我军，若是真有二心，当场杀了，又有何妨？他一人投身而来，身边带的侍卫肯定不会很多，丞相且放宽心好了。"

张辽闻言，出言提醒道："黄盖毕竟是东吴的老将，不管怎么说，多提防准是没错的，万不可因为他前来投奔就忘却了他原来的身份。"

张辽也不知道自己的这番话，曹公到底是听进去多少，只知道那天夜里曹公似乎很开怀，带着诸将士尽饮杯中酒，畅聊过往之事，一时竟有些醉了。

谋士刘馥意欲提醒曹公，却因为败坏了众人的兴致，被当场斩杀了。

在一旁的张辽不由得在心中感喟，隐隐中，他突然对接下来事态的发展更觉难安，不由得更是提起了十足的精神，以应对各种突发事件。

到了约定的日子，由水军都督毛玠、于禁率领一众水军立于船只之上，等候着曹公接下来的命令。

张辽随同曹公和一众将士登上船只前去观望，因曹公听从了凤雏先生的建议，彼时所有的船只都已经由铁索相连，绑定在一起，确实如曹公当初所祈盼的那样，众将士立于船只之上如履平地，并没有受到太多风浪的影响。

可是，却也因为如此，才更加让张辽心觉忐忑。

铁索连船，的确有它的优势所在，可是却也不能因此就把它的劣势给忽略不计。

现如今所有的船只都被绑定到一起，如果吴军对他们采用火攻之术的话，只怕到时候他们只能应接不暇，压根想不出办法应对，到了那时，只怕先机尽失。

想到这里，张辽的眉头不由得狠狠地皱了皱。

就在张辽犹疑着自己要怎么样开口的时候，曹操突然一偏头，正好看到他的神色，开口问他："怎么了，文远，可是有什么想法啊？但说无妨。"

"丞相可知，铁索连船固然可以稳固船身，令将士们立于其上如履平地，可是它带来的隐患也是很大的。"张辽如实说。

曹操用眼睛觑了他一下，继续追问："文远这话如何解释啊？"

"丞相可知，现在所有的船只都连接在一起，如果吴军采用火攻之计策，突然对我军发难，到那时，船只连接，如何逃脱？我军必陷于困境矣，还望丞相三思啊。"张辽有些急切。

一旁的程昱也赶忙跑上前来，开口道："文远所言极是啊，丞相，如果吴军当真采用火攻之策，我军实在难以应对啊，不能不防啊！"

曹操见两人你一言我一语，似乎颇有绵绵不尽之意，不由得勾着唇角，捋了一下自己的胡须，开始对着诸将解释："你们两个人考虑得都很在理，只是有一点，二位却是欠考虑了啊。"

张辽和程昱二人闻此言语，不由得互相看了对方一眼，随即颇有些不解地追问："丞相所言何意？臣等实在不解。"

听到这里，曹操突然放声大笑，旋即向着船边走动了几步，然后命下人去拿火把来。

待下人把火把拿上船来以后，曹操直接迈出步子，然后把手里的火把交到了程昱的手上，随后还跟程昱嘱咐："来，不用介怀，你且来烧我。"

程昱一听这话，当下有些不知如何处之，拿着火把站在一旁，一时间进退两难。

"丞相，我怎敢烧您呢，实在是折煞我也。"

曹操仍旧命程昱拿火把来烧，未承想待到程昱将火把举起，火苗和浓烟尽数朝着程昱那里飘过去了。

看到这里，众将士不由得笑作一团。

一旁的曹操，也是笑容满面，很是开怀。

"这一回文远和仲德可是矢之偏颇了啊，要知道如果他们要用火攻，必定得借助风力，现如今乃是隆冬季节，这时节里，可是只有西北风，没有东南风的，他们要是用火攻，岂不是想要拿火烧他们自己嘛，哈哈哈……"曹操朗声道。

张辽和程昱只得尴尬一笑。

张辽还想要出言劝诫，只是还不待自己迈开步子，就听见一旁有人跟程昱提示："公不记得刘馥之事否，莫要再言了！"

　　见状，张辽要迈出去的步子，也被自己给急急收住了，且就这样吧，但愿此战顺遂。

　　夜里，黄盖派人送来降书。

　　书上只说：由于周瑜守关严密，不好直出，打算趁自己巡逻之时，趁众人不备，急逃于此，二更之时，若见插着青龙牙旗的船只，便是他的降船。

　　收到黄盖的书信以后，曹操心中更觉意气风发，特地带领众将士立于船只之上，等候黄盖降船的到来。

　　二更之时，只见有几艘船只浮现于江面之上，曹操率领众将士向远处张望，看到来的船只上都插着青牙旗，只觉心中大喜。

　　"是黄老将军来也，实乃我军之大幸事啊！"

　　说着，就要前去迎接，张辽在一旁望着，总觉得对方的船只身上有些不对劲。按道理来说，如果这些船只当真是黄盖的降船，按照他在书中所言，应是携带着军中粮草一并来此，船只必定十分沉重，在江中行驶，又怎会如现在这般轻且飘呢？

　　张辽越想越觉得奇怪，刚要发言，未承想一旁的程昱抢了先。

　　"丞相，快让他们把那些船只拦截下，那些船不是降船，切要小心！"

　　曹操听闻程昱和张辽的解释以后，不由得心下大惊，加之夜里东南风起，更觉心中惶恐，赶忙下令将来船拦下。

　　没想到对方来势汹汹，根本拦截不住，对方已经是火箭齐发，尽数射向他们的船只，因为曹军的船只相连，很快大火就蔓延开来，一时间，只见得火光四起，弥漫天际。

　　众将士因为这场突发事件心中慌乱，四处逃散，曹军很快便失去了方寸，难以应敌。

48. 火烧赤壁

黄盖来之前，已经做足了准备，在那十几艘战船上都装上了柴草，并且在里面还浇上了油。

在靠近曹营之时，他直接命人点燃了其中的柴草，着火的战船趁着大风，快速驶向了曹营水寨深处，只见得火势四处蔓延，不多时，所有战船几乎都被火势吞没了。

张辽再去望时，只见浓烟四起，火光弥漫，将士们四处逃窜，没有半点应敌的能力，更遑论先前他特地布置好的阵形了。

面对如此境况，他心里实在懊恼得很，他本是有机会跟曹公言说清楚自己心里的担忧的，可是每次都顾虑良多，未承想事情会发展到这个局面。

数十万的将士们啊……

正思虑间，张辽突然听到有人在惊呼曹公的名讳，他顺着那股声音再去细看，这才发现原来是黄盖正乘船去对付曹公。

眼下因为军阵大乱，曹公身边缺兵少将，此时如果不尽快离开大船，只怕后续会有更大的麻烦。

现在败局已定，且不去管它，先护住曹公是当务之急。

想到这里，张辽没有半点犹豫，他赶紧寻来一条小船，飞驶到曹公面前，意欲带他赶紧离开。

"丞相，黄盖正在带人寻您，赶紧跟我走……"

此时曹操正惊慌失措着，眼见着水军顷刻间灰飞烟灭心中大恸。

这边张辽刚带着曹公跳到小船之上，未承想初一落定，蓦地就听到身后呼声大起，待到回身去看，却发现黄盖已然带兵赶到他们的船只后面了。

"曹贼在那里，赶紧给我追！曹贼，我黄盖来也！"

张辽能很明显地感觉到曹公在听到身后面那苍劲有力的声音后，不自觉地抖动了一下。他知道，曹公这会儿肯定也很担心，此番对战真是输得一塌糊涂，现下后面还有追兵，如果放任他们追过来，只怕对于他们的逃奔之路很是不利。

张辽没有半点犹豫，他对着黄盖的船只，拉起自己的弓箭，待黄盖距离自己比较近时，登时把箭放了出去。

随着箭支离弦，后面紧追而来的船只很快传来惊呼的声音，紧跟着就是落水的声音。

张辽知道自己已经得手了。

曹操原本还提心吊胆地原地呆立，见黄盖被张辽一箭射中，跌落进水里，这才松了一口气。

"真是多亏了文远，没想到，今天竟然是东南风，只怕这场对峙，我军……损失惨重啊！"

对于曹公这番话，张辽并没有急着给出回应。

因为他在大船之时，亲眼看到火势已然弥漫到陆上的营寨了，可见火情之凶猛，这一次，曹军人马烧死和淹死的人，已经难以计数了。

不过事已至此，实在不该再为过去的事情伤怀。

众将士拼死把曹公救出来，当务之急，是赶紧带着曹公脱险才是，他们刚逃脱了黄盖的追击，只怕前方，还有敌军在等待着他们。

这个局，不知道何时才能够真正地破除。

等到船只靠岸，张辽赶紧寻到马匹，带着曹公一齐逃走。

此时曹军营中已是格外混乱，敌军从各方杀来，已然将军营中的将士团团围住，想要冲出重围，何其难也。

张辽看着面前的境况，心中甚是感伤。

待到曹公上马以后，两个人相互对视了一眼，没有再多做犹疑，赶紧带着身边的一众骑兵，急急寻路，意欲逃走。

只是没想到因为火势过猛，一时间竟前路尽被火势席卷，难以冲出，就在众人为之焦虑之时，张辽蓦地注意到一旁有一片乌木林，现下别处都不可以进出，只有那处方可往外奔去，估计只有穿出这片乌木林，才能另谋出处了。想到这里，张辽赶紧发声，对着曹公指明了方向。

"丞相，那里有一片乌木林，应该能冲出火场。"

这边曹操刚一点头，未承想还没来得及前行，突然就听到身后传来呼声。

"曹贼在那里！赶紧给我追！"

张辽急急一看，后面追来的正是高举着吕蒙旗号的江东士卒，为了防止被后面的人追上，张辽请曹公先行一步，自己负责断后。

"丞相，你只管往乌木林去，辽自不会让敌军追上您的！一会儿我去迎您！"

曹操也知道眼下这个形势，实在不宜再多言语了，故而很是顺从地听从了张辽的安排，带着其他部下往乌林而去，留下张辽应敌。

吕蒙的追兵也是拼了很大的气力才追到这里，不想轻易放过他们，张辽与之交手半晌，才把敌军堪堪击败，趁机率兵前往乌木林，去寻曹公了。

就在张辽因为追兵格外担虑之时，没想到突然有员武将骑马冲了出来，正好挡在了追兵前面，这才让曹公急急逃去。

张辽回过神来，赶紧带着部下急急去迎，等到近了，这才发现原来这队军马乃是凌统率领的军士，而护住曹公之人，不是别人，正是徐晃。

"张将军，正好，你我一起抵挡这厮！"

待将凌统之兵打退以后，张辽也无心恋战，赶紧喊上徐晃一起去追曹公。

刚一追上曹公，正欲继续往前奔去，这个时候突然有一众人马往他们这里奔来，张辽和徐晃原以为又是敌军，正打算举刀迎敌，未承想来人竟是自己的人马。

"丞相，是我等，马延、张颛来也……"

原以为因着此番大败，曹军几近全部折在了赤壁，未承想还有一众人马留在此处，大家心中稍安。

张辽向曹操提议："丞相，现在既然有马延、张颢率领手下兵士前来护主，不若直接把这些兵士分成两队，一队在前面探路，一队用来护身，以保丞相安全。"

曹操听到张辽的此番言语，自觉有理，于是很爽快地应下了。

只是没想到刚往前行进没多一会儿，突然又有一队人马杀了出来，为首的大将竟是江东甘宁。

张辽见状，率领将士抵挡住甘宁。不多时，东吴大将太史慈、陆逊皆杀了来，张辽自知抵挡不过，寻到机会便赶紧逃脱了。

路上又遇到了张郃，曹公命其紧随其后，注意后面追兵的情况。

众人继续前行，忽见一地，树木丛生，间有山川间隔，很是艰涩难行。

张辽与众将士正犹疑接下来的去处，突然听到一旁的曹公放声大笑，引得众人不由得心中生疑。

张辽瞥了一眼众人的脸色，见曹公一直大笑不止，出声询问："眼下这种情形，丞相为何发笑啊？"

只见曹公颇为自得地指着前路，言说，若他是周瑜或诸葛孔明，必定在此地设下埋伏。

众人正惊叹曹公之远见，未承想曹公话音刚一落定，突然一众人马从后面的山林冒出，竟是赵云。

"奉军师之命，常山赵子龙在此等候多时了！曹贼，还不快快束手就擒！"

说着，便要率兵前来进攻，张辽见此情景又赶紧率领众将士挡住赵云的去路，以免伤及曹公。

49. 途经华容

不知是刘备特地如此授意还是为何，赵云虽带兵与之交手，却又未曾拼力死战，如此几个回合，反而让他们趁势逃脱，赵云竟也不再来追赶，实在让张辽深觉费解。但众人此时正处在生死之边缘，忙于奔命，也来不及细想。

彼时天色已经渐明，众人急于赶路，未承想在这个时候突然出了差池。

这场突如其来的东南风从昨夜一直刮到现在，没有半点要停歇的意思，不只如此，眼看着乌云将至，天色晦暗难明，似乎即将有一场大的暴风雨。

眼下正是逃亡的危要关口，如果不趁着机会赶紧率兵逃离此地，速速回军，真说不准刘孙大军又会在何处袭击。

如若因为天气变化而耽误了行程，只怕接下来的形势会变得更加严峻。

一想到这件事情，张辽心中不由得更焦虑了几分。

他偏过头看了一眼一旁的曹公，发觉此刻的曹公也是眉头紧皱，一时间不知道该如何应对这突发的天气。

"大军不要停，继续前行，待到安全之处再停歇！"

就在张辽思索如何应对眼前局面的时候，蓦地听到曹公如此言语，已然明白了他的意思。

如今可谓是进退两难，带兵继续前行，如遇暴雨，只怕没法继续往前面赶路，可若是就这样止步，后有追兵，如若突然来至此处，想必他们这些人也难以迎敌。

但现如今曹公已然做出决定，大抵也代表曹公的决心吧。

此行必要坚持到底了。

张辽没有半点犹豫，紧随曹公，骑马跟了上去，身旁的将士们见状也不敢多做停留，也快速迈开步子跟了上来。

这场暴雨来得又急又猛，一时间把众将士都浇透了。

眼看着周边的将士们都面露疲惫，张辽不由得跟曹公提出，先在一旁歇息片刻，等众人积蓄好力量再赶路。

就在曹操思索之间，蓦地看到身后有一队人马疾行而至，原本众将还在机警状态，以为来人是敌军，未承想待那人走近了才发现，竟是李典和许褚带领着手下的将士来到此处与曹公会合。

眼见着身边的将士人数变多了，曹操心里也安定几分，同意就地休息。

众将士疲于赶路，好容易得空歇息，都忙着生火造饭，准备吃食。

曹操带领诸将一同探路，望着远处问道："前面是什么地界？"

问过后才知道，原来是一北一南两条路，北边是山路，距离南郡江陵尚远，故而曹操选择了南路，打算休息过后立即出发。

众人歇息间，突然又有一众人马朝着他们奔来，还不待他们细细去打量，只听来人对着他们高喊一声："我乃张翼德，特奉军师命令在此等候，曹贼拿命来！"

说着，便带着身后众兵士往他们这边冲了过来。

张辽见张飞的动作，不由得有几分惊慌，赶忙劝曹公上马，先行离开，自己带领众将士与之交手，且为曹公一行人逃脱争取时间。

又是一场激战，张辽好容易率兵从张飞手下逃脱，此时众将士精疲力竭，刚才休息积攒下来的气力，也因为这场突然袭击消耗殆尽。

可是眼下危机并没有解除，反而因为赵云和张飞的接连出现，给他们带来了愈发严重的危机感。

张辽再也不敢提半点歇息的要求了，眼下他只想快快地护送曹公回军，只有亲眼见着曹公安全，他才能真正地放下心来。

走到前处，蓦地发现有两条路横亘在众人面前，经过询问才知，前方有大小两条路可以走，大的那条路虽然平坦，但是距离却要远上许多，而小路虽近，但却甚是难行。

曹公对着身后的众将发出号令："我等走小路，现在的时间耽误不得，需速速回军才可安心。"

言毕，曹操就率先带兵进入了小路，开始继续往前赶路。

此路正通华容道，一路走来，的确艰辛难行，行走之间，蓦地看到不远处有烽烟弥漫，众将士不由得急急勒马，想要劝诫曹公赶紧换路来走，却不曾想到曹操突然大笑几声，然后继续行军。

眼见着曹公做出如此抉择，众人不由得心中生疑，不知道此番决断到底是出于何种心思。

曹操说道："这是诸葛亮的把戏，正所谓虚虚实实，他故意放上烽烟想让我放弃这条路，估计早就已经在大路做下埋伏了。"

"好了，继续赶路吧！"

说话间，曹操已然率兵往前行了，众将士见状，只得跟了上去。

只是让众人没想到的是，敌军还未到，脚下的步子却难以迈开了。

因为先前大雨飘泼，眼下泥路泥泞，甚是难行，眼见着众将因为道路问题耽搁了行程，曹操不由得怒上心头，当下做出决定。

他让所有老弱残兵背草铺在路上，改善道路的泥泞，骑兵这才勉强通过，只是因为此举，使得曹军中不少老弱残兵都被人马践踏，陷进泥中，伤亡很多。

张辽眼见着这个情况，心下不忍，可又无可奈何。

众人好容易过了这条泥泞之路，又被一支虎狼之师挡住了去路。带兵之人，不是旁人，正是之前与他们有过无数纠葛的关云长。

张辽看到关羽出现之时，第一个反应竟是：二人竟已有多年未见了，自从上一次云长拜别曹公而去寻刘玄德，至今日，已是经年辗转了。真是弹指一挥间啊！

想到这里，张辽心里不由得生出来无限感慨。

此番关羽率兵至此，想必也是诸葛亮的安排。

张辽见曹公面如死灰，大抵也是害怕关羽不念旧情，直接在此地了结他们一众人士吧。

　　见状，张辽没有犹疑，赶紧上前一步，提议道："丞相当知，云长乃是重义气之人，当日他在丞相手下效力，丞相待他不薄，那份恩情想必他是一直记在心里的，如若以此旧情感化他，他势必会放我等过去的。"

　　曹操一开始似乎有些犹豫，可是眼下并无其他方法可行，与云长对峙的结果，众人皆知，眼下唯有谈及旧情这一条路，才能从关羽手下逃脱。

　　"云长，多年不见，未承想在此地与你相遇，偏生我等还落得此番境地，实在是可悲可叹……"说着，曹公的面上不由得露出几抹悲伤之色。

　　云长听到曹公如此之说法，态度还是极为强硬："我乃奉军师之命，在此地等候尔等，丞相不必多言语，还是快快束手就擒吧！"

　　若说一开始曹操心里不知道云长会做出如何抉择，那么此刻在听到云长喊自己"丞相"之时，心里已经确定云长的意思了。

　　他心里，仍旧是感念旧情的。

　　张辽望着云长，心里也是五味杂陈。

　　想当初他代表曹公，骑行去送行云长见最后一面之时，二人大抵从未想过，对阵这一天，竟来得如此仓皇。

　　"云长可还念旧情否？当日你在我营中，我一直悉心关照你，以礼相待，并无半点为难，最后秉承诺言，特地放你去寻刘玄德，难道这些旧事，你已经全都忘记了吗？众人皆言云长乃是重情重义之人，难不成眼下竟要违背这番义气吗？"说着，曹公眼角竟落下几滴泪来。

　　张辽在一旁见着，心里也实在觉得难过，如今在这样的情形下碰面，他实在不知该怎么开口。

　　众将士等待间，蓦地听到云长那边一声大喝，竟直接让众人给曹军让路。

　　"当年之情，我愿意偿还丞相，只是日后……我等便再无旧日情分，只有一决生死了！"言毕，只见云长将头偏向一侧，再不言语。

　　张辽望着他，再看看曹公，无奈之下，只得骑马随着曹军逃离了华容道，心中仍旧念着后面那人。

　　恐怕日后，这身影只能留存在记忆中了吧。

50. 讨伐贼寇

自赤壁之战大败，曹操吸取战败的教训，暂无攻下江东之地的念头，急急统兵回了许昌。回军后还不忘叮嘱众将要带领士兵时时操练，以备后续战役所需。

因为赤壁战败，天下三足鼎立之势渐成，相互间到底有所忌惮，故而也是过了几个月的平静日子，只是让众人未预料到的是，来年竟又紧跟着一番腥风血雨。

建安十四年，庐江豪强陈兰、梅成等人聚集数万兵马，占据氐等六县反叛，突如其来的风波，惹得曹营众将士心生愤意。

曹操急召众将于府中一聚，正是为了平定江淮叛乱之事。

"江淮的陈兰、梅成同时作叛，的确是一件极为棘手之事，我听说他们还投靠了孙权，只怕江东也在等待时机出手相助那二人，不知道众将士以为，此时该如何应对啊？"

众将不由得面面相觑，开始思索这一件事情。

虽说事发突然，但是其实在以往也是有过先兆的。

此次叛乱，追根究底，也是历史遗留问题。

陈兰本就袁术的旧部，袁术还活着的时候，他便已占据灊山，后来一直在江淮之地四处窜乱，还联合多股势力，攻掠州县，涂炭生灵。

这些年，江淮之地能够安定，不出大事，是因为刘馥在其中起了作用，可是现下刘馥已死，再无人从中调和，这些人便作恶更甚了。

张辽将事情前后一联系，再想到如今之形势，判定这些人应该是成不了什么气候的。

　　陈兰、梅成等人不过终日居于江淮之地，在当地抖抖威风而已，但是却已经多年不曾带兵出征，手下作战经验匮乏，与之为敌，应不会太过费神。

　　只是现如今他们既已投奔孙权，不知道中途是否会生出变故，想必曹公之所以没有当下做出决断，心中也是有所顾虑吧。

　　想到这里，张辽不由得抬眼看了一下高座上的人，见他正凝住心神，等待众将回话呢。

　　"丞相当立即派兵将陈兰、梅成等人尽早消灭才是，这二人既已生出二心，且投奔了孙权，若是此时再不急急平定，日后若是我大军出征，他二人势必会给我方惹出祸端。"其中一个谋士突发此语，一旁的曹公深以为然，连连点头。

　　这话的确有道理，眼下虽说三分天下之势已露端倪，但是毕竟众人心中都装着自己的大业，日后的对阵想必不计其数，说不好什么时候众将就又带兵出征，身边的小祸乱若不及时处置，日后被对方抢得先机，只怕更难攻下了。

　　只是张辽总觉得此番曹公对于江淮之叛乱，当是早有主意，平定是一定要平定的，只是不知道究竟派谁去，何时去，兵力又当如何。

　　果不其然，待众将士讨论过此番的对战后，曹操紧跟着问了一句："不知该派哪位将军处理此事为宜啊？"

　　曹公话音初一落定，紧跟着就有好几个将领站了起来，说愿意前往，张辽在一旁细细看着，正要起身表示自己也愿意带兵去镇压作乱之人，这时，突然又听到曹公自发一言。

　　"此事虽说简单，但是眼下毕竟陈兰、梅成已然率兵投奔了孙权，如若在中途有东吴出手，众将士意欲何为啊？"

　　张辽会意，旋即起身应了一声："应当先派一支部队去扰乱吴军的判断，令其无暇分身，再顾其他。"

　　曹操闻言，很是赞许地点了点头："文远此言，正合我心意啊！"

　　言罢，曹操便立即对着众人说明了自己的意图，继而开始分兵点将，令众人各司其职，以保此次作战万无一失。

最终曹操派遣了于禁、臧霸等前去讨伐梅成，又命张辽督领张邰、牛盖等去剿陈兰，同时还命其他人等去牵制吴军，使其难以顾及梅、陈二人。

因这二人本无太大本领，终日在江淮地区以烧杀抢夺为营生，在当地早就失去民心，再加上他们兵士数量有限，只要稍稍用上几分心思，定能将这二人打败。

只是让众将都没有想到的是，在攻占江淮之地时，还出了一段小插曲，使得进攻变得不那么容易了。

起初，张辽听从曹操安排，率张邰、牛盖二位将领往陈兰处进发，结果还未待他们赶到其所居之地，突然听到身后有人大喊，待众人勒马回身而视，才发觉来人不是别人，正是去攻打梅成的军队。

一直到于禁和臧霸二将骑马行至自己跟前之时，张辽才敢确认。

他没有料到这二人突然跑到此地来了，正纳闷间，蓦地听到两位将军重重地叹了一口气，张辽心里不由得咯噔一下，随即好像是想到了什么一样，心里生出一股不太妙的念头。

"可是……出事了？"

眼下二将突然行至此处，又如此姿态，他心里自然生疑，唯恐形势生变。

二将也猜到了张辽的想法，便毫不隐瞒地讲述出来。

"张将军，实在是对不住，我等率兵抵达梅成处，还不待我等发兵，梅成就自降了我等，我本以为此事落定，便好生安抚一番，轻率回军了，哪里料到梅成原是诈降！"于禁说道。

张辽闻言，眉头不由得狠狠一皱，但是仍旧保持着平静面色，继续问道："然后呢？梅成现在何处？"

于禁自知隐瞒不过，只好和盘托出。

"梅成后又反叛，带着手下的将士们投陈兰，我派去的人回话说，现下这二人已经率兵转入灊山自守，恐接下来不好应对了。"

于禁一想起自己当初轻率行事，就觉得格外懊恼，原本讨伐那二人是极为轻易之事，结果半途又出了这样的岔子，实在是让他汗颜啊！

张辽出言宽慰了二位将军几句，旋即开始谋划接下来的事情。

既然现下陈兰、梅成二人已然合流，居于灊山自守，接下来也就只能在这里找突破口了。

他并没有跟陈、梅二人打过交道，现下既然于禁已经知晓了对方一些情况，于是便趁着此时追问了几句："将军可知，现下那二人手底下有多少兵马？"

于禁细细一想："梅成去投奔之时，大抵带走三千人，再加上陈兰手底下的兵士，大概一万有余……"

张辽听到此处，不由得拧着眉头，望向远处的灊山方向。二人拥兵虽然不多，但是众人皆知，灊山之地，可谓占尽了地势上的优越条件，易守难攻。

想必当初二人之所以会选择此地作为他们的据点，也是想到了此地不好攻克。

"不知将军认为接下来，该如何应对？"于禁问道。

张辽只说先带兵到达灊山之地再说："此事尚难定夺，尔等且随我行至地界，再讨论其他。"

与此同时，张辽还特地派出一队人马，将此事速速告知曹公，问接下来到底该如何处置。

之所以张辽不好开口，原因在于他们几位将领品阶相近，如果不让曹公从中选出主事之人，或是详尽分工，只怕事情很难推进。

于禁和身边的几个将士听到张辽如此言语，也没有再细问，只得先行随同张辽往陈、梅二人之处进兵。

这边众人等刚到地界，曹公派来的信使已经到了。

张辽特地将众将士召集到一起，然后拆开书信，将其中的命令当着众将士的面读了出来，并且交与众将士传阅，以确保不会让众将士心生嫌隙。

"相信众将也看到了，依照丞相所言，由于禁将军带兵居于后方，以押运粮草，作为后援，其他人等，皆听从我吩咐，来应对陈、梅二人，众将可听令？"张辽说完这句话以后，等待着其他人的回应。

"末将遵命，听从张将军吩咐。"

51．力破陈梅

濡山之中的主峰名唤天柱山，高峻处约有二十里，绵延至顶，路途极其险狭，很是难攻，现下陈兰、梅成二人率领部下避于其上，山下通路难通，一时间竟生生阻断了曹军的行程。

张辽率领众将士来到此地，远远一望，竟有些心生恍惚。

这一处高地，陈、梅二人可谓是选得极好，路险且长，一般人爬不上去，端的是易守难攻。

不过，这也恰恰给了他们可乘之机，若是陈、梅二人自以为他们占据地利，只怕会掉以轻心，此时若趁其不备，应该也会取得很不错的战果。

想到这里，张辽在自己心里就有了计划。

张辽并没有急着出兵征战，而是先把众位将士召集到一起，开始商讨接下来的行军问题。

"诸位应该知道，现下陈、梅二人扼守天柱山，此地格外险峻，行军路上困难重重，不知众将士以为此番我军该为之奈何啊？"

"众将士心中不必有所顾忌，此番乃是商讨战术，只管畅快直言便是。"

张辽的话初一落定，一旁的几位将领就开始思索。

"张将军，现下之局面，我军不占半点优势，且不说地势问题，单就目前可以派出去迎敌的兵力，比之于对方人数也稍有逊色，若是此时出兵与之交手，只怕会给我们自己招来祸患啊。"

"是啊，张将军，天柱山可是出了名的地势险峻，世人皆知此山难攀，更何况还要攻下它呢，陈、梅二人必定派了很多兵力在山上防守，势必会加大攻下这座山的难度，若是这个时候要强攻，绝非易事啊！"

张辽在一旁静静地听着，并不急着发言。

他知道这些将士的意思，不知是不是受了之前于禁被陈兰诈降的影响，在这几位将军眼里，只觉得对面之人乃是猛虎，只得以退为先，强攻必败。

可是在张辽的心里，听了几位将士们的话以后，念头更觉坚定。

这场战役，必战无疑。

陈、梅二人早先已经投了孙权，也就是说，此刻他们代表的不仅是他们自己，还有东吴的利益，如果此时不果断出手消灭他们，日后若是孙权派兵前来增援，只怕这地方更难攻下了。

眼下虽然曹公已然派出臧霸阻隔孙权，试图击破东吴大军，使其没有精力援助陈、梅二人，可是他们交手之结局，到底还是难以料定。

如若臧霸没有战胜吴军，东吴挥军而至，只会给他们攻下天柱山增加困阻，所以还不如一鼓作气，以免夜长梦多，再生出更多的变故。

想到这里，张辽没有再犹豫，直接把自己的想法对着众将士宣布了："以众将之见，难道没有人认为此时出兵乃是最佳时机吗？我思来想去，还是觉得现下出兵，急急攻下天柱山，继而斩杀陈、梅二人，才是当下最该做的事情。"

"张将军何出此言？眼下这局面，并不利于我军出击，要知道，天柱山可非寻常之地，极为易守难攻，张将军这是想要以强攻之势，攻下它吗？"

"张将军可一定要三思而行啊，为今之计，当是保存实力，或是请示曹公，待后军前来增援以后，再行出兵征战之事，现下急急出兵，于我军何利之有啊？"

张辽还是保持着之前的姿态，静静地在上位坐着，然后扯着嘴角，听着周边几个将士的商讨，并不急着发言。相反，他现在倒是挺愿意听听众人的言论，摸透他们的心思，然后一语破之，将自己的想法贯彻下去。

"依你们之见，此次迎敌，只可退不可进，只可守不可攻？"说到这里，张辽蓦地抬起眼来，用一种格外深沉的眼神瞥了一眼众人，随即站起身来，绕着面前的桌子踱了几步，后又顿住身形，望向众人，出声继续问，"你们之所以反对我出兵进攻，是因为天柱山易守难攻，陈、梅二人手下将士众多，与之交手不利于我军，除此之外，众将可还有其他言论要说？"

众将不由得一愣，一时间竟不知该如何言语。

张辽自然也不想让场面太过尴尬，说完后便急急回身，继而用一种比较轻松的语气，继续跟众将士说道："眼下虽说陈、梅二人占有某种程度上的优势，但是众将士该知道一句话，'一与一，勇者得前'。眼下我兵力可能不及对方，地势上也占不到什么优势，可是众将该知，我等长途来此，为的就是能够及早攻下叛军，将叛军一网打尽，以平定叛乱。众将士一鼓作气来到此处，意欲及早扫除叛军建立功勋，若是在此地一直耗下去，只怕现在所拥有的恒心和勇气，到最后都消耗殆尽了。如此一来，这场作战才是真的不利于我等啊。"

还有些人想要提出异议，可是眼下毕竟他是主将，众人皆应该听从他的安排，于是也就没有再多言，只说愿意听从张辽的吩咐。

眼下毕竟是要带兵打仗，而且还是一场硬仗，张辽并不想让众人以为是自己建功心切而心生怨愤，特地在出兵前一天的晚上，带领众人好好地饱餐了一顿，并在席间畅谈自己心中所念，以宽慰众将士之心。

出兵之时，张辽特命众将士同自己行至天柱山下安营，故意惹出一大堆动静，让陈、梅二人以为他们还没有要攻上山的打算。

估计着陈、梅二人有所疏忽以后，张辽就立刻发兵，向天柱山发动攻势。

陈、梅二人果有防范，虽然派了不少兵马在山上把守，但因为曹军沿途行踪诡秘，再加上山下的动静吸引了众人的视线，等到发现他们上山之时，已经为时晚矣。

张辽亲自率领众将士，冒着箭雨和山石之攻，勇往前行，不过多时就击破了二人的防守。

等到陈、梅二人反应过来，意欲逃亡之时，已经被张辽派出的人马团团围住，最终被斩杀在战阵之中。

待二人死后，他们手下的兵士自然是溃不成军，最终都尽降服于曹军。

待到张辽回军许昌之时，曹操特地带领众人前来迎接，为张辽记上首功，他特地向皇帝请旨，增加了张辽的食邑，并假节。

此番对战陈兰、梅成，若不是张辽出手，只怕这场战役又会变成一场恶战，正是因为他勇猛，安抚军心得当，才能在没有重大伤亡的情况下，成功征讨陈兰和梅成，实在令人生畏。

52. 扫去迷茫

　　自平定了江淮叛乱，时局稍安，张辽也因此过上了短暂的安定时光，得以忙中偷闲，自得其乐。

　　不知是因为这些年四处征战，久居沙场以至于心生麻木，还是因为其他因素的影响，张辽似乎对战争之外的事都缺乏兴趣。

　　这些年他见过太多鲜血淋漓的场面和兵士因为战争而伤残的情景，他不止一次地在心中问自己，这真的是自己想要看到的吗？年轻时的各种畅想与期许，现如今竟变成这种模样，真真叫他心生无力啊。

　　他能改变什么呢？他不过是一介武将，出征讨贼，希冀有明主能够平定乱世，以慰苍生罢了。

　　只是不知道，内心所期望的安定究竟还要等到何时？

　　人生数十载，实在是太难了。细细算来，他已然离乡二十余载，真是时光不待人啊！

　　想到这里，张辽心里不由得生出更多的怅惘，人活一世，有几个二十载可以消耗，如今他年岁渐长，虽说因为常年在外征战，尚有几分蛮力，可到底还是不如前了，再过几年，只怕对很多事情更是力不从心。

　　一念及此，张辽心里更觉得不是滋味，于是便收拾行囊，向曹公交代过后，向故乡奔去。

　　他此番回乡，一是为了寻求心中的安定，二是给自己心中的问题找出一个满意的解答。

　　这样想着，张辽一路上奔波似乎也并无半点疲惫，他远远地望见自己的故乡，心中只觉无限惆怅，回想自己离乡之日，已是许多年前的事了。

如今雁门郡还是原来的雁门郡，而他张辽，却已经是华发早生，再不似青葱岁月般无所顾忌，彼时的心态，在经受了这么多年的风吹雨打后，也生出了许多当年没有的心绪。

虽不算太老，可是到底也不年轻了。

"老伯，不知……"

待张辽骑马回到故土，因自己家中无人照看，本欲向一个城门口的老人开口询问几句，该往何处去，不料想自己话还不曾问完，那人已转身，竟是自己的叔伯。

"文远，是你吗？"

虽然张辽在外征战多年，人也不似当年年少，可是到底模样没有生出太多变化，还能瞧出原来的样子，所以那人一眼就认出来了。

听着熟悉的乡音，见到熟悉的长辈，这一刻，张辽也说不出心里到底是怎样一番感触，只觉自己回乡，乃是正确的举动。

"叔伯，是我，是文远回来了。"

当初张辽随军而去，从此以后，再闻及张辽名字，便只能从战事上听闻，乡里人只知道他随着曹丞相四处征战，打了很多胜仗，但是具体的消息，却无从得知。

此番看到他回乡，百姓们都很激动，由叔伯带领着一众乡里的老人们，派出自己家中的小辈，开始给张辽安排晚饭，声称一定要好好地给他庆贺一番。

当然，还有不少闻名而来的人前来拜会张辽。

想当初他决定从军，寻明主以安定天下之时，不过是在自己心中突然产生的一个想法，哪里想到有朝一日，得以功成名就。

人生真是妙不可言。

许是察觉到乡亲们的态度过分热切，在一旁的叔伯赶紧阻拦，让众人先落座再说。

"文远此番回乡也是经历了一番长途跋涉，估计已经疲惫不堪了，我问过了，他这次要在乡里待上几天的，等他休息好了你们再随便问，现在先喝起来，别让文远因为你们的问话有所顾忌。"说着，叔伯率先举起杯来，并招呼大家一起举杯。

张辽本不欲多言过去的事，见叔伯帮自己把这个话题带过去了，也就顺势端起酒杯不再言说。

这是他出世以来，第一次感觉真正放开身心，他与诸位父老乡亲们碰杯饮酒，征战沙场似乎从来与己无关。

也不知道到底与诸位乡亲喝了多少杯，张辽只知道自己杯中似乎从未空过，但是直到宴席结束，他仍旧觉得脑子格外清明。

天色已晚，待乡亲们散去，张辽也回了自己的房中。

当他的目光触及屋内熟悉的摆设和物件，心绪更加乱了。

彼时窗外月色正明，他坐在窗前的一张椅子上，仰着头，望着窗外的明月，任由思绪翻跹，没有半点睡意。

刚才在和乡亲们把酒言欢之时，谈及之前和自己一起长大的伙伴们，这才发觉，原来自己参军后，乡里不少和自己一般大的青年，也都纷纷从军，而这些年回乡的竟没有几个。

听乡亲们的意思，许多人都因为四处征战，丧命于战场。

他清楚地知道，多年沙场征战，那么多的鲜血淋漓，可是局势还是没有稳住，百姓们的生活仍旧糟乱不堪。

"文远在想什么呢，好端端的，为何连连叹气啊，可是没休息好？"

张辽叹气的时候，叔伯朝自己走来。

"文远莫要瞒我，这次回来可是你心里有什么不痛快？若是不愿让旁人知道，可说给叔伯听上一听，虽说我没读过什么书，也不懂什么大道理，可是毕竟活了几十年，也是经历了不少事的，若是不介意，但说无妨。"叔伯看着他说道。

张辽蓦地抬起眼，望着远处的天空，又是一声叹息，这才打定主意，决定把自己的纠结跟身边的老人说上一说。

"叔伯，我只是不知道这些年我的选择到底是对是错……"

想当初，他先后追随丁原、董卓、吕布等人，为他们冲锋陷阵，那时候，他以为只要按着他们的心思谋取天下，最后就会给百姓们带来自己心中所求的太平，只是不承想自己的希望接连被他们扼杀，最后自己只能随着命运的安排，开始跟随曹公。

起初，他对曹公的印象极其不好，认为他是挟天子以令诸侯的汉贼，人人得而诛之，没承想，面对落败的自己，他不仅没有过分为难，反而听从了玄德和云长的建议，不计前嫌，将自己纳入麾下。

自此以后，张辽便成为曹公门下的将领。

这些年他追随着曹公四处征战，知道曹公非等闲之辈，也知道他心里装着的最终愿景，他以为依照曹公之能力，定会一统天下，还众人一个太平盛世，可是到底是自己想得简单了。

最初，他们只拿袁绍和孙权当作眼中钉，没料到袁绍去后，刘备三兄弟的势力又开始兴起，尤其是赤壁之战以后，曹公的势力被削弱得很厉害，天下进入三足鼎立的局面，对于曹公而言，这是一个不小的打击。

最近几年，他经常会怀疑地问自己，继续征战有何意义？死了那么多人，流了那么多鲜血，当真值得吗？

叔伯听得很认真，偶尔点头应和，却并不出言打断。

许是太久没有和旁人说过自己这些过往，张辽本来没有想要和叔伯多聊，可是说着说着，到底还是收不住了，把自己心里所有的话都通通说了。

见叔伯一脸郑重，张辽无奈地抿了抿唇，他本以为叔伯不会理解自己的处境，故而也没有太多期许，他淡淡地说完自己的事，随即笑着说了一句："可能我就是担心待自己离去之日，心中所愿仍未达成，就好像是枉费了自己这一生。"

一旁的叔伯听到他如此言语，眉头不自觉地皱到一起，他喊了张辽一声，示意他跟着自己往前面走。

"文远，叔伯没有打过仗，却也是经过不少战乱，雁门郡本就不是一个太平地方，想必你也是晓得的，战乱的苦，我们都是经受过的，这种滋味不好受啊，我也很期望天下能够尽快太平，不再有战争在身边发生。可是文远啊，现在还不是时候，我相信未来一定会有平静的一天。"说着，叔伯已经带着张辽拐进了一处小路，等到二人重新站定，张辽才发现叔伯带自己来的地方竟是幼时常来的江边。

"文远，你可还记得此处？昔日浇灌农田的水大都来源于此，这地方本是没这么大的，随着大家不断地挖掘和水流对泥土的冲刷，才有了这样一番样貌。你看这边，这条江中本来有一窄处的，没想到这么多年过去，已经泛滥成了这般模样。"

张辽静静地待在叔伯的身侧，听着他的言语，并没有急着反馈。

叔伯只是在耐心地告诉他一件事："江水恒流，重要的是一个'恒'字，万事只有持之以恒地去做，才会出现一个好的结果。文远，你觉得你心中所求现在还未曾实现，所以迷茫，但是在叔伯看来，这些年你征战厮杀，已经取得不少安宁了，只是你心中念及的是天下，故而觉得距离自己的目标还很远。

"依叔伯看，如若不是你们这些人还有求安定的念头，估计天下早就乱得不成样子了，如今你做的这些事情，付出的这些心血，大家都是看在眼里、记在心里的。"

也是在这个时候，张辽突然意识到：的确，如自己先前所想，天下还未安定，所以他心绪难宁，各种辗转，但是实际上，只要换个角度想，自己的看法就会被完全推翻。如今随着曹公的出击，北方大地基本归于安定，纵然这些年四处征战，未曾使得整个天下和平安稳，但至少也守护住了一方土地的平静。这样算来，他这些年，也是真真切切为自己的目标出过不少力气的，并非一事无成。

想明白这一点，张辽心中的郁结瞬间解开，只觉心中畅意十足。

临分别，叔伯特地嘱咐张辽："能守卫一方土地的平静，也是了不起的功绩。救一人与救数人，在本质上没有高低之分，都是至善之道。文远，天下还需要你这样的大将平定，切不可妄自菲薄，浪费自己的天分。"

张辽收获了内心的平静，心中的迷惘被驱散了，对着自己这二十载的征战岁月，他自觉无悔了。

53. 兵临城下

建安二十年夏，江北。

此时此刻，曹军主力云集关中，前线兵锋直指汉中。曹操亲率北方各州兵马向川蜀开进，意图占据汉中之地，以期窥视蜀地，作为长安屏障。但如此大规模的兵力调度，使得江北漫长防线上的兵力一时间捉襟见肘。

东吴敏锐地注意到江北防线曹军兵力的空虚，随即开始图谋渡江北上。自去岁北方大军调度之初，东吴的小规模兵力试探便从未断绝，淮河两岸每日活跃着不计其数的探马斥候。很快，南岸的东吴主力注意到，江淮防线的曹军早已是外强中干，实际并没有多余的兵力驱逐东吴的探马。于是武装强渡的东吴部队与日俱增，淮河防线上的曹军不得不一再收缩，最终在东吴的武力威胁下，退守至关键城池，将城池以外的大片土地拱手让与吴军。

在扫清了强渡淮河的军事障碍之后，七月，孙权亲自率领江东主力十万兵马，浩浩荡荡渡过淮河，向着曹军腹地推进。

合肥，这座横亘在曹操大本营许昌与东吴十万大军之间的军事重镇，即将成为两军对峙的第一线。

自古以来，南兵北伐必夺取几座重镇，淮河流域的合肥正是其中最重要的几座城池之一。它好似棋局中的"棋眼"，自江北牢牢扼守着淮河，叫江东大军无法长驱直入，进入北方腹地。合肥一旦有失，则淮河防线必然全线崩溃。

连年以来，东吴多次企图染指合肥，皆在坚城之下失利而归。眼下曹军主力西征汉中，中原空虚，合肥城中守军不过七千，对东吴而言，实在是攻取合肥、进窥中原的绝佳时机。因而此番出征，孙权几乎征调了东吴帐下全部的精锐兵马，名将云集，甘宁、潘璋、凌统、宋谦，皆是江东战功赫赫的宿将，可见东吴对此战取胜之心切与重视。

八月，一个月朗星稀的夜晚，合肥城头风声萧索。

张辽独自伫立在城楼之上，遥望远处密集的灯火，心中忧虑重重。

城池之外，东吴数万前锋兵马已于昨日抵达，眼下正在不足十里的近郊安营扎寨。昨日夜间，张辽还能命城中斥候往来，打探东吴大军的动向，但到了今日天明，城外已经遍地是敌军旗号，城中斥候打探军情的难度陡然上升。根据最近的情报显示，城外东吴各部兵马正在沿着合肥的城郊布下包围圈，仅在向北的一侧留出一道缺口。多年征战沙场的经验让张辽意识到，那一处缺口绝不是吴军的疏忽，而是东吴领兵大将有意为之。合肥毕竟城高墙厚，十万东吴大军若是强攻，必然免不了一场血战，此次东吴是想不战而屈人之兵，以包围胁迫守军放弃城池，并使守军只能向着东吴留下的缺口撤退。

决不能顺着敌军的心意行事，不然城中七千将士将有倾覆之祸。

张辽默默攥紧了拳头。

"将军，我观贼兵一时半刻不会攻城，将军还是早些回营歇息吧。"远处等候良久的副将见张辽神色略有疲惫，不由得上前劝慰。

张辽像是没听见，低头默默沉思片刻，沉吟道："敌军远道而来，兵马立足未稳，因而在等待后续主力，不会立即攻城……此时只有主动出战，将东吴部署全盘打乱，城中将士方有一线生机。"

"将军，您说什么？"副将一愣，往前凑近了几步。

"立刻将我的马匹牵来，随我去李典、乐进两位将军府上。"张辽一掀斗篷，疾步朝台阶走去，"事关城池存亡，我要连夜商讨退敌之策！"

"遵命！"副将连忙跟了上去。

夏风掠过城头，飘向远处的东吴营寨。主帐之内，孙权召集麾下一众武将，也在商议接下来的攻城计划。

"眼下军中将士正在加紧赶制攻城器械，三五日便可发起攻城。"宋谦大声禀报道。

"三五日还是太久。"潘璋不以为意道，"依我看，眼下军中的器械已足够使用。明日我可亲率精兵三千，为主公破开合肥城门。"

"合肥坚城，不可小觑。"宋谦皱了皱眉，"我军远道而来，准备尚不充分，怎可轻举妄动？"

"正因我军远道而来，才万不可在坚城之下停滞不前。"潘璋不耐烦地挥手道，"主公的志向可不止一座小小的合肥城，而在许昌，更在中原。"

"这……将军如此急功近利，只怕终会拖累三军。"宋谦的脸色沉了下来，"城中守军虽少，但乐进、李典皆是跟随曹操多年的宿将。那张辽更是深不可测，以降将身份在曹军中身居如此高位，必定多有过人之处，怎可忽视？"

"你才上过几回战场？主公幼年时我便随侍主公旁侧，半生征战，攻破的城池不计其数，还轮不到你来教我如何打仗！"潘璋颇为不屑地冷哼一声。与宋谦这种近卫亲兵出身的将领不同，潘璋在军中的地位是靠无数敌军的人头积累上来的，在孙权面前说话自然有几分底气。

一旁的甘宁、凌统等人眼见气氛不妙，连忙劝阻道："二位将军且先息怒。大战在即，军中大将万万不可因小事伤了和气。"

高座之上忽然传来一阵笑声，众人一齐看去，只见孙权大笑着击了击掌："两位将军虽意见不合，但总归是在为我大军谋求取胜之道。我看，此战军心可用，合肥已然是我掌中之物！"

"主公威武。"众将齐声附和。

"我料想曹操既然已经将主力云集关中，自然无力挥师援助。我军大可从容图之，不必操之过急。"孙权沉吟道，"合肥眼下既然已经孤立无援，我军又何必急于攻城？不妨先困他三五日，静观其变。"

"主公明鉴。"潘璋听出了孙权话中的意思，颇有些不甘地抱了抱拳。

"宋谦，催促营中工匠，加快军械制造进度，争取三日之内完工。"孙权抽出令牌递给宋谦。

"遵命。"宋谦连忙抱拳。

"潘璋、甘宁、凌统。"孙权又抽出几枚令牌，"继续率部扫荡合肥周边郡县，北面的缺口暂时不要填补，那是留给合肥守军的一份大礼。"

"遵命。"诸将齐声答复。

"夜已深，诸将今日辛苦，这便各自散去歇息吧。"孙权挥了挥手，帐下众将向孙权行礼过后，纷纷四散而去。临走之前，宋谦的目光与潘璋交汇，宋谦忽地感到一股莫名的敌意，不由得打了个寒噤。待潘璋掀开帘帐走远，宋谦这才犹犹豫豫地凑到孙权座前，小声表达了自己对战前武将不和的担忧。

没想到，孙权丝毫不以为意，只是笑着挥了挥手："你多虑了，潘璋将军不是为了私怨而不顾军机要务的人。"孙权淡淡说道，目光越过帘帐和营寨，望向遥远夜色中静静伫立的合肥城，"况且，若说军中不和睦，对面守城的三位敌将，只怕才是真正的彼此防备吧？"

宋谦一愣，忽然想起曹军中流传多年的说法。曹军诸多大将之中，张辽、李典、乐进三位将军素来不和，往日共富贵尚且彼此不能相容，何况眼下同生死？

想到此处，宋谦如释重负地松了口气。

"如此说来，合肥城指日可破。"他淡淡一笑，略一行礼，转身出帐而去。

54. 往日恩怨

深夜，李典府邸大门外，张辽默默伫立在门前，身形挺得笔直，目光却已游离到不知去向的远方。

"将军，今日先回营吧，李将军只怕早已睡下了。"副将叹气，"已经等了半个时辰，下人早已进去通报，却久久不见回音，显然对方是闭门谢客，大人何苦如此执着？"

"事关城池存亡、丞相嘱托，怎敢不尽心尽力？"张辽低声道，目光又落在面前紧闭的大门上，神色越发疲惫。

"值此生死存亡之际，李将军依然固守旧日仇怨，不肯当面与我洽谈军务吗？"张辽在心中叹道。

忽听府门"吱呀"一声打开，一名小厮踏出门来，为张辽递上一张字条。

"今日天色不早，张将军还是先请回吧。"小厮毕恭毕敬地说道。

张辽微微皱眉，展开字条，上边只有简单的一句话：深夜不便谈军务，且待明日升帐。

张辽仰头沉默片刻，将手中字条塞给一旁探头探脑的副将，反身跨上战马。

"还望回报你家主人，大敌当前，以往的恩怨应当……"

话没说完，张辽忽地顿了顿，微微叹了叹气。小厮正等着张辽的下文，却见他又改口道："罢了，明日升帐议事，还望你家主人早些前来，不要迟到。"

"小人会如实转达。"小厮微微一愣，旋即恭敬地行礼，转身进了大门。

"我们走吧。"张辽掉转马头，"大战在即，若几员主将仍旧彼此猜忌防备，则合肥危如累卵。"

副将犹犹豫豫地策马跟上张辽，不自觉地回身看了看，却见府上大门微微敞开的一线门缝，此刻才悄然闭合。

张辽与李典之间的矛盾，军中尽知。而矛盾的源头，自然在于李典的叔父李乾。

李典生父早亡，自幼为叔父抚育长大。李乾为山阳地区赫赫有名的大户，李典在叔父的庇护下自幼苦读诗书，儒雅好学，李乾更将李典视如己出，悉心照料，有如亲生骨肉。

但吕布起兵攻曹那年，李乾惨死于吕布的乱军之下，平静的生活荡然无存，李典被迫开始了流亡的生涯。

那一年，吕布麾下的诸多大将中，赫然有张辽的身影。

李乾身死之后，也是机缘巧合，年岁不过十九的李典投身在曹操帐下。自此，往昔终日醉心诗词歌赋、温文尔雅的李典不复存在，战场上多了一个杀伐果断、一往无前的领兵大将。

也许是冥冥之中的轮回，张辽初次踏出雁门入军京都之时，年岁也是十九。张辽与李典二人皆是被命运洪流所裹挟着踏入战场，身不由己地杀了很多人。

但这不是李典可以忘却杀父之仇的理由。

今日东吴十万大军将合肥团团围困，援兵远在天边，城中七千将士孤立无援，三位主将彼此不能心意相通，城池要如何坚守？张辽眉头皱得越来越重。

"合肥倘若有失，则东吴十万大军可长驱直入北方腹地，甚至直接威胁许昌。中原各州郡已经有多年未经历战火，百姓的生活刚刚安定，怎么经受得住又一次兵灾之祸？"

张辽重重叹气，浑身的力气像是被抽空了，连缰绳险些也不能紧握。眼前的视线忽然模糊起来，黑漆漆的街道和远处的城墙渐渐扭曲成一张张狂笑不止的人脸，他们中有孙权，有甘宁，有凌统，还有无数张辽叫不上名字的江东宿将，他们围绕在张辽身边，发出狂妄而刺耳的大笑。

"将军！"身后的副将脸色微微一变，连忙策马上前。

张辽浑身一颤，忽然清醒过来，在马背上坐直了身子。

"无事。"张辽推开了副将的搀扶，遥望着夜色下的城池，沉思片刻，忽然策马奔向城楼。

"将军，军营在这边！"副将在身后大喊。

张辽像没听见似的，头也不回地奔向了黑暗之中。

面向淮河方向的城门前，东吴大军已经布下了厚实严密的防线。但这条防线并不是固定的，而是时刻处在动态的调度之中，不断有兵马自营寨中开出，前往其他方向驻防，又不断有后续部队开来，接替空缺位置的防务。

张辽死死盯着自城墙脚下到东吴营寨之间不到十里距离的开阔地，脑海中飞速演练着万千战术：凭借城墙死守、依托地形消耗、夜间率兵突袭……可种种战术演练下来，却也只是将城池沦陷的时间稍稍延后了几日，最终都逃不开城破人亡的结局。城内守军与来犯之敌的兵力对比实在过于悬殊。七千对十万！纵使将士死守城池，能给东吴带来的损失也十分有限，几近以卵击石。

张辽双手死死按着城墙，面色苍白，后背不知不觉被冷汗浸湿。他坚信一定有破敌的办法，那计策仿佛就在张辽的脑海中盘旋，可每当张辽聚精会神，想要抓住那一缕思绪时，它又快速消失不见。

"我该怎么做？"张辽焦急地想。从军二十年，他第一次感到深切的绝望。张辽默默闭上双眼，努力集中精神捕捉脑海中的思绪，却听见无数嘈杂的声音在他耳边回响，过往的画面飞速在脑海中掠过。

"放弃吧，张文远，城中的人心早已经散了。这都是因为你年少无知、不识明主犯下的罪孽，如今该到还债的时候了。"内心深处，一个声音如此嘲讽道。

张辽忽然感到自己即将被万千铁甲马蹄吞没，耳边的呼啸声越来越嘈杂，很快，他什么也听不见了。

一片黑暗中，一束刺眼的白光骤然涌入视野，照亮了一片辽阔的天地。

苍凉的北方平原，双人双马居于高地。枣红色马背上乘着威严的中年男人，墨黑色马背上乘着秀气的少年。

少年手持长弓，对着远处草堆中的孤狼，射出了致命的一箭。

那一箭呼啸而来，跨越了二十年的悠悠岁月，撕裂了一整片昏昏沉沉的天地，径直击中了张辽颤抖的心房。

张辽猛然睁开眼，如同溺水之人骤然浮上水面，大口呼吸着深夜寒冷的空气。天地空旷，万籁俱寂，一束月光照耀在合肥城头。城墙之上，孤零零的张辽缓缓地站直了身子，面色苍白，努力平复呼吸，他忽然对着远处的十万敌兵露出嘲讽的笑意。

"我知道如何击破你们了。"张辽对自己低声说，默默握紧了腰间刀柄。

55.　临战之际

天刚破晓，城中便传来了密集的鼓声。诸将惊讶地发现，下令擂鼓升帐之人并非张辽，而是李典将军。主将张辽不知去了何处，营寨之中四处都找不到他的身影。最后是城墙值守的军士在角落里发现了熟睡的张辽，看上去似乎是在城墙上待了一整夜。

"将军，将军？"副将匆匆忙忙赶来，迟疑地晃了晃张辽。张辽浑身一颤，猛然惊醒，胡乱扶正了头盔，摇摇晃晃站起身来。

"将军脸色很差，昨日可是彻夜未眠？"副将担忧道，"不如先回营歇息片刻，晚些时候再召众将来议事。"

"不必担心我，我没什么大碍。"张辽挺直胸膛，刚迈出一步，双腿却不由一软，险些摔倒。

"将军！"副将连忙上来搀扶，被张辽反手甩开了。

"李典、乐进二位将军是否已到？"张辽一边急促地问，一面努力地站直身子。

"已等候将军多时了。"耳边忽然传来一个淡淡的回应。张辽和副将同时一愣，朝声音方向看去，只见披挂戎装的李典慢悠悠走来，脸上的神色不知是无奈还是嘲讽。

"将军昨夜叫我早些到，李典不敢耽误，没料到迟到的竟是将军。"李典来到张辽面前，伸手将他搀扶起，"怎么，一夜未见，已经连走路都不会了？"

张辽愣了愣，迟疑地握住李典伸来的手，站稳身子，又默默将手松开了。

"我心中已有破敌之计，正要与诸将商议。"张辽直视着李典的双眼，"事关城中将士存亡，文远不敢轻易下决断，还望诸位将军助文远一臂之力。"

李典打量着张辽的神色，目光中看不出喜怒，只是微微点头："我等愿闻其详。"

片刻之后，张辽与李典先后迈入大帐之中。城中另一大将乐进正在帐中等候，与他同来的还有护军薛悌。去岁大军出征汉中之际，曹公委派薛悌前来协助三位大将防守合肥。薛悌为文官出身，以忠贞干练而闻名军中，合肥守军后勤供应皆由薛悌掌管，但很少参与军务商议。值此城池存亡之际，想来薛悌不敢怠慢，必须前来一起商讨应对之策了。

李典一入帐，便径直在大帐一侧入座，将帐上的主座留给了张辽。张辽微微一怔，往日里三位大将彼此平起平坐，并未明确划出主将偏将之分，但今日李典、乐进乃至薛悌皆默契地留出主座给张辽，无疑是某种明确的信号。

张辽迟疑片刻，旋即大步迈向主座，掀开斗篷，坦然落座。

"诸位，如今城外的局势，想必在座诸将皆有所耳闻。"张辽朗声说道，"坦白说，吴军势力极盛，我军兵少将寡，士气不佳，眼下倘若吴军全力攻城，则我军必败，城池必破。"

此话一出，帐下略微沉默了片刻。薛悌面无表情地笼着两袖，李典、乐进对视一眼，露出无奈的苦笑。

"张将军快人快语，毫无遮掩，一语道破我军现状。"乐进叹叹气，"只是不知将军有何退敌良方？"

张辽环视众人一眼，缓缓站起身，语气坚定地说道："值此生死存亡关头，若要保住城池，唯有一策：出城迎战！"

"出城迎战？"乐进一惊，露出不可思议的神色，李典垂着头沉默不语，似乎早有预料。

"敌兵有十万之众，倘若全力攻城，以城中区区七千守军，断然无法坚守。"张辽沉吟道，"但吴军也有一大劣势，他们的兵马纵队太过庞大，任何简单的调度都要经过层层指令传达，行动迟缓。眼下他们的攻击势头尚未成型，正是我军主动出击、挫其锐气的绝佳时机。若取胜归来，一则可以提振城中士气，二则可以打乱吴军部署，叫他们不能全力攻城。因此，此战决胜的关键，不在死守，而在主动出击！"

"我以为此计不妥。"乐进眉头紧皱，"我军兵力本就有限，如何出击？若分出兵马过少，则无法对吴军造成有效打击；分出兵马过多，倘若出战有失，白白折损有限兵力不说，剩余守军岂不是更难坚守？"

一旁的李典依旧沉默不语，但眉宇间多有赞同之色。张辽明白，两位大将皆是老成持重之辈，向来反对兵行险招，何况自己的战术已经不能说是险招了，而是以城池存亡为筹码进行一场豪赌。

"二位将军大可不必忧心。"张辽淡淡道，"此次出战，分兵数量不必多，只需八百精骑即可。"

"八百骑兵？"乐进瞪大了眼睛，"张将军的意思是，要以区区八百骑兵，进击城外十万敌兵？你莫非当那东吴帐下诸多大将都是吃白饭的吗？"

"就以八百骑兵出击。"张辽斩钉截铁道，"即使败了，也不至于伤到守军元气。"

"恕我直言，将军这是让这八百骑兵去送死！"乐进脸上掠过几分不快。

"不，绝不会送死。"张辽仿佛坚定了决心，眼神变得决然，"而且也不是只有他们出战。我将亲率八百骑兵，直冲孙权本阵！"

此言一出，座下皆是一惊，连薛悌的脸色也微微变了变。

"将军是准备亲自率部去送死吗？"乐进不敢置信地问。

"不，这是我军取胜的唯一机会。"张辽正色道，"合肥城对曹公而言至关重要，不容有失。今日倘若你我战败，损失的绝不只是你我的性命。城中七千将士以及中原各州郡的万千百姓，他们的性命皆担在你我肩上。为了确保能在城下击退敌兵，文远愿意付出任何代价！"张辽的目光在众人脸上一一扫过，最后落在李典身上，"但此战绝非只靠文远一人足以取胜，而仰赖诸将齐心，协力退敌！"

李典抬头，与张辽目光相对，在他的眼中，李典看见了大战前夕武将一往无前的决心。

"诸位若是信得过文远，文远愿与诸将联手，齐心退敌！"张辽高声道。

乐进低头陷入沉思，李典却淡淡笑了笑，不知是敬佩还是嘲笑。

此时一旁沉默不语的薛悌忽然站起身来，阔步来到张辽面前，朝着座上诸将略一抱拳，淡淡说道："我本一介文臣，并非沙场悍将，诸位将军的决心，我也自知不可妄加评议。但实不相瞒，曹公派我前来与诸位将军协同守城，正是为这一天做准备。"

众人看着薛悌，不解其意。只见薛悌默默从袖中抽出一份手书，高声道："此乃曹公率部西征之际，特别交给我保管的信函。出发之时，曹公嘱托，若孙权大军压境，则拆开此函。"

众将闻言，连忙一齐起身，齐声喝道："谨听丞相教诲。"

薛悌拆开信函，朗声念道："若孙权至，张、李将军出战，乐将军守城，薛悌协助。"

信函上只有这么简单的一句，只是将城中众将的职权加以划分，但却也显露出曹公对众将了解之深，甚至早已预料到几位大将对出战与守城所秉持的立场。

张辽听过信函内容，不由长舒一口气。

"丞相既有军令在此，我等怎敢违抗？"李典恭敬地朝着张辽行礼，"此战事关重大，我愿搁置仇怨，与将军联手破敌。"

张辽微微一愣，抬头看向李典，在他眼里，张辽看见了与自己相同的临战之意。

"接下来我等该如何布置反击，全听将军调遣！"李典高声说道。

"愿听将军调遣。"薛悌也随之抱拳。

"将军请下令吧！"乐进站起身，目光炯炯地注视着张辽。

张辽深吸一口气，目光看着大帐外飞扬的军旗，恍惚间似乎看见昔日雁门少年发出的那一箭，自天际飞掠而过。

56.　破阵之军

　　清晨，薄雾未散之际，孙权亲率数百骑兵来到一线，视察正在做攻城前最后准备的各部兵马。攻城车和云梯在宋谦的连番督促下已经陆续装备到位，民夫连夜赶制了无数沙袋，一旦攻城发起，它们将被用来填满合肥城墙前的护城河。为了此次攻城，吴军在主要的几处城门均投入了上万人的攻击部队，只求以雷霆一击，迅速攻占城池，而尽可能避免长期攻坚作战。

　　孙权一路检阅各部兵马，所到之处，东吴将士无不士气高昂，纷纷以呐喊声与刀盾碰撞声来回应主公的关切。清晨的薄雾之中，将士们的呼喊此起彼伏地回荡着。

　　"很好，以我军军威之盛，合肥唾手可得。"孙权满意地点头。

　　"主公，我愿亲率精兵为全军先锋，率先登顶城楼，为主公取来张辽人头！"一旁的潘璋主动请缨道。

　　"哈哈哈哈，将军不可急躁。"孙权大笑道，"万军之将怎可以身犯险？刀剑无眼，若将军有失，岂不白白折损我军士气？"

　　跟在身后的宋谦忙不失迭上前道："无须主公与将军忧心，以我军准备之充分，一旦攻城，则守军必不能坚持，顺利的话，今日之内，主公便可在城中大宴群臣了。"

　　"那我便等诸位的捷报了。"孙权神色轻松地说道。

　　正当众人要回身返回大营时，忽然有探马飞速来报："主公，主公！李典亲率上千精兵出城迎战了！"

　　"哦？竟有此事？"潘璋双眼一亮，忽然来了精神，"李典倒是颇有胆识，竟敢在此时出城，是大丈夫之举。"

"匹夫之勇罢了，在我军攻城之际出战，岂不是白白叫部下送死？"宋谦颇为不屑地撇撇嘴，"照我看，主公不妨随意调拨一支人马，将他们胡乱轰进城去。"

"主公，李典率部在阵前挑衅叫骂，说我江东无人！"甘宁此时也飞马来报，"我等是否出战？"

孙权沉思片刻，忽地冷笑几声："传我令，甘宁、凌统、潘璋，各率精兵三千，随我一同出战。"

"遵命！"甘宁与潘璋对视一眼，眼中颇有兴奋之色。

"主公，属下以为不妥！"宋谦连忙劝阻道，"三位将军这一去便将今日攻城的主力兵马全带走了，这一耽搁，只怕不能按时攻城了。"

孙权看了宋谦一眼，无奈地笑笑："将军未免太死板了。李典何许人也？曹军中赫赫有名的大将，可谓是合肥城守军的主心骨。今日他领兵出战，若是我军在阵前将他击败，城中守军的军心又如何维持？届时城中区区几千守军必然不攻自破，那时又何须我军攻城？"

宋谦低头沉思片刻，心中仍有担忧，但是在潘璋不善的目光的注视下，他也不好多说什么，只得恭敬地行礼道："主公深谋远虑，臣下不及也。"

孙权不再多看宋谦，大手一挥："众将听令，随我出战！"

密集的东吴大军方阵开始徐徐调动了。

"敌兵本阵已动！"城楼之上，负责观望敌情的军士大声喝道。

乐进伫立于城头，眼看着杀气腾腾的东吴大军自四面八方向着李典的本部兵马合围过来，手心不由微微出汗。

"真是一场豪赌。"乐进在心里感慨，"张将军，接下来就全看你的了。"

传令的军士一路飞奔，来到城池另一侧一处城门紧闭的门洞前。此时此刻，八百披坚执锐的精骑已经整队完毕，手中长枪高高竖起，无数面黑色大旗迎风飞扬。

"张将军，东吴大军阵形已动，李典将军即将陷入合围！"传令兵急促地喊道。

"知道了。"人群中传来一声淡淡的回应。

　　张辽默默跨上战马，扶正了头盔，长缨垂挂肩头。

　　"将士们，同袍们。"张辽回过身，注视着身后的八百骑兵。他的声音并不高，但在安静的门洞里，足以让所有人都听见，"此扇大门一开，你我便只有两个结局。"张辽决然地说道，"要么彻底击溃敌军，要么便随我战死沙场。我张文远并非贪生怕死之徒，死不可怕，若是以七尺之躯夺旗斩将，立不世之功，青史留名，纵使身死，亦是大丈夫之举，此生快哉！"

　　"愿为将军效死！"众将士齐声高喝。

　　张辽的思绪忽然回到了许多年前，少年时的他在战场上偶遇一支天下强军，那支大军登场的气势真叫天地为之变色。张辽至今仍记得他们的军歌，此时此刻，那也正是张辽心中所想。

　　"岂曰无衣？与子同袍！"张辽猛然抽出腰间长刀，刀刃直指天际。

　　"开城门！"他放声大喊。

　　最先意识到战场形势不妙的是东吴大将甘宁。他的兵马居于外侧，有军士敏锐地注意到远处忽然腾起一阵烟尘，似乎有大队人马正在朝此处飞速奔袭。

　　紧接着发出警告的是潘璋。他的前锋兵马，已经前进到即将与李典所部短兵相接了，但就在此时，李典却忽然下达了撤军的命令，上千军士没有丝毫犹豫，飞速整顿队列向着身后的城池退去，守城的乐进默契地提前敞开了城门并放下吊桥，上千兵马转眼便撤出战场。

　　"糟了，我军中计了！"潘璋脸色一沉，立刻意识到形势有变。

　　但此时再做任何反应都已经太迟了，东吴大军正一步步按着张辽的预设进行，这里便是张辽肆意纵横的绝佳战场。

　　若是已故的陈兰在此，他一定会大笑着骂道："孙权小儿中计矣！"

　　因为这一战术，正是当年张辽对阵陈兰的战法：以诱饵之兵扰乱敌军部署，再以精锐突骑直取敌军本阵，叫敌兵不战自退。

　　东吴军中虽然没人像陈兰一般深谙张辽的战法，却也不乏反应迅速的名将。他们立刻意识到，对方必然会趁着自身阵形混乱之际突袭主将。

　　"保护主公！"潘璋与甘宁几乎同时下达了军令。在他们二人身后不过二里，正是孙权本阵及其亲卫兵马所在。

但上万大军的调度岂是瞬息之间可以完成的？阵后的孙权及宋谦此刻还没来得及问清前线出了什么变故，只是感到甘宁、潘璋二将的阵形似乎有些杂乱，一部分将士仍在向着城墙前进，另一部分则匆匆忙忙回身朝阵后集结，绝大多数则愣在原地茫然失措。

孙权眉头微皱，正要派传令兵前去打探军情，却忽然感到脚下的土地微微震动起来。

一旁的宋谦忽然变了脸色，在马背上坐直了身子，向旁侧望去。

"主……主公！"宋谦忽然大喊道，声音略微发颤。

"何事如此慌乱？"孙权也隐隐感到一丝不安，随着宋谦的目光一起看去。

在他们面前不远处，数百面黑色大旗高高飞舞，马蹄溅起的扬尘铺天盖地而来，无数森严铁甲在日光下散发着寒光，当先一员大将长刀出鞘，怒目圆睁，眼看着即将冲到眼前。

"张……张……张辽！"宋谦颤抖着喊出了他的名字。

57. 斩将夺旗

　　潘璋绝望地在奔涌的溃兵之中冲杀，目光所及之处，只见东吴的将士成片地倒下。惨烈的伤亡无疑加速了吴军的崩溃，几乎是转瞬之间，潘璋身边只剩下百余精骑尚在指挥之下，眼下正于溃逃的乱军之中勉强维持着军纪。

　　战场形势的逆转只在瞬息。当张辽亲率的八百骑兵冲入本阵时，东吴前线各部还在乱哄哄地整顿阵形。孙权本阵的侧翼几乎毫无防护，仅有数十装备精良但战斗力存疑的亲兵。幸而宋谦爆发出了惊人的悍勇，亲自拔刀领着数十亲兵与张辽的骑兵缠斗成一团，但那些平日极少见血的亲兵哪里是张辽麾下征战多年的精骑的对手，只见曹军骑兵长枪起落，东吴骑兵转眼间便折损了一大半。宋谦侥幸从曹军的第一轮突袭中捡了一条命，掩护着惊慌失措的孙权飞速向阵后退去。

　　"怎么回事？敌军怎么转眼杀至眼前了？"孙权又惊又怒地大吼，"众将何在？"

　　远处的潘璋心急如焚，立即率领部分精骑回援孙权。只是没等他赶去支援，密集的曹军骑兵转眼又朝自己的阵列冲来。潘璋麾下数千兵卒几乎没有半分防备，当张辽亲率骑兵发起冲锋时，大部分吴军将士甚至还以后背对着敌军。结果可想而知，八百骑兵的迅猛冲锋几乎毫不费力地贯穿了潘璋的步兵阵线，外侧的东吴骑兵又被己方溃逃的步兵阻挡，没法投入作战。张辽高举长刀，示意全军转向，从东吴步兵方阵的一侧贯穿而出，接着又从另一个方向杀回了敌兵方阵，驱赶着惊慌失措的东吴溃兵向着远处阵形尚整齐的其余吴军奔逃。

　　远处的甘宁立即识破了张辽的策略，同时也注意到张辽实际投入作战的兵力十分有限，旋即毫不犹豫地下令骑兵前往拦截。但没等甘宁的军令传达下去，张辽身后的八百骑兵骤然分为两队，一队兵马掉头去追击毫无防备能力的孙权方阵了。

　　"不妙，此子的目标是主公！"甘宁心底一惊，连忙撤回军令，一口气将手边能有效指挥的全部骑兵派去掩护孙权撤离战场。

　　而这一会儿工夫，甘宁的步兵方阵则无遮无拦地暴露在张辽骑兵的冲击之下。一切好似潘璋方阵的重演，张辽麾下数百骑兵在甘宁阵中来回穿梭，东吴步兵再也无法维持防线，开始四散溃逃。其中一大部分慌不择路地朝着合肥城墙逃去，城头之上的乐进立即指挥守军攻击，以弩箭齐射杀伤溃逃的吴军。

　　"哈哈哈哈，此战当真痛快！"乐进放声大笑。领兵撤入城内的李典也默默来到城头观战，目光注视着在万军之中左右冲杀的张辽，目光之中满是敬佩。

　　"让薛悌立即准备好药物等后勤物资，随时准备接应张将军回城。"他对身旁的传令兵吩咐道。

　　"眼下吴军锐气已挫，接下来就看张将军如何从敌兵的重重包围之中脱身了。"乐进低声道。

　　"宋谦！主公何在？"潘璋飞马冲到宋谦面前，将惊慌失措的宋谦拦下。

　　"这……潘璋将军你……"宋谦惶恐地注视着潘璋。经过一番惨烈厮杀，潘璋浑身上下尽是伤口，腰腹处血流如注，几乎看不出人形了。

　　"我问你主公何在？"潘璋怒喝道。

　　"主公，主公……"宋谦四下环顾，大脑一片空白，"主公方才与我走散了，我让主公不要回头，立即往大营方向策马，之后我们便被敌兵冲散了……"

　　"混账！"潘璋勃然大怒，"你的本部兵马呢？速速将他们召集，随我阻击曹军！"

　　"本部兵马，本部兵马都溃散了……"宋谦哭丧着脸。

"主公交给尔等鼠辈保护，只怕再有十条命也不够用！"潘璋狠狠甩去刀口的鲜血，迎着溃逃的吴军冲了上去，手起刀落，连斩数名逃兵。更多的逃兵在潘璋的怒视之下停住了脚步，惊魂未定地彼此对视，似乎还没弄清楚大军为何溃败。

"曹军不过区区数百骑兵，竟将数万大军逼得丢盔弃甲，成何体统！"潘璋怒斥道，"若自觉还有几分血性，就随本将来，杀退曹军，斩了张辽！"

成群溃兵这才微微稳住阵脚，随着潘璋一同重返战场。

张辽奋力挥舞长刀，在溃逃的乱军之中斩下一人，便畅快淋漓地大喝一声。身后仍在跟随他的骑兵不过数十人，其余骑兵皆分散在乱军之中各自为战，好似草原上围猎的狼群。但张辽也注意到，随着东吴众将不计代价地救援，孙权已经率部安然回到阵后，居于东吴大军的重重保护之中。而面前战场上的溃兵也渐渐被潘璋、甘宁众将收拢起来，战场的天平开始逐渐向吴军一方倾斜。

"可以撤退了。"张辽心中暗想，"此战的目标已经达成，吴军军心已乱，合肥无忧矣。"

张辽从战死的属下手中拿过大旗，高高举起。战场上仍在血战的曹军骑兵纷纷向着张辽的方向会合，在吴军的合围完成前，张辽有惊无险地率部脱离了战场。

没等他率部走出多远，却听见身后传来一阵此起彼伏的呼救。回身一看，竟还有部分残余的将士被吴军阻拦，困在重重包围之中无法脱身。

"既是拼命，何不一拼到底？"张辽在心中默念，再度鼓足勇气，高举长刀，率部冲杀回去。

合肥城下此番血战，自日出之际而始，战至正午时分，两军才各自收兵退去。

此战，张辽仅以区区八百骑兵击破东吴数万大军，孙权甚至险些于战场之上被生擒。张辽正要率部脱离战场之际，见身后有残余将士被困，竟又重返战场，一阵拼杀，将幸存的将士全部安然带回。

归城之际，城中将士无不纵情欢呼，张辽率部在数万敌军中往来冲杀，如入无人之境，给围观此战的曹军将士留下深刻印象，也叫乐进、李典两员大将再不敢小觑张辽。合肥守军一时士气大盛，城中上下一心，誓要叫东吴大军有来无回。

反观东吴一方，合肥城下失利之后，将士无不胆寒，连孙权及帐下诸将皆是心有余悸。

此后，吴军将合肥围困数日，几次试探攻城都铩羽而归。恰逢军中因伤亡惨重而爆发时疫，大军难以在坚城之下维系攻势，只得狼狈退兵。

张辽率部在阵前斩杀了无数东吴儿郎，叫江东之地无数女眷失了丈夫，无数孩童失了父亲，因此，在东吴，人人谈起张辽的名号都为之色变，以至于即使多年过去，江东幼童听见张辽的名字，还是会因畏惧而停止哭闹。

众人在迎接张辽凯旋时，旁人问及张辽对此战得胜的心得，张辽的答复委实令人摸不着头脑。

"二十年前的我，在雁门射出的那一箭，助我坚定心意，赢得此战。"张辽如是说道。他的第二句话是："倘若陈竺兄还活着，倘若他侍奉东吴，则此战胜负还是未知之数。"

"陈竺是谁？"李典与乐进对此深感迷惑，天下诸多名将，但这个名字闻所未闻。

张辽不再多言，只是颇有些落寞地看着尸横遍野的战场。在收回目光的最后一刻，他再度轻声唱起了那支军歌。

"岂曰无衣？与子同袍……"

58. 远行孤舟

建安二十年，深秋。在逍遥津北岸的一座断桥之上。

三员曹魏大将骑马驻于桥头，当先一人身材高大、腰挺背直，深邃的双眸之中隐隐透出精光，正是征东将军张辽。

此时已是深秋，逍遥津对岸一片荒芜，一个月前，魏、吴曾在此大战，人踩马踏，枯黄的野草几乎全部折断，糅进了被血水染红的泥土里。放眼望去，只有零星几株野草还坚挺地在萧瑟秋风中摇曳。

"张将军，经此一战，你定会扬名千古！带领八百骑兵在十万敌军中三进三出，并将其成功击退，将军如此英勇，盖古所未闻也！"张辽身后的乐进由衷佩服地说。

张辽转过身向身后的乐进、李典二位将军拱手道："若无二位将军帮扶，岂能有此大胜？再则，还是我军八百勇士悍不惧死，才能打退东吴十万大军，张辽只是微末之功，岂敢妄言留名千古？"

"咳咳，"身染疫病的李典佝偻着身子咳了几声方才缓缓道，"张将军不必谦虚，咳咳，若非战前张将军力排众议，突出奇兵，折其盛势，以安众心，恐怕此时合肥已是东吴囊中之物了。"

"可惜，我们不识得东吴之主孙权的模样，让他在乱军之中逃了一命。"乐进有些惋惜道。

张辽也叹道："我与李典将军曾在乱战之时，数次遇到一个紫髯、身长腿短之人，当时只觉那人容貌有异多看了一眼，却也没太在意，前日我曾问过一些东吴俘兵，原来那人就是孙权！"

讲到此处，张辽、乐进二人皆唏嘘不已，唯有李典释然道："死了孙坚，还有孙策，死了孙策，又有孙权，只要江东的根基还在，人终是杀不完的。"

张辽摇了摇头道："我所遗憾的并非是没有杀掉孙权。"

"张将军还有何心事？"乐进不解地问道。

张辽抬手指了指逍遥津对岸的枯黄野草，黯然道："明年，这里必然又是一片春意盎然！"

乐进和李典二人顺着张辽所指的方向看去，那一片野草如今虽然枯黄，但明年春夏的长势必然更加旺盛，因为这一片土地已被数万人的鲜血染透，多么丰富的养分！

"咳咳，可惜主公的大军还在西征张鲁，我们到底只有七千人马……咳咳，咳咳……"李典话未说完，忽感身体不适，开始剧烈咳嗽，险些跌下马背。

张辽、乐进知道李典有些坚持不住了，于是赶紧将李典搀下马背，等到李典稍微稳定一些才放心。张辽让属下士兵赶紧备好马车将李典送回合肥城中。

李典和乐进二人相继离开之后，张辽独自一人漫无目的地打马在逍遥津四周缓缓而行。一边走着，一边在脑子里回忆着之前大战的种种细节，虽说是一场大胜，但也是有不足之处需要总结。

因为之前逍遥津战场上死人太多，来不及处理尸体，战后尸体腐烂，引来了一场疫病，李典的病就是那时染上的。

疫病很快蔓延开来，张辽下令，任何人不得靠近逍遥津。直到近些时日，疫病才有所好转，张辽这才前来，但是没有他的命令，其他人依旧不能来此处。

李典对张辽拱手拜道："咳咳，将军仁义，典刮目相看。你我多年来素有嫌隙，想来，当年不过是各为其主，我叔父之死又与张将军无直接干系。如今回想，恨不能早日与将军深交。"

张辽也对李典拱手道："合肥此战，李将军不记前仇，顾全大局，方能取胜，文远也对将军刮目相看，只恨与李将军相知甚晚。"

两人相视而笑，李典又约张辽到府中一叙。

"咳咳，我恐怕时日无多了。"来到府中，李典面色平静地对张辽说道。

逍遥津大战后，李典从巨野老家带来的一名李氏宗族将士战死，却一直找不到遗体，当时已有疫病，李典不顾劝阻，亲自在逍遥津寻了两日，才将那人的遗体找到并厚葬，但也因此染上了疫病。

张辽对李典此举敬佩不已，听到李典此言，劝道："曼成今年不过三十有六，小小疫病何足道哉，何以出此丧气之言呢？"

张辽虽然这么说，但他也感觉得到，李典恐怕真的时日不多了，他的脸上已隐隐有了死气，他们这些人见惯了死人，对死亡气息的判断一向很准。

李典叹道："我们这些人百战沙场，手上已不知沾染了多少鲜血，今日自己死了，也不过是天道轮回，又有什么可悲呢？"

"咳咳，可惜不能亲眼得见天下一统！"李典面露遗憾，仰天叹道，"以前征战沙场只想着建功立业青史留名，可是若不能助主公一统天下，我们这些手上沾满鲜血的将士又算什么呢？就算能在青史留名，后人又会如何评价我等，枭雄还是刽子手？"

张辽没有说话，他不知道怎么回答李典的话，因为他也有这样的疑问。

不久，李典病逝于合肥，年仅三十有六，张辽悲痛不已。

建安二十年十一月，张鲁投降，受封镇南将军，汉中之地尽归曹操。建安二十一年，曹操引大军来到合肥，准备复征孙权。

曹操来到合肥之后，让张辽带着他来到逍遥津战场，听到张辽讲述如何用八百骑兵悍然冲击孙权十万大军的种种细节，感慨良久，对张辽的表现大加赞许，并拜张辽为征东将军，增加了张辽手下的兵力，命其徙屯居巢。

建安二十一年冬季，曹军几路大军先后抵达居巢，准备进攻濡须口。建安二十二年正月，曹操大军在居巢集结完毕，前线的几路大军尽归张辽一人指挥，为诸将之首。

二月，张辽率大军全线猛攻濡须口，此时距离东吴兵败逍遥津不过一年有余，东吴将士听闻张辽大名皆心有余悸，还未交战便已吓破了胆，很快就败走濡须口。

张辽欲乘胜追击，越过长江，直取江东腹地，攻取建业，活捉孙权。

曹操不允，张辽想起李典生前的遗憾，自己也深有所感，几番劝谏。

曹操叹道："东吴虽败，但其水军依然不可小觑，文远莫忘了当年的赤壁之败。若无万分把握，此时万不可轻易越过长江。"

闻言，张辽只能作罢。

三月，孙权派遣徐详向曹操请和。曹操接其表章，率军回师，留夏侯惇、曹仁、张辽等屯居巢。

建安二十三年，乐进逝世，死前亦对张辽言道："此生只憾未能越过长江！"

建安二十四年，刘备部将关羽率军从荆州南郡出兵，进攻被曹营占据的襄阳、樊城。

樊城守将曹仁抵挡不住关羽军队的进攻，一方面坚守不出战，一方面连连向曹操告急求援。

远在长安的曹操命令曹仁据守樊城不能弃城，又急派左将军于禁、立义将军庞德督七军三万人救援樊城。

此时正值中秋八月，樊城已经十多天都阴雨连绵，汉水暴涨，溢出河岸，如此大水百年不遇。于禁等七军皆被大水所淹，于禁与诸将士登高望水，只见一片汪洋，无处躲避。

这时，关羽命令他的水军乘船猛烈攻击被大水围困的曹军，并在大船上向曹军避水的堤上射箭，曹军死伤落水被俘者甚多。于禁被迫向关羽投降，而庞德顽强抵抗，终被擒住，拒不投降，为关羽所杀。

曹操闻之大惊，于是急召张辽及诸军悉数回救曹仁。得知即将与昔日挚友关羽在战场相遇，张辽心中不免五味杂陈。

又想到与自己同为五子良将的于禁，竟然背叛了相随三十年的主公，投降关羽，而投身曹营不过数年的西凉降将庞德却死战不降，最后被杀。张辽只得感叹人心难测，唏嘘不已。

曹操同时派平寇将军徐晃驻屯宛城援助曹仁，于禁兵败时，徐晃已向前推进到阳陵坡，与关羽大军对峙，几番大战互有胜负。

与此同时，孙权趁关羽出兵襄樊，荆州后方空虚，命吕蒙携陆逊等率大军袭取关羽后方南郡、荆州等地。

关羽军得到消息后，军心不稳，在徐晃大军和吕蒙大军的夹击中，选择退兵回防荆州，至此襄樊之围解除。

等到张辽赶到樊城之时，关羽早已退去多日，张辽在庆幸未与老友战场厮杀的同时，又有些遗憾，他已经很久没有见过关羽了，也一直很想与关羽在战场上一较高低，只分胜负而不涉生死。

张辽赶到樊城后，曹操也从洛阳引军赶到，二路大军会师摩陂。虽然张辽在樊城无尺寸之功，但是其在合肥巢湖几番大败孙权，威名正盛，已然隐隐是五子良将之首。

曹操亲自乘车慰劳张辽。数年来，孙权多次在合肥败给张辽，近几年来更是再也没有袭扰过合肥。

考虑到最近合肥战事全无，曹操又派张辽屯军于许昌附近的陈郡，拱卫都城，操练新兵。

建安二十四年深秋，张辽与曹操刚刚率军回洛阳，就要上任陈郡之时，一则战报从南方探子手中匆匆送来：

吕蒙白衣渡江奇袭南郡、荆州，关羽败走麦城，被吴将潘璋设伏所擒，不降被杀！

59.　武圣殒身

张辽已在洛阳城外的风雪中站立了三个时辰了，他面向西南，沧桑的眼神似乎看穿了两千里外的一切。

那里也下着白雪，茫茫的雪地上有一片鲜红的血迹——那里是荆州城。

建安二十四年，趁关羽北伐襄樊，后方空虚之际，孙权命手下将领吕蒙、陆逊夺取荆州，关羽回师后，败走麦城，被吴军设伏生擒，关羽誓死不降，被孙权斩杀，一代英豪就此陨落！

今日向曹操献关羽人头的吴使就要到了。已是征东将军的张辽卸下了盔甲，穿着单薄的便衣在此迎候。不是迎候吴使，而是迎候吴使手中的樟木盒子。那里装着的是他的老朋友的首级，所以今天他才穿着便衣。

张辽微微闭上了双眸，忆起往昔与关云长的种种过往。

他想起了那个在白门楼上仗义执言，保下自己一条性命的红脸大汉，那时的他们，是惺惺相惜的对手。

他想起了那个在官渡之战中，斩颜良、诛文丑，以一己之力解白马之围的高大身影，那时的他们，是并肩作战的挚友。

他想起了过五关、斩六将时的决绝，想起了华容道上第一次未见血就收回的青龙刀……

那是张辽最后一次见到关羽，那时的他们既是敌人也是朋友，正如他们这一世的交集。

出了华容道后，曹操曾感慨：云长之义，必传千古！

"他日若是战场相遇，你我各为其主，不必念着今日之事手下留情。"

华容道上，关羽对走在最后的张辽说道。

那时，张辽的眼中闪烁着不甘："胜败乃兵家常事，总有一天，我会正面打败你！"

"我只会战死，不会战败！"这是关羽对张辽说的最后一句话。

如今一语成谶，英雄迟暮，竟落得如此下场！

"咳咳咳……"冷冽的寒风灌进了张辽的口鼻之中，剧烈的咳嗽声扯动了他的心口，疼痛无比，心痛。就算在乱世中见惯了生死，但他终究也不是铁石心肠。

遥想当年并州雁门关外，在北方的寒冬里赤膊杀敌的少年郎，他不得不承认，自己已不再年轻了！

再想起刚刚故去的李典和乐进，他心中更是惆怅——他们都老了！

吴使终于到了，他的手中捧着一个一尺见方的樟木盒子。见到这盒子，张辽脸上的肌肉不自觉地有些抽搐，但是却没有流下一滴眼泪。在这乱世之中，他已然看淡了生死，早已没有眼泪了。

吴使郑重地将手里的樟木盒子递给张辽，在他的脸上，丝毫看不到胜利者的傲慢和欣喜。

张辽接过樟木盒子，那不大的盒子仿佛重若千斤，压得他喘不过气。

良久，张辽才捧着盒子一步一步地慢慢走进了魏王殿中。偌大的宫殿之中只有曹操和张辽二人。在得知关羽死讯的时候，曹操就将身边的侍卫和仆人都赶出去了。

常言说，人越老越善。曹操现在越来越相信这句话了，他现在已经不想无缘无故杀人了，但他又怕自己今天会忍不住像年轻时那样，因自己的喜怒无缘无故地杀人发泄。

曹操缓缓打开樟木盒子，盯着盒子里的人头看了许久，默然无语。

张辽追随曹操将近三十年，从未在城府极深的主公的眼神和表情中揣摩到其心中的所思所想。

但是今天他从曹操的眼神中看到了一丝悲哀，那是从他心底流露出的真情实感！

"云长还睁着双目，他这是死不瞑目啊！"曹操今天的话有些多，

"他这是不甘心死在自己瞧不上的孙权手里，不甘心败给他看不起的吴下阿蒙。"

张辽叹息道："云长这一生太自负了，自古骄兵必败。他不是败给了孙权、吕蒙，而是败给了他自己。"

曹操摇了摇头，黯然道："杀云长者，曹操也！"

张辽自然明白主公话里的意思，樊城之战关羽水淹七军后，司马懿给曹操出主意说，刘备和孙权两家，表面很亲热，实际上互相猜忌得厉害。这次关羽得意了，孙权一定不乐意。

曹操采用了司马懿的计谋，派人游说孙权，答应把江东封给他，请他夹攻关羽，这样，樊城之围自然解除。

这才有了吕蒙白衣渡江，趁其兵力空虚兵不血刃地取得荆州，从而导致关羽败走麦城，最后战败而亡。

想到这些，张辽心情复杂地说道："主公不必自责，最后向云长挥下屠刀的，是孙权。乱世之中本就如此，只讲情仇，何必问因果呢？"

张辽虽与关羽交好，但他也并不恨曹操，自古千秋无义战，乱世之中更是如此。倘若是曹操生擒了关羽，张辽相信他定不会像孙权那样痛下杀手。但想来，一向自负的关羽未必肯受兵败被俘之辱，可是谁又能真的永不失败呢？对他而言，战死沙场未尝不是最好的结果。

曹操又从樟木盒子中取出一块碎玉和一节断竹，还有一封信，曹操看了信后问张辽："这是诸葛瑾的信，他在信中说，云长有遗言，在他下葬的时候往他的棺木里放上一块碎白玉和一节断竹。文远，你可知云长这是何意？"

张辽解释道："云长生前常言，玉可碎而不可改其白，竹可焚而不可毁其节，身虽殒，名可垂于竹帛也。青竹白玉，又作清白者也。"

"青竹白玉。呵呵，好一个青竹白玉！"曹操忽然放声大笑。

张辽并不觉得这个笑声突兀和刺耳，他从主公的笑声里读出了极为复杂的情感。主公与关羽的私交并不弱于自己，甚至更为复杂。

"文远，你可记得上次见到云长是在什么时候、什么地方？"曹操问道。

"建安十三年，赤壁兵败后的华容道上，如今已有十一年了！"

"竟然已经十一年了吗？想想我也是那时候见得云长最后一面。"曹操将桌子上放着的樟木盒子往前推了推，对张辽说道，"文远，最后再看一眼我们的老朋友吧。"

张辽摇了摇头，这是他这些年来第一次不肯听从曹操的话："云长一生自负无比，他必然不愿意被人看到他战败后的样子。"

"可是谁又能不败呢？"曹操自言自语地问道。

是啊，谁能不败呢？

勇猛的吕布，身死白门楼下。

多谋的周瑜，被刘备暗算，失了荆州数郡。

雄才若曹操，兵败赤壁。

曹操忽然剧烈地咳嗽起来，张辽正要喊侍卫、婢女进来伺候，却被曹操制止了。

张辽这才注意到，曹操刚才捂着口鼻的那只手掌上沾染了一丝鲜血，再看曹操，仿佛瞬间苍老了十岁！

"主公，您这是……"张辽惊道。

"此事不可声张！"曹操接过张辽递来的清水，饮下之后气息才逐渐平稳，"我恐怕时日不多了，得安排身后事了。文远，外面的兵事就要仰仗你了。"

曹操的语气很平稳，仿佛只是在陈述一个与自己无关的事实。

"再给我十年，我定能一统天下！可惜，还是败给了岁月！"

60. 英雄迟暮

离开魏王殿后，张辽仿佛也瞬间苍老了十岁。

"我终究败给了岁月。"心中念着刚才曹操的话，张辽想起来，原来自己也已经五十岁了。

这乱世什么时候才能结束？我还有机会看到天下统一吗？张辽在心中问道。他没有答案，也没有人会告诉他答案。

他甚至不敢确定最终一统天下的，会不会是他追随了近三十年、如今势力最强大的曹魏政权。这个世界充满了太多变数。

张辽第一次如此迫切地希望乱世能尽快结束，更希望能在自己有生之年可以看到天下统一。

在魏王宫殿的大门处，一个负责守卫此处的老兵正在跟一群新兵吹牛。

"想当年在逍遥津，我们八百死士追随张辽将军，在孙权的十万大军中杀了个三进三出！我跟你们说，有几次我差点就夺了孙权的帅旗。

"还有，几个月前，关羽在樊城水淹七军，还生擒了于禁将军。也就是我们张辽将军身在合肥，被东吴那帮人多缠了几日，脱不开身，等到接到魏王诏令送到襄樊前线的时候，关羽已被徐晃将军击败退走，才被那孙权捡了便宜，取了荆州，还半路截杀了关羽。若是咱们张辽将军提前赶到，只怕早就带着我们八百勇士再次大展神威，擒杀了那久负盛名的关云长！"

见那帮新兵听得入神，老兵更得意了，继续道："自古乱世出英雄，在这乱世中，正是我等建功立业的大好时机。当年我也跟你们一样，是个新兵蛋子，逍遥津一战之后，我就成了百夫长！若有一天你们上了战场，记住我的话，只要不怕死，谁都能当英雄！"

听到这个老兵的一番话，张辽忽然觉得，自己此生恐怕是再也见不到天下统一的那一刻了——世上总有一些人，渴望借助乱世获取名利。

想到此处，张辽的心情更加低落了。那群士兵听到了张辽的脚步声，纷纷跪拜。

张辽看了一眼那个跟随他出生入死的老兵，既没有责备也没有嘉奖，只是语气平静地说道："在这乱世之中哪有什么英雄，只有枭雄。"

几日后，在洛阳城西的一处枣树林里，魏王曹操亲率一众文臣武将祭拜关羽。

刘、关、张誓同生死，现在东吴杀了关羽，怕刘备报仇，所以把关羽首级献给曹操，以使刘备迁怒于曹魏，不再攻打东吴。而东吴，只想在曹魏和刘备两败俱伤时，坐收渔翁之利，一石二鸟！

曹操自然识破了孙权的小把戏。

关羽头颅送到洛阳的那天，曹操就命工匠迅速刻一尊香木躯体，与关羽头颅配在一起。在棺椁之内还放有一块碎白玉和一节断竹。

一切俱备后，今日又率领文武百官，大供牺牲，以王侯之礼隆重为关羽送葬。

魏王曹操还亲自在灵前拜祭，并追赠关羽为荆王，派专门官员长期守护关羽之墓。这种葬礼，在曹魏可以说是绝无仅有！

关羽的墓碑是白玉所刻，魏王还专门令人在关羽墓前移植了一些竹子，众人皆不解其意，洛阳并不太适合竹子生长，在墓前种竹子更是未曾听过。唯有张辽明白其中的深意。

在曹操将要离去的时候，又指着关羽坟墓不远处的几座小坟包对张辽说道："你不是说过云长不想被人看到他战败后的样子吗，那几个给云长殓棺的人我已全部杀了，就让他们在地下永远陪着云长吧。"

喧嚣过后，众人散去，只余张辽孤身一人，怅然地站在枣树林里的坟墓前。

枣树的枯枝上还挂着未曾消融的白雪，像是点点梅花。坟前深冬移植的竹子枯萎得快要死了。

此刻，张辽的心中竟没有一丝悲痛，有的只是无尽的孤独。

就像李典死前所说的：我们这些人手上已不知沾染了多少鲜血，今日自己死了也不过是天道轮回，又有什么可悲的呢？

想起李典，张辽不免又想起了曾在合肥并肩作战的乐进，至今也不过四年光景，彼时意气风发的三人此刻只剩自己还独活于世。

张辽从腰间解下一壶酒，那是他让手下士兵快马奔波数日，跑死了三匹好马，才从山西带过来的汾清干酿。

他和关羽都是山西人，这是他们家乡的酒。

张辽喝了数口烈酒，又将剩下的酒全部倒在了关羽墓前。

"你说我们这些人都会名垂青史吗？后人会怎么评价我们？"张辽问道。

自然没有人回答，张辽又自言自语道："我好像问错人了，云长一定会名垂青史、万世流芳的！"

斩颜良，诛文丑，过五关，斩六将，单刀赴会，水淹七军……关羽给后世留下了太多浓墨重彩的传说。

可是他张辽张文远呢？后世提起他会想到什么？

血战逍遥津，八百破十万，张辽止啼吗？

"文远兄！"就在张辽思绪万千之时，一个粗犷的声音打断了他，"就知道你在此处！"

但见许褚匆匆而来，在关羽墓前拜了两拜之后，四周环视了一下，确定四周没有其他人后，方才小声对张辽说道："文远兄可发现主公最近有什么反常之处吗？"

张辽想起了几日前主公咳血的一幕，心下一紧，含糊其辞道："许将军此话何意？"

"实不相瞒，我乃是受张郃、徐晃两位将军所托而来。只因他们二位身份太过敏感，不敢在此时私会文远兄。"

听到此话，张辽明白了许褚的来意。

自襄樊之战以来，曹操责备曹仁用兵不利，将其军权交给了徐晃。

夏侯渊汉中之战被黄忠斩杀后，其部众也被主公交给了张郃管辖。

许褚虽勇，却无智谋领兵，虽然打仗不在行，但却对主公忠心无比，因此领三千禁军负责护卫宫城，但几日前，主公将洛阳城内外周边三万兵马全部交给了许褚。

张辽就更不必说了，自从四年前合肥之战大破孙权之后，便扶摇直上，早已稳居五子良将之首！

换言之，现在张辽、徐晃、张郃、许褚四人合起来，竟已掌握了曹魏七成的军权！

而以前掌握曹魏一半兵权的夏侯、曹氏两家主公本族，不是因为作战不力被问罪夺权，就是被明升暗降给架空了。主公这反常的举动引来了朝廷内外的各种猜疑。夏侯、曹氏两家众人更是极其不满。

见张辽始终不愿表态，许褚继续说道：“文远兄不必隐瞒，张郃、徐晃二位将军不知内情，自然不敢猜测主公心事。我是主公贴身之人，自然是知道一些内情的，只是主公说，我虽忠心却是个粗人，若是有什么不明白的，可与文远商量。”

“主公真的就要大限将至了吗？”许褚说出这句话的时候，声音竟有些哽咽。

张辽缓缓地点了点头：“恐怕就在几个月之内了。”

二人沉默许久后，张辽惨笑一声：“虽然我以前就认同主公是乱世第一雄主，但对其做事不择手段的枭雄做派还是有些芥蒂的。现在看来，是我误解了主公。没想到，他竟也有如此慈悲的时候。”

“文远兄此话怎讲？”

“主公若不在，几大世子必然争权，曹氏、夏侯两家乃其近亲世家，两家众人对几个世子自然也有亲近之分，若不夺其兵权只怕会引来内乱。夺了他们的兵权，就算他们有意加入夺嫡之争，也是有心无力，聪明一点儿的自然不会引火烧身。这其实是在变相保护他们啊！

“而我等四人素来只忠于主公，他将兵权交于我等，是有托孤之意啊。此时我等手握重兵，只要我们按照主公的遗愿稳住一时的局势，自然会被继任的世子看作嫡系近派，这对我等也是有利的。只是许将军要记得提醒张郃、徐晃两位将军谨记一点。”

“提醒他们什么？”

“若是世子坐稳了魏王的位子，千万不要贪权，该放手就要放手。我们毕竟不姓夏侯，更不姓曹！”

61. 奸雄寿终

除夕这日，常年镇守在外的大将徐晃、张郃得到主公曹操密令，日夜兼程赶到了洛阳。

张辽看着铜镜中那个胡须花白的模糊人影，深吸了一口气，努力地挺了挺腰板，他清晰地感受到身上盔甲的重量，尽管还不算吃力，但这样负重的感觉让他很不自在。

"已经很威风了！"夫人笑道，"就是有些老糊涂了，去见主公还要带着佩刀，也不怕主公怪罪。进了洛阳城，你在战场上的习惯可要改了。"

夫人说着，就要伸手准备接过张辽手里的佩刀。

张辽将佩刀握得更紧了，淡淡地回了一句："你不懂！"

张辽整理好身上的盔甲，起身来到府外，一匹年迈的河曲大马见到张辽过来，发出兴奋的嘶鸣之声。

"老伙计，你还能驮得动我吗？"张辽轻轻抚着河曲大马脖颈上的鬃毛问道。

河曲大马低头在张辽的腰间胸口厮磨，像是一个撒娇的孩子。

这还是他从家乡出来时的坐骑，最近几年，张辽没有再骑过这匹年迈的河曲马征战沙场了，只是将它养在府中，让人悉心照料。

最终，张辽还是没舍得再次骑上这匹已经跟随了他三十多年的老马。一个身材高大、须发灰白的将领，牵着一匹行动迟滞的老马，缓缓走向洛阳城最中心的那座巍峨的宫殿。

临近正月，洛阳的天气越发寒冷，寒风在空荡荡的街头呼啸而过，卷起一片肃杀之气。

树木何萧瑟，北风声正悲！

洛阳城中的百姓似乎也感受到了不同寻常的气氛，若无紧要事情，都闭门不出。

"看来主公的病情终究还是瞒不住了。"张辽在心里叹息道。

临到魏王宫的时候，张辽又遇见了几个老友，几人相视无言，各自默默进入了宫殿。

大殿之上放着上百个座席案几，却只有稀稀落落的三十几人，除了几位公子，余下的皆是四五十岁、已经跟随了曹操至少二十年的功臣老将。

虽然众人大多已经年迈，但是文臣朝服冠冕，武将戎装佩刀，皆是一番意气风发的模样。

与那空着的六七十个座席相对应的案几之上也摆满了果蔬酒肉，每一个案几上还放着一个牌位，牌位上是一个个熟悉又遥远的名字：郭嘉、典韦、秦邵、李典、乐进、荀彧、夏侯渊……

"今日除夕，不谈政事，只管饮酒作乐！"曹操率先举起酒爵，一饮而尽。"咳咳……"

"主公！"

"主公！"

"主公可千万要保重身体，不宜再饮酒了。"侍中陈群劝道。

"你在教我做事？"曹操双眸闪着寒光看向陈群，"来人呀，把陈群拖下去打一百军棍！"

一百军棍无疑会要了陈群的性命！

"父亲息怒，陈群也是为了您的身体着想，就饶了他这一次吧。"公子曹植首先跪下求情道。

"是呀父亲，陈群即使有罪也罪不至死，罚他些俸禄也就是了。"公子曹彰也跟着跪下求情道。

曹操没有理会两个公子的求情，怒道："侍卫呢，都聋了吗，没听到我刚才的话吗？"

"父亲，陈群扫了您的兴致，打他二三十军棍也就是了，一百军棍就免了吧。"之前一直没有说话的世子曹丕也为陈群求情道，但曹丕却没有跪下，只是微微躬身地说道。

曹操若有深意地看了曹丕一眼，摆了摆手道："我打他二三十军棍，他就不会记恨我吗？罢了罢了，干脆一棍也不打了，不罚了，不过今日这顿酒他也别喝了，把他给我轰出去吧。"

把陈群轰出大殿后，曹操又开始剧烈咳嗽起来。

"无妨，无妨！哈哈……"曹操甩开了准备搀扶他的婢女，双手撑着案几慢慢站起身来，拖着沉重的步伐，缓缓地走近大殿正中的酒瓮，指着几个空着的席位笑道，"典韦、文若，刚才定是你等嫌我只顾自己饮酒，忘了你们，呵呵，我曹操是那样的人吗？"

说着话曹操抽出腰间的宝剑，挥剑击碎了半人高的陶制酒瓮，醇香的酒气瞬间弥漫在整个大殿！

很快，侍卫又抬上来一瓮烈酒。

"今日不醉不归！"曹操再次举起酒爵，一饮而尽，这次再也没有人敢劝他这个已近油尽灯枯之人不要饮酒了，他也不会听从别人的劝解。既然已是油尽灯枯，还差这几杯酒吗？

那天，所有人都喝醉了。他们三三两两地聚在一起谈论着曾经发生在彼此间的往事。

张辽醉得很厉害，他甚至因为醉酒，主动找到自己一向看不顺眼的程昱敬酒，两人竟然聊了大半个时辰。

喝到最后，张辽只隐约记得所有人都不再说话，只有曹操的声音回荡在大殿之中。也不知是曹操喝多了，还是张辽自己喝多了，他只清楚地记得，酒宴散去之时，曹操还在喃喃念着一句话："三分天下，而有其二。可惜老天竟不容我再有十年光景……"

建安二十五年大年初一，张辽接到主公诏令继续回到合肥督军，如无诏令不得回洛阳。张郃、徐晃还有主公的养子曹真也得到了相同的诏令。

与此同时，魏王曹操又下了两道密诏：

一、所有夏侯、曹氏两家的宗亲如无诏令不得离开洛阳，不得出府。有违诏令者，不论远近亲疏，诛之。

二、所有在外领兵的将领不得私自与夏侯、曹氏两家的任何宗亲有所接触，有违诏令者，无论功劳高低，诛之。

回到合肥后，张辽严令各将领时刻提防江东异动，淮江沿岸加派兵力，全军上下所有人马分作三批轮番执勤，执勤期间不得卸甲，并放言魏王曹操已经识破了孙权嫁祸曹魏的挑拨离间之计，魏王大怒曰：孙权小儿欲使吾居炉火上耶！待得开春草肥必将亲征东吴！

一时间东吴人心惶惶，早想为关羽报仇并重新夺回荆襄之地的刘备也摩拳擦掌，准备发兵攻打东吴。

孙权大惊，匆匆遣使赶到洛阳欲割地求和，被魏王扣留下来。张辽知道主公是怕吴使走漏他已病重的消息，从而引起孙刘两家的觊觎。

刘备欲大举讨伐东吴，又怕曹魏趁他蜀中空虚进兵汉中，一时有些犹豫，举棋不定。

一时间好像随时都会有大事发生，但又处处风平浪静，至少表面如此。平静的水面下暗流涌动，却又没几个人能看得真切。波诡云谲的氛围萦绕在各人的头上。

建安二十五年正月的最后一天，洛阳八百里加急军报递到张辽手中，接到军报的瞬间，他感觉自己的身体瘫软了一下，在身旁偏将的搀扶之下才堪堪站稳。

张辽久久不愿打开，因为他知道军报里面的内容。他不想看，也许是自欺欺人，但他就是不愿承认，拿着军报的那只手不自觉地有些抖动。

其他众将领不明内情，纷纷催促张辽赶快打开八百里加急军报，生怕误了魏王大事而被治罪。

"魏王有令，此军情只可张辽将军一人拆看。"从洛阳赶来送军报的驿卒说道。

张辽摆了摆手让众人散去，等中军大帐中只剩下他一人之后，他才将封蜡的军报打开，里面只有八个字：

魏王薨，传位世子丕。

62. 布袋阵法

那晚，张辽喝了一夜的酒，他坐在长江岸边，远眺洛阳城的方向，那个自己此生最敬服的人再也见不到了！

听着耳畔传来长江的波浪声，张辽心中不止一次想到：主公终其一生也未曾越过长江天堑，这恐怕是他一生最大的遗憾了吧。

"三分天下，而有其二。可惜老天竟不容我再有十年光景……"曹操除夕夜醉酒后的喃喃自语始终萦绕在张辽的心头，挥之不去。

"我还有机会吗？"张辽也在心中自问。

他现在越来越迫切地想要看到四分五裂的天下归于一统，因为他自己也在一天天地变老，越来越能感受到岁月在自己身上流过的痕迹。

这种变化让人很无奈，因为它无声无息，又不可逆转。

张辽不怕死，只是不想带着遗憾抑郁而终。

忧郁的人饮酒总是很容易醉，张辽也不例外。他醉酒后，竟在寒夜里的长江边上醉卧了一夜。

第二日，他醉眼蒙眬地看到岸边竟然已有春草冒头，这才猛然想起来，合肥的春天比洛阳来得要早很多。

万物兴歇皆自然，有些事情终究是不能强求的。

建安二十五年三月，经过两个月的权力更迭交接，洛阳城里的局势已经彻底稳住了，世子曹丕正式继任魏王。

同时昭告天下：前魏王曹操，薨。

当这一消息传遍天下的时候，孙权、刘备两家不约而同地开始向着北方蠢蠢欲动，仿佛几个月前两家在荆州城的恩怨已被遗忘。

　　一切就是这么现实！没有永远的敌人和朋友，只有永远的利益，在驱使着两种身份不断转变。

　　只是孙刘两家不会想到，曹操早在几个月前就预感到了自己大限将至，他对曹魏政权权力交接的谋划早在几个月前就开始悄悄地进行了。事到如今，一切已经按照他的计划按部就班地完成了，如水到渠成般自然，丝毫没有引起一丝内乱。

　　因此张辽并不如何担心孙刘两家来犯。他反而有些期待：他已经很久没有上阵杀敌了！

　　新任魏王曹丕下的第一道军令就是升任征东将军张辽为前将军，又分封其兄张汛及一子为列侯，同时，赐给张辽多达千匹帛、万斛谷。

　　这样的封赏在曹魏所有的外姓将领中是最高的！这无疑是无上的荣耀！当然，张辽也的确当得起这样的荣耀。

　　张辽带着几个亲兵去洛阳朝拜新魏王，刚刚走到徐州，就接到了合肥前线发来的孙权再度进攻的消息。

　　紧接着，张辽便接到了魏王曹丕的诏令，令张辽还屯合肥，率军抵抗东吴来犯之敌，并晋爵都乡侯。

　　张辽接到诏令，策马星夜赶回了合肥，这时合肥守军已在副将侯成、宋宪的带领之下，击退了东吴的第一次进攻。

　　得知主帅张辽回来坐镇中军，全军上下更是士气高涨，纷纷上前请战，想要主动出击，将东吴击退。

　　张辽略一沉吟，便道："我已回到合肥的消息暂且不要声张。与东吴的第二战还是宋宪将军领兵出战，但要记住一点——许败不许胜。"

　　众将不解，宋宪问道："前将军这是何意？"

　　张辽神秘地一笑："本将自有定夺。"接着又在地图上指了一处地方，下令道，"你只管战败后带着败军退到此处便可。我和王凌将军会各领三千兵马埋伏于此处的东西两侧。"

　　张辽接着又指了地图上的另一处地方，对侯成吩咐道："侯将军你率三千本部兵马埋伏于东吴退路两侧，等我的号令，将东吴退路封死。如此一来，定叫他们有来无回！"

　　众将似乎明白了张辽的计谋，但这样诈败诱敌的计谋似乎也并不怎么高明，东吴军队真的不会识破这样的小把戏吗？

　　张辽也看出了众将士的心思，便道："此次进犯，东吴之敌虽号称十万，我猜最多不过三两万。他们只不过是听说魏王刚去世，想趁此机会浑水摸鱼罢了。主公虽死，但我军毕竟势大，东吴又刚与刘备在荆州结怨，孙权还要提防着刘备。因此，我判断他们此次来犯，应该只是打前哨式的试探性进攻。"

　　"若是东吴识破了前将军所布置的这个口袋阵，不肯追击宋将军，咱们岂不是平白损失了宋将军兵马，还长了对方的威风？"众将还是有所顾虑。

　　"众将士只管依计行事，本将自有定计！"张辽不可置疑地大手一挥，众将只得领命，分头行事。

　　第二日，东吴军趁夜偷渡长江，驻防长江沿岸的宋宪由于前几日的胜利，有些"大意轻敌"，被东吴军打了一个措手不及，向西北的合肥城逃去。

　　自从当年在逍遥津大败，数年来，东吴从未在合肥守将张辽的手中讨得一丝便宜。得知曹操刚死，张辽前去洛阳奔丧后，东吴因此认为合肥的曹魏军已无主无帅，人心不稳，正是进攻合肥的大好时机。此刻又见得宋宪不敌，更加印证了他们的想法。

　　三万东吴军在主帅凌统的带领之下，一路追击败逃的宋宪，直至六十里之外的六挡山处，眼见就要追上，忽听得身后喊声大震，退路不知何时已被曹魏军截住。

　　凌统大叫一声："不好！"只见本来溃逃的宋宪兵马又回身从正面杀了回来，接着东西两侧又是一阵尘土飞荡——他们被包围了！

　　最当先一人，身形高大，骑着一匹河曲大马，挎刀执戟，须发虽比多年前多了几分灰白，却仍不见有一丝颓老之态。

　　见到此人，所有的东吴将士都不自觉地向后退了几步，战阵也有些散乱。

　　那人冲着凌统轻蔑一笑，然后缓缓抽出满是缺口的无名战刀，用独有的山西口音一字一顿地说道："将士们，随我杀！"

那人正是东吴数十万将士的心魔——张辽！

战鼓响起，杀声雷动！尘土激荡，掩盖了二十里黄土！

当尘土散去，六垱山已被鲜血染红。那是三万东吴兵马的血！

张辽再次领兵大胜，此一役，凌统只带着数百残兵败将逃回江东。

战后，众将纷纷赞叹张辽将军料敌如神。许多年前，每当提起张辽，所有人对他的评价都是勇猛如神、胆识过人。但是近些年来再提起张辽，评价就变成了有勇有谋、谋略过人。

张辽知道，这种变化离不开多年来先主公曹操对他的教导，曹操常言："以勇杀敌，伤人一千自损八百；以计杀敌，一人可敌万人！"

张辽曾问："如何用计？"

曹操言："因人而异，因时而变，用计者不过是借助天时地利，然后多加揣摩人心罢了。"

东吴在此前所惧者，一是曹操，但如今得知曹操已死，他们自然会有三分轻敌之心；二是张辽，张辽虽已回城，东吴却不知道，自然又多了三分轻敌之心。再加上东吴主帅凌统曾败于逍遥津，一直心有不甘，想一雪前耻。

如此这般，东吴才中了张辽布置的这个看似不太高明的布袋阵。

合肥的捷报很快传到了曹丕那里，曹丕大喜，除了犒赏合肥前线的三军之外，曹丕又另赐舆车予张辽之母以示荣宠，并派遣兵马送张辽家人到他驻军的地方，还派遣人预先在各地张贴告示，宣告张辽的家人将要前往合肥，大家争相出迎。

在他们快要走到合肥的时候，张辽所督诸军的将士、官吏更是早早列于道路两侧，拜迎给他们带来无数犒赏和无上军功荣耀的主帅的家人。

此乃曹魏诸将从未有过的荣耀！

63. 朝拜新君

刘备、孙权本想趁着曹魏政权不稳，趁火打劫一番，但两家谁也没讨得便宜，慢慢也就死心了，不再自找没趣。

合肥前线一带又逐渐归于平静，但张辽很讨厌这种平静。

自从上次大胜东吴之后，张辽本想率兵一鼓作气，拿下东吴在江北重兵把守的最后一处据点濡须口，却被曹丕制止了。

张辽明白魏王的用意，孙、刘两家因为荆州之仇已如水火之势，若是曹魏在此时太过强势会让孙、刘两家深感危机，恐怕会再度联手抗击曹魏。此时略微放松压力，未必不是一件好事。

因为最近没了战事，张辽有些无所事事。他觉得自己这一辈子好像除了带兵打仗，也不会别的什么了。

张辽把他的中军大帐从合肥城搬到了长江岸边的一处小村落，白日天气晴朗时，他便会驻足江边，眺望着对岸久久不发一言。此处江面极宽，除了浩渺的江面，其实他什么也看不清。

而夜里，只有伴随着波涛拍岸的声音，张辽才能入眠，因为长江的波涛声好似万马千军驰骋疆场的声音，他习惯了在这样的声音中入睡。

同年十月，曹丕称帝，年号黄初，封张辽为晋阳侯。

黄初二年春，刘备在蜀中称帝。

蜀、吴矛盾升级，刘备欲举全国之兵为关羽报仇，夺回荆襄之地。

孙权再三考虑，最终决定再次向曹魏纳贡称臣，"使命称藩"。

诚然，魏帝曹丕也明白，这不过是孙权的权宜之计罢了，然而他乐得见到孙、刘两家相斗，最好能斗个两败俱伤，那时他就可以坐收渔利，不费吹灰之力，便能将天下收入囊中。

为了进一步挑拨吴、蜀两家的关系，魏帝曹丕遣使邢贞拜孙权为吴王，将刘备一直觊觎的荆襄之地正式封给了孙权，使孙权可以名正言顺地"以大将军持节督交州，领荆州牧事"。

出使东吴后返回江北的邢贞，在长江岸边见到了令东吴将帅闻风丧胆、呼其名便可让小儿止啼的前将军张辽。

张辽在江边负手而立，双眼直直地望着长江之南，眼神中有无奈，更有期待。

"前将军，一别数年，近来可好？"邢贞拱手作揖道。

"邢常卿不必多礼。"张辽转过身来摆手说道，"没什么不好的，只是须发一年比一年更加花白了。"

张辽的须发如今已半数皆白，邢贞见到他时也在心中不禁感慨，嘴上却继续恭维道："将军神威不逊当年，我看将军足可比古时的廉颇。廉颇八十尚能一饭斗食，前将军今年不过五十有余，定能再为我曹魏建功二十年！"

张辽笑骂了邢贞一句文人嘴臭，开玩笑道："我本来想活百岁的，你邢常卿还要赔我二十年啊！哈哈……"

"哈哈……"邢贞也笑道，"二十年我可赔不起，不过我此去江东倒带来了一壶杨梅酒，便送与前将军吧。"

张辽接过邢贞递来的杨梅酒，打开塞子放到鼻下，一股清香瞬间沁满心肺，道了声好酒，却没有饮上一口。

张辽从未吃过杨梅，因为杨梅只生长于江东。此时手里的杨梅酒让张辽想起了一件往事。

建安十三年，曹操平定北方大部后发兵东吴，于赤壁与孙、刘联军对峙。

战前，为了激励手下将士，曹操让人扮作商贾从江东买来数船杨梅，给没吃过杨梅的曹魏将士解馋。张辽拿起一粒杨梅刚要放入口中，却见主公没吃，便问原因。

主公对手下几员心腹大将说道："杨梅乃是江东特产，长江以北没有此物。尔等可能让我吃到咱自家地里长出来的杨梅？”

闻言，张辽等数员大将纷纷放下手中杨梅。

邢贞自然不知道这些事情，他见张辽发呆，便问：“前将军可有心事？”

张辽摇了摇头，一甩手将那壶杨梅酒丢进了长江之中。

邢贞不解道：“前将军可是不喜欢杨梅酒？”

“喜欢，也很想吃杨梅，也想喝杨梅酒。”张辽再次望向长江对岸，“可是我曾答应过主公，不过长江，不食杨梅！”

回到中军大帐后，邢贞又取出了魏帝曹丕的一道诏令：令前将军张辽将军中事务交给副将，即刻起身前往洛阳朝拜新君。

张辽把军中事务仔细与手下各副将交代一番后，简单收拾了一下行装，第二日就与邢贞一起赶赴洛阳。

一路上除了吃饭、睡觉，几乎是马不停蹄，把邢贞这个文人累得够呛。在行至徐州南部的下邳城后，张辽才慢了下来，在此足足歇息了两日时间。

累坏了的邢贞虽然倒头大睡了两日，却也纳闷为何到了此处后，张辽显得有些闷闷不乐，看上去心事重重。

直到第三日准备离开此地的时候，张辽才指着下邳城那座白色的南城门楼，对邢贞说道：“那里就是白门楼，当年吕布被主公打败，就是被缢死在这座城门楼下。”

张辽又指了指自己的脚下继续讲道：“当年我就被绑在此处，我的身后就是拿起铡刀的刀斧手。”张辽又望向那座白色城楼，沧桑的眼神仿佛又穿越到了那一天，“当时，主公和刘备都在城楼之上，是云长求情，方才让主公动了爱才之心，我这一条性命得以保全。”

“时光荏苒，一切仿佛近在眼前，实际却已过了二十余年了。唉，如今云长、主公相继离去，只留我张辽苟活于世！唉……”

张辽一阵唏嘘，拱手又冲着白门楼拜了三拜，一拜吕布，二拜关羽，三拜曹操，这是他离开雁门老家从军以后，对他影响最大的三个人。

这时一阵风吹过，卷起了白门楼之下的一堆纸灰……

在距离洛阳还有五十里的时候，宫中常侍已在官道上等着接引张辽了。

在洛阳城门之外，凡三品以下洛阳官员皆列于两侧，迎拜张辽。魏帝曹丕还下旨，特许张辽不必下马，直接策马入洛阳城。

休息了一夜后，第二日，张辽早早地沐浴更衣，收拾妥当后，便到洛阳皇宫朝拜新君。刚到皇宫之外，宫中常侍又来传旨，特许张辽不必下马。虽有圣旨，但张辽不敢托大，还是下马步行走入皇宫。

魏帝曹丕引张辽会晤于建始殿，亲问其昔日破吴军十万时的情状。张辽没有突出自己的功绩，只是反复强调李典、乐进的功劳，以及八百猛士的勇猛。

听完张辽的讲述，魏帝曹丕向左右文臣武将赞叹道："文远居功而不自傲，其打败东吴贼子，平定江淮之功，依孤看来，毫不逊色于古代召虎！"

魏帝曹丕下令为张辽建造屋舍，替其母兴建殿室，当年跟从张辽突破吴军阵线、直冲孙权帅旗的一众兵士，都被封虎贲。

64.　功高震主

　　新主公曹丕的连番封赏让张辽有些无所适从，几欲推辞，却皇命难违。

　　在洛阳城中，被魏帝曹丕以及旧相识老朋友宴请了几日后，曹丕下诏令：体恤张辽年岁已长，不必再回合肥前线，命其在洛阳附近的雍丘屯兵。

　　诏令一下，张辽的府门之前立刻清静不少，再没人主动宴请张辽了。

　　一时间，洛阳城中流言飞起，知道一些消息的人都在暗地议论，张辽虽军功极高，但毕竟既不姓夏侯也不姓曹。

　　之前张辽军权太重，早就引起了夏侯、曹氏两家皇室宗亲的不满，新君曹丕毕竟年轻，也怕张辽功高震主，拥兵自重。

　　此番魏帝曹丕诏令张辽屯兵雍丘，实则是剥夺了张辽的军权。至于那些令人眼红的钱财爵位，不过是在警告张辽，只要听从皇帝的安排不再贪恋军权，总会保你一世富贵。

　　收到魏帝曹丕的诏令之后，张辽径自来到了太尉贾诩府上。

　　"世人都说太尉一生圆滑，没想到今日竟不嫌辽身份敏感，还敢迎我进府中，文远在此有礼了。"张辽对贾诩拱手见礼道。

　　"呵呵，你呀！"贾诩屏退了家奴对张辽道，"文远，你我都是早年就追随先主公左右的，一文一武，你在外领兵，我于幕府出谋，虽说交集甚少，但也毕竟相识二十余年了。何苦用这番话激我？"

　　"不敢。"张辽见贾诩如此说，也就开门见山道，"文远此来是有事相求太尉的，还请太尉不要推辞。"

　　贾诩摇了摇头道："老夫知道你想让我帮什么忙，我只能拒绝。"

张辽不甘心道："太尉何不听我把话讲完，也许我所说的，正合太尉心意也不一定。"

"孙、刘两家已在夷陵摆开阵势了，看样子，一场大战是不可避免了，你想让我劝说陛下放你回合肥前线。你想趁此机会领兵渡过长江，夺取整个东吴，我说的是也不是？"贾诩看透了张辽的心思。

见张辽点头，贾诩继续说道："在孙、刘两家战事结束之前，陛下是不会攻打他们任何一方的。陛下之所以在此时把你召回洛阳又放任雍丘，无非就是想降低东吴对我曹魏的戒心，好让孙权全力对付刘备，只有他们两家都出了全力，才更有可能两败俱伤。

"而且，那些说你位高权重引来夏侯、曹氏两家宗亲嫉妒，又说你功高盖主引起新君猜忌的流言，据我所知，就是陛下悄悄让人放出风来的。而徐晃和张郃现在的处境和你也差不多，陛下的目的无非是想麻痹孙、刘两家。"

贾诩讲完这些，又安慰张辽道："文远你也尽管放心，陛下对你的忠心还是极其信任的，这一切不过是形势需要罢了。等到孙、刘大战结束，若是有利可图，定然还会任命你为主帅，领兵攻打东吴。"

听完贾诩的话，张辽呆呆地愣了半晌，对于贾诩所说，他其实也早有猜测，只是不敢太确定。

曹丕的计谋可称得为上策，只是依张辽的想法，在孙、刘两家激战正酣时突然下手，未必不是良策。最关键是，如今张辽已经五十二了，虽说不算太老，却也绝不年轻了，由于常年征战，浑身尽是暗疾，难免有万一。

自从故人接连离世，张辽越来越觉得自己时间紧迫，他想要打过长江的念头也越来越难以抑制，迫切地想在有生之年看到天下统一。

贾诩继续劝张辽道："其实，文远你刚才说的也不错，你的想法也合我的心意，我也想尽快看到我大魏的万马千军越过长江天堑，一统天下。不过你再想想当年赤壁之战的教训吧，新主还年轻，如今我们的地盘最大、人口最多，他有很多时间和孙、刘两家耗着，如今，等待是对我们最有利的。"

这道理张辽何尝不知道，他无奈地叹了口气道："可是，我们都老了。"

"是啊，我们都老了！"贾诩也跟着叹息道，"谋事在人，成事在天，有些事是强求不得的。文远，想开些吧！"

谋事在人，成事在天，可若此生看不到天下一统，自己怎能无憾离世，自己一生南征北战，不就是为了天下一统，保民安邦，光耀祖先吗？

若是不能天下一统，保民安邦，这些年自己征战四方杀了那么多人又算什么，只是让这乱世多了许多孤魂吗？这又算是什么光耀祖先！

张辽彻底失望了。

浑浑噩噩地又跟贾诩聊了一些往事后，张辽的脑子里忽然闪过一丝清明，惊讶道："我与陛下认识也有二十余年了，自认对他还是有些了解的。太尉刚才所说的一番计谋不像是陛下自己琢磨出来的呀？"

贾诩点头道："这些计谋的确不是主公自己想出来的。文远，你可还记得在先主公身边那个经常不发一言的司马懿？"

张辽想起了那个后来经常跟在先主公曹操身后，看上去总是低头顺目的沉默之人："仲达？"

曹操曾对司马懿有过一番评价：此人鹰视狼顾，不可付以兵权，久必为国家大祸。想到此处，张辽的面上露出一丝凝重："看来我们之前都小看了此人。"

二人又寒暄了一番之后，张辽起身告辞。

贾诩将张辽送出府外，最后问道："文远何不问我先主公葬身何处，你难道不想祭拜一下先主公吗？"

张辽道："先主公设了七十二疑冢，难道太尉知道真正墓冢所在？"

贾诩点头道："先主公曾向我交代，若是文远回到洛阳，可领你去祭拜。"

张辽摇了摇头："不必了，先主公生前最恨别人揣测他的心意，想必他死后也不喜欢别人打探他的墓冢所在，这才设了七十二疑冢。再者说，太尉又如何得知先主公告知你的墓冢就是他真正的葬身所在呢？"

"哈哈，文远，你呀！"

听到张辽此话，贾诩与他四目相对，二人忽然相顾大笑。

　　张辽回去后，便收拾行装依诏前去雍丘屯兵，在那里倒也清闲，只是他每日仍是心事重重。魏帝曹丕听说后，知道久带兵之人不习惯清闲，不时差人将探子搜集来的一些蜀、吴两地的战报送与他看，解他烦闷。

　　黄初二年，夏。

　　张飞因为想替关羽报仇，急令各部将搜集进攻东吴所需的各种粮草军需，常有部将因完不成任务而遭到毒打，张飞暴而无恩，部将范疆、张达将其杀害，并枭其首降于东吴。

　　刘备大怒，加上之前夺荆州、杀关羽之仇，于是亲率大军攻吴。吴将陆逊为避其锋，坚守不战，双方在夷陵地区成对峙之势。

　　蜀军远征，补给困难，又不能速战速决，加上入夏以后天气炎热，以致锐气渐失，士气低落。刘备为舒缓军士酷热之苦，命蜀军在山林中安营扎寨以避暑热。

　　陆逊看准时机，命士兵每人带一把茅草，到达蜀军营垒，边放火边猛攻。蜀军营寨的木栅和周围的林木均为易燃之物，火势迅速在各营蔓延。蜀军大乱，被吴军连破四十余营。

　　刘备元气大伤，只得撤军。走到白帝城时，刘备气火攻心，竟然就此一病不起。

　　陆逊火烧连营七百里，此战几乎不费一兵一卒，就将蜀军主力全部消灭。

　　看到这样的战报，张辽竟一口鲜血喷涌而出！

　　孙、刘大战，东吴未有大损失便破敌数十万，张辽隐约意识到，自己想要在有生之年率军打过长江吞并东吴，恐怕是不可能的事情了！

65.　抱病出征

魏黄初三年初，去年刚取得夷陵大胜的孙权没有被胜利冲昏头脑，明白曹魏势大难敌，东吴虽有长江天堑，但也不甚保险，周瑜已死，还能再有赤壁之战吗？

为避免曹丕猜忌，孙权遣使带着大贝、明珠、象牙、犀角无数珍宝献于魏帝，放低姿态，称臣纳贡，以避免战祸。

与此同时，张辽病倒在雍丘的消息很快传到了洛阳。魏帝曹丕遣侍中刘晔带着太医、黄门侍郎审视其疾。

自汉以来，只有位列三公之人得病，皇帝方遣太医黄门问病。曹魏袭汉制。张辽位未至公，而遣黄门侍郎，可见荣宠。

"前将军这是急火攻心，服些养气补血的药食，安心静养些时日，自然痊愈。"太医切脉后说道。

张辽夫人和长子张虎拿到太医的药方后，道了声谢，就去准备。

见家人离开，脸色苍白的张辽苦笑一声："太医此话骗骗旁人还成，我自己的身体自己清楚。有什么话，太医与我直说吧。"

"听闻前将军每战必身先士卒，常常执戟冲于最前方与敌交战。以前我还多有不信，现在真是汗颜哪！"太医的脸上露出深深的钦佩之情。

他刚才在为张辽检查身体的时候，发现其身上下刀箭之伤累累，内中脏腑更是暗疾无数——是伤也是战功！

"我还有多少时日？"张辽面色平静地问道。

"若是悉心调养……"太医有些不敢与张辽对视，"十年吧。"

张辽没再问什么，他深知对自己而言三五年已是奢望。

侍中刘晔带着太医回洛阳的时候，张辽托他将自己写就的一篇《伐吴表》呈送给魏帝曹丕。

太医走后，张辽一口汤药也未服用，每见夫人掩面而泣，张辽总是一脸平静地说道："汤药如何得治心病？"

自己的上表迟迟不见回音，张辽越发消瘦，往常如狼似虎的眼神也逐渐暗淡。

每当自己的病痛难以忍受的时候，张辽就会抽出自己那把无名之刀细细擦拭。

刀身已布满缺口，却依然闪着寒光。这是张辽征战沙场数十年的见证。

"先祖之剑锋利，我刀未尝不利！"这是三十多年前张辽对他父亲说过的话。他做到了，曾经他以先祖为荣，现在聂氏先祖也可以他为傲！

每每想到此处，张辽总会拉过长子张虎，给他讲述这把无名之刀上每个缺口所经历的战斗。也只有在此时，他那本来有些暗淡的眼神才会重现精光！

"这是这把刀的第一个缺口，是我担任雁门郡郡吏的时候，与檀石槐交战留下的。

"这是建安六年我在东海郡与寇首昌豨打斗留下的。

"这是建安十二年白狼山之战，为父持矟大破乌桓单于蹋顿二十余万人马时留下的。"

张辽又接连指了刀身上的好几处缺口，更加得意道："这些都是建安二十年，为父在合肥逍遥津亲率八百勇士冲击孙权十万大军，并将其击败时所留下的！当时我右手执戟，左手持刀，在孙权的十万大军中，来回冲杀了数番！"

讲到此处，张辽的眼神又忽然一暗："可惜，当时主公正率主力大军西征张鲁，未能前来驰援。我虽打退了孙权，可手中只有七千兵马，遗憾未能趁此机会打过长江！"

"父亲已经很了不起了！我们张氏先祖一定会以你为傲的！"张虎道。

张辽纠正道："我们的先祖是聂氏。"

张虎指了指刀上最大的一处缺口问道："父亲，这又是哪一战留下的？"

"我在丁原手下从军时，听说丁原义子吕布天下无敌，当时年轻气盛，于是就找他比武切磋，这是被他一刀砍下的。"

"那父亲可能打得过吕布？"

"呵呵，自然是不敌。不过，当时我在吕布的手中坚持了足有一百回合！"讲这话的时候，张辽仿佛又回到了年轻时，一副不知天高地厚的模样。

"哈哈哈……"讲到此处，父子二人俱是开怀大笑。

张辽突然意识到，自己已经很久没有这样开心大笑了。

每日，张辽的府外都有一群兵将等候，这些人都是追随他多年的虎贲勇士。但是这群行伍出身的粗人，却很细心地只在午前的一个时辰轮流去探望张辽，因为他们怕打扰张辽休息。

每日前来的人难以数清，可一个时辰的时间太短暂，一些当天轮不到的兵将竟在张辽的府外支起了军帐，生怕第二日来晚了又被别人抢了先。

魏帝曹丕得知此情景后叹道："文远得军心如此，岂有不胜乎？"

张辽之疾久未痊愈，魏帝曹丕命人把他接到自己的行宫，自己则驾车亲临，亲手赐给他貂裘御衣。

张辽谢恩后又在魏帝曹丕面前提起想要领兵征伐东吴之事。

"蜀中刘备兵少民稀，其实不足为虑，只因蜀中四面环山，皆是鱼肠鸟道才难以攻伐。而东吴乃鱼米之乡，自古便是富饶之地，江东民风也向来彪悍，古有吴越争雄，前朝又有项羽称霸。主公，东吴孙权不可不防啊！"张辽将孙、刘两家仔细分析了一番之后，对着魏帝曹丕劝道。

"恨不听文远所言，趁孙、刘在夷陵大战之时出兵征吴，如今孙权未受大损就破了刘备，此时再发兵恐晚矣。文远只管安心养病，若有一日讨伐东吴，孤一定不会忘记你这个可让东吴小儿闻名止啼的杀神。"

见魏帝曹丕始终不能下定决心，张辽又同他讲了去年邢贞出使东吴时说给他的一些见闻。

邢贞至东吴带诏封孙权为吴王时，自恃上国天使，入门不下车。张昭大怒，厉声质问："礼无不敬，法无不肃，而君妄自尊大，岂以江南无方寸之刃耶？"

邢贞无奈下车，与孙权相见，同乘一车入城。又忽听得车后一人放声大哭："吾等将士不能奋身舍命，为吾主并魏吞蜀，乃令主公受人封爵，不亦辱乎！"邢贞闻言看去，乃吴将徐盛也。东吴其余将士、文臣也无一不是悲怒交加。

邢贞看此情景，回到江北后曾跟张辽叹道："江东将相如此，终非久在人下者也！"

听到张辽所讲，魏帝曹丕陷入了沉思，喃喃道："江东将相如此，终非久在人下者也！文远所言极是，父王生前也经常这么讲。"

接着曹丕又面露难色道："只是孙权刚刚向孤称臣，如今又放低姿态遣使送来无数珍宝。若在此时立刻发兵讨伐东吴，一来师出无名，二来也会惹得天下英雄耻笑孤不讲道义。"

张辽心道魏帝曹丕到底还是年轻，不似他父亲曹操那般深谋远虑，于是便道："金银珍宝乃身外之物，孙权自然不吝，可若是主公找孙权要质子呢？要他割地呢？普天之下莫非王土，率土之滨莫非王臣，主公这般要求也有道理，可是孙权他会舍得吗？既不舍得，岂不就有谋反之意了吗？"

听闻张辽此话，魏帝曹丕豁然开朗，拍腿道："知我者，文远也。"

魏帝曹丕立刻便依张辽所言之计遣使前往东吴，问孙权索要质子、土地。张辽听闻后甚感欣慰，连原本的大病都立刻好了大半。

魏帝曹丕令太官每天送御膳给他，又令太医每日以皇帝之名监督张辽按时服食汤药，很快张辽的病情便有所好转。

见此，魏帝曹丕才放心下诏令张辽重新返回军中，然后率军与朱灵一同还屯合肥，准备即将到来的魏、吴之战。

66.　广陵之战

果不其然，张辽刚到合肥，孙权就再次背叛。

吴、蜀俱弱，只有魏强，唇亡齿寒的道理两家也都知道，加上魏帝曹丕最近咄咄相逼，吴、蜀两家大战不到一年，孙、刘又在暗中结盟，共抗曹魏。

曹丕发兵南征，孙权也在长江南岸摆开了阵势，严阵以待。

只是东吴听闻张辽重新回到合肥，孙权曾屡屡败于张辽手下，不敢再次与之针锋相对。于是下令东吴主力分三路，其中大部集结于江都对岸，欲从那里突破长江。

魏帝曹丕见状又急令张辽乘舟到江都，再与曹休到海陵临江驻防，保卫江都，并寻机与东吴水军决战，挫其锐气。

张辽接旨后，乘快舟带着副将王凌日夜不停地赶赴江都，其后又毫不停歇地要赶去海陵临江驻防之地视察军情。

王凌等人担心张辽身体却又劝阻不住，只好让属下准备马车。

见到马车后，张辽的表情瞬间难看起来："难道本将现在已经病入膏肓到不能骑马了吗？"

说完就让手下士兵将马车劈得粉碎，然后跨上他从合肥带来的河曲大马，昂然前往海陵前线。

经过这一场大病，已经五十三岁的张辽须发已经全部花白，但是此刻跨上战马，一股豪气瞬间涌上心头。

腰挺背直，眼神如狼似虎——廉颇虽老，尚能一战！

其下有扮作江都平民的东吴探子大惊，难道张辽没病？

魏黄初三年九月，曹丕命征东大将军曹休、前将军张辽、镇东将军张露出洞口，大将军曹仁出濡须口，上将大将军曹真、征南大将军夏侯尚、左将军张郃、右将军徐晃围南郡，三路大军一齐进发。

虽然此次曹魏在洞口挂帅的是曹氏宗亲大将军曹休，前将军张辽名义上是受曹休的督领，但谁都知道真正领兵的人是张辽。

孙权得知张辽至此，甚为忌惮，敕令诸将小心："曹休年轻不足为虑。张辽虽然年岁已长又抱病在身，但仍是勇不可当，合肥之战恍如昨日，诸将与之对战千万谨慎。"

为应对曹魏，孙权派前将军吕范督战，指挥东吴五路大军，以其水军优势迎战曹休、张辽。

因为惧怕张辽威名，吕范始终没有主动出击，只是临江据守。

曹魏军队不善水战，不敢轻易横渡长江出击，魏、吴两军于长江两岸对峙月余，大将军曹休立功心切，想率军横渡长江直取江南。他上表魏帝曹丕："休愿亲率将锐卒虎渡长江，步江南，因敌取资，势必克捷，若其无臣，不需为念。"

其下诸将皆认为大将军曹休之计甚险，曹丕看到曹休的上表之后不发一言，只是差人将曹休的上表直接交给前将军张辽。

曹休见到曹丕此举，自然明白其中深意：军中之事自有张辽做主。

曹休无奈只能问计于张辽，张辽反问曹休："若十万步卒与十万骑兵交战，孰胜？"

曹休道："自然是十万骑兵。"

张辽点头道："是也，先主公于建安十三年赤壁兵败后曾叹曰，北人骑马，南人乘船，东吴水军的舟楫即为舆马，孤岂能不败乎！"

曹休明白了张辽的意思，也便不再提之前的计划了。

但张辽却有些等不及了，与东吴耗着终究不是取胜之法。此时已近深秋，天气逐渐寒冷，再加上江边风大，本就大病初愈的张辽再次病倒了。

他虽强撑着不让属下将士看出来，以免动摇军心，但他却深知自己的身体已经撑不了多长时间了，此战可能就是他最后一次上阵杀敌了！

思虑过后，他派出无数探子斥候，悄悄渡江，在江东散布流言，说是东吴上至孙权、下至将相兵士都因逍遥津一战，被张辽吓破了胆子。如今只是听说曹魏张辽镇守在洞口便不敢出战了。

很快，张辽的激将之法起了作用，几日后，一艘巨船从长江南岸驶来，在距离江北几十丈时停下，船上鼓乐齐奏，引得江北曹魏将士纷纷出营来看。船上一杆大旗上书一个"吴"字。只见这艘巨船高数丈，有五层重楼，长数十丈，能载甲士三千有余。船上雕镂彩画，富丽堂皇，看上去好似一座移动城堡。此时正值中午，太阳正南，五楼大船在太阳的照耀下向北方拖出一条长长的影子，巨大的船影就像是一片巨大的乌云，压迫在长江北岸曹魏将士的心上。

只见五楼巨船的船舷一侧垂下一张巨大的绢布，绢布上写着两行大字：五百楼船十万兵，北渡长江斩张辽！

张辽毫无所惧，只是轻笑一声，心中甚至还有一丝得意：敌人滔天的恨意岂不就是对自己最好的褒奖吗？

副将王凌喝道："吴贼休狂，众将士，射箭！"

曹军万箭齐发，插满敌军船舷，大船开始向一侧倾斜。但那大船轻巧从容地掉了头，刹那间，另一侧也插满箭，大船归于平衡。

"快用火箭射那巨船！"曹营中有些经验的老兵大呼一声，可还未等有人反应，五楼巨船已转头，劈波斩浪向南岸驶去。五楼大船行了十余丈又停下，已过了弓箭的射程。

在船头之上站着一人，银盔亮甲甚是威风，此人正是东吴主将吕范！

吕范拍了拍手掌，五楼巨船上又传来一阵鼓乐齐奏之声，自是一番耀武扬威！那鼓乐之声在曹魏这边将士听来，分明就是赤裸裸的耻笑之声！

曹休见此情景心有余悸，自己这边最大的船也不过十余丈长，载人也不过二三百余，不足对方五楼巨船十之一二，东吴水军果真厉害！

见自己这方所有将士都如主帅曹休一般面色难看，张辽知道这些没见过大世面的年轻将士都被刚才东吴的五楼巨船吓到了，而这也正是孙权派五楼船到此耀武扬威的目的。

"拿我的角弓来！"张辽喝道。

　　属下将士很快取来张辽常用的那把角弓。张辽把箭头蘸上桐油点燃，搭上弓弦，双指紧紧扣着弓弦，屏气凝神。

　　五楼大船之上的吕范望见张辽正搭弓射箭，不知为何，忽然心下一紧，若是再让大船退后，只怕会显出怯敌之态。

　　他心想，张辽离大船足有一百五十步远，纵然神射手，也总归是一个得了大病的五十多岁的老头，难道还真能射到此处？

　　此时，张辽忽然狠咬了一下舌尖，剧烈的疼痛猛然袭来，他感觉本来有些虚弱的身体瞬间充满了力量。每次上阵杀敌的时候，身上伤口处的疼痛都会让张辽热血上涌。

　　张辽深吸一口气，猛然拉紧弓弦，弯弓如满月！

　　"嗖——"一声尖锐的破空之声响起，所有人的眼神都不自觉地随着那支燃烧的羽箭移动。

　　羽箭眼看着就要射到五楼巨船，依然力道不减，这时吕范顿时慌了，大叫一声不好，正要命人开船，但已经来不及了！

　　燃烧的羽箭竟然射在了船头的帅旗之上，帅旗乃是锦帛所制，遇火很快就烧了个干净！

　　虽然这样的火不足以烧毁五楼巨船，但也让吕范倍感颜面扫地。

　　"将军好箭法！"

　　"前将军威武！"

　　曹魏这边将士见此，军心大振，纷纷喝道。

　　更有不少曹魏将士被张辽这一箭激起了斗志，准备好自己这边只有十几丈长的舟船，准备下水追击五楼巨船。可是那巨船早已狼狈地向南逃去，很快不见踪影。

67. 长风破阵

待到东吴水军五楼船彻底消失在长江之南，张辽再也坚持不住，一口鲜血喷出，差点没有站稳，险些摔倒在地。

刚才那一箭，已透支了他身体里的所有力气！

"前将军！"

"张将军！"

"快找郎中过来！"

曹魏诸将纷纷围上，面露担心。大将军曹休也赶紧下令道："快扶张辽将军回营休息！"

回到中军大帐，张辽只是喝了一些热姜汤，稍稍恢复了一些气力后便非要强撑着坐起身来。他不敢躺下，他知道，此时支撑着自己的只有一口气和一颗心。

一口一辈子不服输的傲气！一颗不过长江死不瞑目的不甘心！

不过他也知道自己很难再事必躬亲了，于是他让随从叫来将领，想要亲自与这些将领讲解多年来自己与东吴交战的一些经验。

待到所有将领来到张辽的中军大帐后，张辽看着那一张张年轻的脸庞，仿佛看到了少年时的自己，年轻气盛，意气风发。

也许自己打过长江的夙愿要指望这些年轻将领来完成了，自己终归是老了。想到此处，张辽遗憾中又略感欣慰。他面色复杂地一笑，艰难地抬起手臂，示意众将领坐下，然后缓慢又详细地给这些年轻将领讲述他所了解的一些东吴水军的概况：

东吴处长江中下游，境内湖泊遍布、江河纵横。北面是长江、淮河，东边是东海，南面是南海，无论是出行、运输还是养鱼、捕鱼，都离不开舟船。数千年来，江东此地的造船技术一直很发达。

东吴所造船只，依据用途、水域的不同，因事所需、因地制宜，制造出的各种类型舟船多达几十种。

除了可以制造各类舟船，东吴人还完整地掌握了舵、帆、橹的运用技术。仅是船帆便分各种形状又有各种组合，可以利用帆的升降、转向等汇聚风力。其船舵犹如马之缰绳可用之熟练控制方向。橹的使用大大提高了船行速度。

诸样因素结合，东吴人驾船简直如臂使指！正如先主公曹操所言：江东之人以舟楫为舆马。

东吴水军所用的战船主要有三种，分别是巨大的楼船、中等大小的"艨艟"和最小的"走舸"。

楼船看似巨大威猛，实则不甚实用。只因楼船过于高大，受风面积也随之增加，若遇大风天气很难控制，稍有不慎便会搁浅翻船。虽然可载三千兵马，可这么多人窝在一条船上也施展不开。不过此船高大犹如坚固的城关，为水战的防守之利器！

东吴水军所用的主力战船叫"艨艟"。这是一种狭长的船，极其灵活，用生牛皮蒙住整个船体，具有良好的防御性，又在船上两侧开了窗口，用于弓弩发射和长矛刺杀，是突击性进攻的最好武器。

赤壁之战时，东吴水军便使用了上百条艨艟战船。舰上装满干柴草，灌满桐油。在靠近曹营水寨时，百余条船一起点火，借助东风如箭般冲入曹营，将被铁链连在一处的曹军战船烧了个干净。

在每条艨艟战船后吴军都会系上一条小船，此船名为"走舸"，给艨艟战船上的人预留的后路。走舸小船灵活迅捷，东吴水军也常用此船偷袭，由于船小目标也小，再加上灵活迅捷，让人防不胜防，即使发现也难以追赶。

张辽讲完东吴水军的一些概况，又接着道："此次我观东吴只有数条巨大的楼船在长江南岸据守，却鲜少有艨艟战船和走舸小船。楼船巨大笨重不便，犹如移动的坚固城关，适于防守，却不善进攻。因此我判断，孙权定是慑于我军威不敢主动出击，只想凭借坚固的楼船在长江南岸临江据守。"

"我们最大的战船也不过十余丈长短，比起东吴巨大楼船不足十之一二，可若是东吴真的只是想凭借巨大的楼船坚守，我们的战船定然攻不破东吴楼船。即是如此，我们又该如何应对？"副将王凌剖析了一番后向张辽问道。

张辽也是眉头紧蹙，这时一阵风掀开了中军营帐的门帷，穿过十余位将领，吹在了张辽的面门上。

张辽微微打了一个冷战，深深嗅了一口，这一阵冷风携带了一股长江水的味道，应该是南风。

此时已近深秋，天寒之时多是西风与北风，极少会有东风或是南风，不过天意难测，也无绝对。

这时张辽的眉头逐渐舒展开来，向身边的王凌问道："外面可是要变天了？"

王凌担忧道："天色有些朦胧，这几日湿潮之气也益重，看样子很快就会有一场暴风雨。前将军可是身体有所不适？"

"好！很好！"张辽一掌拍在卧榻之上，神情中有些掩饰不住的惊喜，命令道，"王凌，立刻下令全军将士从此刻起若无我的命令不得卸甲，将手中刀矛擦拭明亮，随时准备战斗。"

"前将军可是要马上出击，越过长江天堑攻打江东？"王凌的神情也有些激动，他等这一天也很久了。

张辽摇摇头道："是要打过长江，不过现在还不是时机，还要再等等。"

王凌不解道："前将军在等什么时机？"

"等风来！很大的风！"张辽略带神秘地说道。

王凌似乎有些恍然，试探着问道："前将军可是在等北风，这样我们的战船便可以借助北风之势迅速渡过长江？"

张辽又摇了摇头："不，我在等南风。"

这时，王凌和其余诸将彻底不明白张辽的打算了，若有南风再渡江岂不是逆风而行，自己这边的北方将士本就不善水战，逆风而行又如何能与敌作战？

就算张辽将军有奇谋，想打东吴水军一个出其不意，可是深秋之时，此处多是西北风，又如何有南风呢？

张辽见众人疑惑也不过多解释，只是吩咐众将按命令行事。张辽在军中向来威信极高，众将虽然不解其意但还是毫不犹豫地依令而行。

众人离去后，张辽又叫来一个经常潜入江东打探消息的密探，吩咐他找一些会江东口音的探子，附在他耳边仔细交代一番后，方才觉得把握更大一些。

探子走后，张辽也穿戴好了自己的盔甲，拿起自己的无名之刀久久伫立于长江岸边。

"南风真的会来吗？"张辽喃喃自问。其实他心中已有七成把握会有南风，但是天意难测，张辽也不禁有些惴惴。

自从赤壁兵败，总结失败原因后，先主曹操曾告诫张辽，一败于轻敌大意，二则败于不识天时地利，也曾叹息：东风不助周郎，岂有火烧赤壁？

自那之后，张辽领兵就极其注重观察战场地形以及天气变化，多少年来已深谙此道。如今他凭多年经验判断，近些时日此处会有南风，且是大风！

暴风雨之前的空气沉闷得让人窒息，此时没有一丝风，但谁都知道接下来必有一场狂风暴雨——马上就要变天了！

忽然，一声巨响传来！

雷电像一把锋利的长矛，嘶鸣着划破了厚重的乌云，随着一声震耳欲聋的雷鸣，沉闷的空气被瞬间打破，微风中传来一丝寒意。

感受到微风带来的这一丝寒意，已在长江岸边站立了两日的张辽脸上终于露出了难得的笑脸——终于起风了。

狂风越来越大，越来越大，好似能扯碎一切！

是南风！

68.　百世流芳

此时此刻，面对突如其来的猛烈南风，东吴水寨的所有人全都乱了手脚。

因为在这个季节多是西风，因此此时东吴停靠在长江南岸的巨大楼船船头面朝西方，因为船头狭窄这样可以减少受风面积。

但是从南而来的狂风吹在楼船的侧身，把楼船吹得摇摆不定。楼船高约数丈，长约数十丈，便如一堵厚重的城墙一般，但是城墙是有根基的，再大的风也吹不倒城墙。

而楼船飘在长江水面之上毫无根基，自然承受不了如此猛烈的狂风，若非还有缆绳将楼船固定，此刻恐怕楼船早已被狂风吹走。

但是摇摆不定的楼船巨大的力道把那些粗壮的缆绳也扯得快要断裂。

"快！快！加固缆绳！"东吴主帅吕范冒雨来到岸边，神色焦急地大声喝道。

狂风越来越大，人都有些站立不稳，加固缆绳更是困难。而且因为慌乱，东吴水军没人注意到的是，有十几人正三四人一组分头在各个楼船下，用刀劈砍缆绳。他们虽也穿着东吴水军的衣服、操着一口江东口音，但却是张辽派过来的探子！

每艘楼船有十余条粗壮的缆绳固定，但这些搞破坏的曹魏探子只将每艘船一半缆绳砍断，剩下的那一半缆绳也就承受不住，自然就会断裂，况且，比起加固缆绳，只是粗暴地将其砍断简直不要太容易！

"你们在干什么？！"终于有东吴士兵发现了这些搞破坏的人，"快来人，有曹魏奸细正在破坏缆绳！"

　　但是太迟了！

　　十几个扮作东吴士兵模样的曹魏探子很快就消失在了茫茫夜色之中。他们的任务已经完成，六艘巨大的东吴楼船在狂暴的南风下全部扯断了缆绳，晃晃悠悠地向长江以北飘去！

　　"快快！坐艨艟快追上楼船，快上去人将楼船控制住！"吕范看到楼船扯断缆绳失控后，彻底慌了神。

　　与此同时的岸北曹营。

　　"所有将士听令！"张辽不顾病体冒着狂风暴雨来到长江边上，猛地抽出佩刀，命令道，"东吴楼船马上就要过来，所有将士随我出战！"

　　不待底下将士有所疑惑，长江河面上已经从南飘来了几个巨大的船影，正是东吴楼船！

　　据探子所报，东吴楼船共有六艘，但此时飘到岸北来的却只有三艘，因为另外三艘早已在狂风的摧残之中沉入了长江中心！

　　而现在被狂风吹到长江北岸的这三艘楼船，其上也没有多少东吴人马。

　　东吴楼船虽然能载三千兵马，但是因为是临江拒守，暴风雨来临前又不在战时，因此当时守在每条船上的只有数百人。

　　张辽一声令下，曹魏所有将士倾巢而出，很快就将只有数百人的东吴楼船给控制住了。东吴前来营救楼船的艨艟，也折损大半。

　　第二日，天气便已放晴。

　　此一战，张辽不但率军擒杀东吴数千人，还缴获了包括三艘楼船在内的无数东吴舟船。

　　"前将军真乃神人也！"大将军曹休也由衷佩服道。

　　"请大将军下令，所有将士渡过长江乘胜追击，出师江东！"张辽眼中闪着虎狼之光建议道。

　　"这，没有主公旨意就贸然打过长江恐有不妥之处吧？"曹休有些犹豫。

　　张辽毅然道："大将军，将在外，君命有所不受，此时东吴水军舟船折损大半来不及补充，战机稍纵即逝，容不得犹豫啊！"

曹休被张辽说动，于是下令出击。

张辽带着大将臧霸率领万余将士几乎毫无阻拦就渡过了长江，直取徐陵而去。

徐陵守将听到张辽的威名就已闻风丧胆，毫无斗志之下又被张辽大军斩杀了数千人。

孙权急忙调遣吴将全琮、徐盛率军抵挡张辽大军。士气正盛的张辽大军势如破竹，直打得全琮、徐盛节节败退。

眼看着距东吴国都建康城只有二百里，张辽的大军却忽然遇到了一股强敌，将其死死堵住。

此时的曹军乃是深入江东腹地孤军奋战，速战速决方是取胜之道，最怕被耗着。

可是此时张辽大军对面的吴军分明只有数千人，领兵将领也是一个无名之辈，可偏偏就是死战不退。

又与这数千吴军大战了两日后，孙权已经调集各处吴军足有十万之众匆匆赶来此处，张辽知道寡不敌众，自己不能不退了。

不甘心的张辽打马来到阵前，对那吴军小将喊道："汝是何人？竟能阻我大军数日！"

只听那东吴无名小将喊道："张辽匹夫！我乃陈武之子！我父在逍遥津被你所杀，爷爷我就是来找你报仇的！"

那东吴小将身后的数千人马也齐声喊道："张辽匹夫，我等都是逍遥津战死将士的遗孤！"

这些人的喊声中充满了怨恨，也充满了杀气！

听到这样的声音，身经百战的张辽知道自己再也不可能取胜了，因为哀兵必胜，这就是仇恨的力量！

趁着自己这边大军还未气衰，张辽留下一队人马抵挡那数千逍遥津遗孤组成的吴军，自己则率大部退回了江北。

在长江南岸的江边上，张辽最后看了一眼这一片土地，这是张辽第一次踏上长江以南的土地，也是最后一次！

张辽刚准备渡江，忽然又停下，来到江边的一株杨梅树前，问经常往来于江东的探子道："这就是杨梅树吧？"

见探子点头，张辽来到杨梅树下，仔细寻找着什么。杨梅虽是常绿树木，但是杨梅果子成熟是在每年的春末夏初。

终于，张辽从杨梅树下的腐土之中扒出几枚如麦子大小的种子，问探子："这就是杨梅的种子吧？"

等到探子确认这就是杨梅种子之后，张辽小心地将杨梅种子仔细包好，贴身放入衣内，这才带着不甘和不舍坐船返回了江北。

自从回到江北，张辽就在江都城内一病不起，魏帝曹丕给他找来无数神医也无计可施，他已到了油尽灯枯之时！

江都城内的将军府邸。

张辽颤巍巍地将自己那把历经数百场战斗、刀身已有无数缺口的无名之刀郑重地交到了长子张虎的手中，一如当年他父亲想将家传古剑交给他一样，这就是传承！

张虎接过父亲张辽递给他的无名之刀，含着泪水道："孩儿定不负父亲所托，执此刀斩杀孙权，收复江东！"

若是之前张辽听到张虎说出这样的话定会倍感欣慰，但此时他却想起了在徐陵时，陈武之子和那些东吴逍遥津遗孤充满仇恨的眼神，张辽叹了口气对张虎说道："少杀些人！"

张虎点头道："父亲如此英雄仁义，我聂氏先祖在天之灵定会以您为傲，我张家子孙也会世代以您为荣！"

"英雄仁义？"张辽苦笑一声，摇头道，"乱世之中哪有什么英雄，有的只是枭雄，更何谈仁义？"

张辽又从怀中掏出那几枚从长江南岸捡回来的杨梅种子，对张虎交代道："若有一日我曹魏可以打过江东一统天下，你就把这些杨梅种在我的坟前。"

"父亲，奉先，云长，主公……"张辽的嘴中喃喃念着脑中闪现出来的一个个人影的名字，最后释然一笑，"文远来也！"

魏黄初三年，年末，张辽最终于江都逝世，一代名将就此陨落。

魏帝曹丕闻之为之流涕，谥曰刚侯。

　　在张辽身后，三国鼎立的时代才刚刚开始，但于他而言，属于他的时代已经落下帷幕。

　　后世史书在记载张辽的生平时，总是会感叹，从北地边塞籍籍无名的少年郎，到名震天下的五子良将前将军，他所走过的波澜壮阔的一生，无疑是整个群雄并起的汉末乱世的缩影。张辽虽未曾亲手开创天下归一的时代，却在乱世之中，书写了属于他的，独一无二的传奇。